Fünf Menschen zwischen Straßenbahnlärm und dem Techno des Herzens, zwischen Lichteffekten und Rockmusik – und ein Konzert der Stille, das alles verändert. Petr, von seiner großen Liebe verlassen, arbeitet nach einem abgebrochenen Studium als Aushilfe bei der Straßenbahn. Auf einer seiner Fahrten trifft er die junge Punkerin Vanda, die sich fest vorgenommen hat, mit 18 das Koksen sein zu lassen. Ein Monat ist es bis dahin noch. Der angesehene Anwalt Wayne hat es dagegen geschafft, sein Leben auf Erfolgskurs zu bringen. Doch dann meint er, in den Nachrichten seinen im Irak stationierten Bruder blutüberströmt auf einer Trage zu erkennen und wird völlig aus der Bahn geworfen. Er weiß noch nicht, dass Hana, die im Flieger nach Prag sitzt, nicht bereit ist, ihn aufzufangen. Und dann ist da noch der alte Vladimír, der seine Frau verloren hat und sie nicht gehen lassen kann. Den Auslöser für das ganze Übel auf der Welt sieht er im Lärm. Den Rest seines Lebens verschreibt er dem Kampf für die Stille …

Jaroslav Rudiš, geboren 1972, ist Schriftsteller, Drehbuchautor, Dramatiker und Musiker. Seine aus dem Tschechischen übersetzten Romane erschienen im Luchterhand Literaturverlag und bei btb. »Winterbergs letzte Reise«, der erste Roman, den Jaroslav Rudiš auf Deutsch geschrieben hat, wurde 2019 für den Preis der Leipziger Buchmesse nominiert. Für sein Werk wurde er außerdem mit dem Usedomer Literaturpreis, dem Preis der Literaturhäuser sowie dem Chamisso-Preis/Hellerau ausgezeichnet. Zuletzt erschien die Erzählung »Weihnachten in Prag«, illustriert von Jaromír 99. Rudiš lebt in Berlin und in Lomnice nad Popelkou im Böhmischen Paradies, wo er herkommt.

Jaroslav Rudiš

Die Stille in Prag

Roman

Aus dem Tschechischen
von Eva Profousová

btb

Die Originalausgabe erschien 2007 unter dem Titel
Potichu bei Labyrint, Prag.

Die Arbeit am Roman wurde vom *Český literární fond /
Tschechischer Literaturfonds* gefördert.

Die Übersetzerin bedankt sich bei *International Writers' and
Translators' House* im lettischen Ventspils für die Unterstützung
und die inspirierende Arbeitsatmosphäre. Und bei Ines Koebel
für die Übersetzung der Pessoa-Passagen.

Penguin Random House Verlagsgruppe FSC® N001967

10. Auflage
Genehmigte Taschenbuchausgabe Februar 2014
© 2012 der deutschsprachigen Ausgabe
by Luchterhand Literaturverlag, München,
in der Penguin Random House Verlagsgruppe GmbH,
Neumarkter Straße 28, 81673 München
produktsicherheit@penguinrandomhouse.de
(Vorstehende Angaben sind zugleich
Pflichtinformationen nach GPSR.)

Umschlaggestaltung: semper smile, München
Umschlagmotiv: fi online / Massimo Pizzotti / AGE
Druck und Einband: GGP Media GmbH, Pößneck
cb · Herstellung: sc
Printed in Germany
ISBN 978-3-442-74698-9

www.btb-verlag.de
www.facebook.com/penguinbuecher

DIE LETZTE AM TAG

Ihre Körper berühren sich nicht. Sie liegen nebeneinander und blicken an die Decke. Hinter den Fenstern Prag, Stille und Dunkelheit. Petr steckt sich eine letzte Zigarette an.

»Laut soll die Musik sein. Richtig laut. Das ist das Wichtigste. Damit alles andere untergeht. Aus der Welt verschwindet. Und endlos lang soll sie sein. Lang, heftig und ohne Ende. So laut wie möglich. So will ich es bei meiner Beerdigung haben«, sagt Vanda.

»Welche Band schwebt dir da vor?«

»Jeden Morgen 'ne andere.«

»Ich verstehe.«

»Am wichtigsten ist die Lautstärke. Alles, was nicht laut ist, existiert nicht.«

»Jetzt ist es aber still. Stiller geht's gar nicht.«

Petr fährt mit der Hand über Vandas Haar.

»Nur Stille allein gibt's nicht. Irgendwo läuft immer was. Hörst du das nicht?«

»Nein.«

»Wirklich nicht?«

Vanda stimmt stockend ein langsames Lied an, die Melodie fischt sie aus der schlafenden Stadt hinter den Fenstern heraus.

I feel like ... I feel like ...
A little black cat ...
I feel like ... I feel like ...
I'm lost in no-man's-land ...

»Hörst du das wirklich nicht?«

»Nein.«

»Ich schon. Ich höre dauernd Musik.«

»Aber jetzt ist es still.«

»Ich hab doch gesagt, dass ich was höre. I feel like …«

»Ich hör nur dich.«

»Stille macht mich krank.«

»Vielleicht spielt die Musik in dir.«

Petr legt den Kopf auf Vandas Brust und lauscht. Ihr Herz schlägt. Sie riecht gut. Auch das, was sie heute Nacht miteinander gemacht haben, riecht gut an ihr.

»Hübsches Techno … 1000 Beats pro Minute. Dein Herz ist dein DJ. Ist wie bei der Loveparade. Nur ohne Gesang.«

»Techno, hast du Techno gesagt? Techno ist tot, du Idiot.«

»Find ich nicht, man braucht nur an dir zu horchen.«

»Tot hab ich gesagt. Und tot bin ich noch lange nicht.«

Er küsst zuerst ihre linke Brust und dann die rechte, die etwas kleinere. Bei allen Frauen, mit denen er mal was gehabt hat, war die rechte Brust etwas kleiner. Dann küsst er das Muttermal dazwischen.

»Wie fühlt sich das an?«

»Deine Brüste zu küssen?«

»An meinem Herzen zu horchen!«

»Lang.«

»Wie: lang?«

»Wie ein unendlich langer, fließender Song.«

»Kein Techno?«

»Genau die Art Song, die du haben willst.«

»Ich will es auch mal hören.«

Er streichelt sie.

Oben. In der Mitte. Unten.

Eine Weile lässt sie es zu.

Sie stöhnt. Noch einmal. Als er nach ihrer Pobacke fasst, bewegt sie das Becken. Dann aber schiebt sie seine Hand auf die Bettdecke zurück.

»Schluss.«

»Woher weißt du, dass ich was wollte?«

»Wir kennen das Spiel. Die Frau wird nur benutzt. Und ausgenutzt.«

»Das musst ausgerechnet du sagen.«

Vanda steht auf und geht zu dem beleuchteten Aquarium, das auf einem niedrigen Tisch steht, auf den in anderen Wohnungen eher der Fernseher gestellt wird. Sie klopft an die Glasscheibe, um den kleinen dicken Fisch zu begrüßen, der auf sie zugeschwommen kommt, und setzt sich auf den Parkettfußboden. Sie ist nackt, und die beleuchteten Pflanzen und Wasserbläschen im Aquarium werfen gelbe zitternde Lichtstreifen auf sie. Vanda sieht aus wie ein kleines Wasserzebra, das sich im tiefen, dunklen Ozean verlaufen hat. Sie ist nicht mehr die traurige, patzige junge Frau mit den schwarz gefärbten Haaren und der frischen Schultertätowierung, die Petr vor ein paar Stunden kennengelernt hat. Aus dem Nebenzimmer kommt Malmö und stupst sie gähnend mit der Schnauze an. Vanda krault sie zwischen den Ohren und Malmö streckt sich neben ihr aus.

Petr findet den eintätowierten Text auf Vandas Schulter etwas albern, aber er sagt nichts. Er stellt sich nur vor, wie Vanda älter wird. Wie sie in zehn Jahren aussieht. In zwanzig. In fünfzig. Und wie er dann aussieht, falls er überhaupt noch irgendwie aussieht.

»Der älteste Fisch der Welt. Ein Geschenk von meiner Oma. Er ist hundert Jahre alt«, sagt Petr und drückt die Zigarette aus.

»Woher weißt du, dass es ein Er ist?«

»Nur Männchen tragen Schleier. Je länger, desto älter sind sie. Und erfahrener.«

»Heftig. Ein Typ mit 'nem Schleier. Wie heißt er denn?«

»Nestor.«

»Und das Schiff hier? Hat es auch hundert Jahre auf dem Buckel?« Vanda zeigt auf das kleine Plastikspielzeug auf dem Boden des Aquariums.

»Das ist kein Schiff.«

»Also ein U-Boot.«

»Das ist ein Bathyscaphe. Mit dem ist mal einer bis auf den Meeresgrund getaucht.«

»Darf man ihn füttern?«

»Er ist zu fett.«

»Ein kleines bisschen…«

»Pass bloß auf, dass er dich nicht auffrisst. Auf seine alten Tage giert er nach Frischfleisch.«

»Auf seine alten Tage… Du redest wie mein Vater… Er sieht wunderschön aus. Wie ein Fisch aus dem Märchen.«

Petr beobachtet noch eine Weile, wie die gestreifte Vanda Nestor Futter ins Wasser streut. Er mustert ihren mageren Körper, auf den die Pflanzen und Luftbläschen aus dem Aquarium tänzelnde Schatten werfen. Er beobachtet das Aquarium, das wie ein offenes Fenster zu sein scheint, das in eine andere Welt führt. Dann hört er das Meer rauschen. Er lässt sich von den Wellen tragen und fühlt sich wohl. Das Meer ist warm. Und gar nicht so salzig. Im Tosen der Brandung hört er Vanda mit Nestor sprechen. Ihm ihre Geschichte erzählen. Ihr kurzes, heftiges Leben. Aber vielleicht träumt er das auch nur. Bevor er sich der nächtlichen Stille hingibt, dreht er sich auf die Seite und vergräbt den Kopf im Kissen.

In ein paar Stunden wird er aufstehen, Kaffee kochen, sich die erste Morgenzigarette anstecken, die einzige Pflanze in der Wohnung gießen und sich mit Malmö auf den Weg durch die allmählich erwachende Stadt zur Arbeit machen. So wie immer.

»Ich bin so was von blöd. Naiv bis zum geht nicht mehr. Man

kann mit mir machen, was man will. Ich hab ihm vertraut, verstehst du? Und dieses Arschloch fickt einfach 'ne andere. Dabei starrt er mir noch kurz vorher tief in die Augen und quasselt was von ewiger Liebe.«

Die nackte Vanda hockt immer noch vor dem Aquarium. Nestors Schleier scheint kein Ende zu nehmen, als füllte jede seiner Bewegungen das Aquarium aus, deckte das Zimmer und die ganze Welt zu. Vanda findet das faszinierend. Könnte bloß auch sie unter diesem Schleier verschwinden.

Vom Bett her kommt ein leises Schnarchen. Erst jetzt wird ihr bewusst, wo sie sitzt und mit wem sie redet. Und dass es kühl ist im Raum. Sie lächelt und tippt mit dem Finger gegen die Glasscheibe.

»Schlaf gut, du Fisch.«

Sie schaltet das Licht im Aquarium aus, streichelt die schlafende Malmö und schlüpft neben Petr ins Bett.

AUFWACHEN

Den Handywecker hört sie nicht. Sie wird von einem Flugzeug geweckt. Draußen vor dem Fenster sieht sie noch die Flügel in die Höhe schießen. Hat sie denn gestern Abend vergessen, das Fenster zu schließen? Oder hat er es geöffnet, bevor er ging? Hat er sie noch geküsst? Oder hat sie das alles nur geträumt? Nein, er hat ihr bestimmt einen Abschiedskuss gegeben. Sein Geruch liegt noch in der Luft.

Hana schaltet den Fernseher ein, stellt den Ton ab und macht noch mal kurz die Augen zu. Sie schläft für fünf Minuten ein, als läge sie nicht in einem Hotelzimmer, sondern in ihrem Prager Bett unter der hohen weißen Decke.

Dann klingelt auf dem Nachttisch ihr Handy. *Should I Stay*

or Should I Go. Wie hatte sie sich irgendwann mal ausgerechnet dieses Lied als Weckmusik aussuchen können? Wohl aus reiner Nostalgie. Halb sechs. Eine Stunde früher als in Prag. Gegen Mittag würde sie wieder dort sein.

Sie hat leichte Kopfschmerzen. Der Wein gestern Abend war stark, vor allem aber hat sie zu viel davon getrunken. Von allem gab es gestern zu viel. Trotzdem fühlt sie sich gut. Nach langer Zeit wieder. Womöglich hat sie sich noch nie so gut gefühlt.

Sie geht ins Badezimmer. Zuerst heiß, dann eiskalt duschen. Wie jeden Morgen. In der Zwischenzeit seift sie sich genüsslich ein. Sie könnte ganze Stunden mit Duschen verbringen. Sich blank waschen, sich auflösen – jetzt und hier – und mit dem Abflusswasser ins Meer gespült werden.

Als sie wieder ins Zimmer kommt, brennt tonlos Irak auf dem Bildschirm. Mosul? Bagdad? Kirkuk? Basra? Irgendwo weit weg. Drei amerikanische Soldaten hasten durch das Bild, sie schleppen einen verletzten Kameraden auf einer Trage. Aus seinem Bauch sickert Blut. Für eine Sekunde erhascht sie einen Blick auf sein halb mit einem Helm verdecktes Gesicht. Er schreit, sie hört es aber nicht. Auch wenn der Ton an gewesen wäre, hätte sie ihn nicht hören wollen.

Sie zappt sich durch die Programme. In der portugiesischen Version von *Lass dich überraschen!* schließt eine fünfzigjährige Frau einen jungen Mann in die Arme. Er wiegt ungefähr einhundertfünfzig Kilo. Eine Mutter und ihr wiedergefundener Sohn? Hana schaltet um. Europop. Eurosport. Euronachrichten. Erschöpfte nordafrikanische Flüchtlinge an einem spanischen Strand. Zum Schluss Horst Fuchs mit einem Ohrring und seinen scharfen, spitzen Messersets. Ausgerechnet er hat es geschafft, Europa zu vereinen. In wie vielen Ländern mag Hana seine Werbesendung schon gesehen haben? Ob der Mann auch im Irak bekannt ist? Werden seine Messer auch Schiiten und Sunniten zusammenbringen? Vielleicht könnten die Amis einen Typen wie ihn ganz gut gebrauchen.

Sie zieht sich an. Slip. BH. Strümpfe. Thomas wünschte sich gestern, dass sie sie dabei anbehielt. Hana schlüpft in ihre Pumps. Der Sex war gut. Vor allem Thomas war gut, denkt sie. Ob er schon weg ist? Oder sehen sie sich vielleicht doch noch beim Frühstück? Am Flughafen?

Jetzt ist die Bluse dran. Und das blau gestreifte Kostüm, das sie sich im Frühjahr gekauft hat. Ein Sonderangebot, man sieht es ihm aber nicht an. Lippenstift und etwas Puder. Über die Sommersprosse mitten auf der Stirn wird sie sich bis ans Ende ihrer Tage ärgern.

Kofferpacken. Und Trinkgeld für das Zimmermädchen hinlegen. Das tun die Tschechen nie, hat sie mal gehört. Aber die Tschechen tun so vieles nicht.

BOXEN

Marie. Ihr Hintern. Null Reaktion. Ihre Pussy, ihre fucking Pussy. Nichts regt sich. Weiter. Nur nicht aufhören. Ludmila. Ihre Riesentitten. Die glänzende schwarze Bluse, die sie gestern anhatte. Der schwarze Bra. Ihr Hintern in der engen Jeans. Ihre Möse, ihre fucking Pussy. Immer noch nichts. Weiter. Schneller. Julia. Ihre Pumps. Der enge Rock. Sie trägt bestimmt Strapse. Zumindest ab und zu. Seinetwegen würde sie die schon anziehen. Julia. Ja. Lass uns loslegen. Mach schon. Besorg es mir. Ihre Lippen. Ihre Pussy. Nimm ihn in den Mund. Sie ist ganz nass. Wir küssen uns. Er leckt sie. Sie ihn. Sie bläst ihm einen. Immer noch keine Reaktion. Scheiße.

Also noch mal. Wayne lehnt den Kopf gegen die Badezimmerkacheln. Marie. Ludmila. Julia. Marie. Ludmila. Julia. Pussy.

Pussy. Fucking Pussy. Fuck. Fuck. Fuck. Er kommt langsam. Aber er kommt. Gleich ist es so weit. Ja, er kommt gleich. Statt Julia liegt auf einmal Harriet auf seinem Schreibtisch. Seine Jugendliebe. Zart und zerbrechlich. Geschlafen haben sie nie miteinander. Auch ihre Möse hat er nie gesehen. Bis jetzt hat aber die Vorstellung immer funktioniert. Heute will es nicht klappen. In letzter Sekunde ruft er sich das Bild der Kleinen vor Augen, verscheucht es aber sofort wieder.

Er denkt dabei nie an die Frau, mit der er gerade zusammen ist und die er liebt. Es passt nicht, damit würde er die Augenblicke verwässern, in denen er wirklich mit ihr zusammen ist. Er mag da vielleicht etwas altmodisch sein, aber so ist es. Er liebt die Kleine. Und sie ihn. Schon lange.

Schluss jetzt. Sein Ständer ist sowieso weg.

Das wird ein Scheißtag heute.

Statt heißer Dusche nur kaltes Wasser. Handtuch. Wayne betrachtet sich im Spiegel. Zieht ein paar Mal den Bauch ein und lässt ihn wieder locker. Er sieht schon viel besser aus als vor einem halben Jahr, als er noch keinen Sport gemacht und noch nicht mit Boxen angefangen hat.

Wayne überlegt, dass seine Arbeit genauso wie das menschliche Leben mit einem Muskel zu vergleichen ist, einem Muskel, den man immer wieder an- und entspannt. Belastung und Ruhe. Erektion und Schlaffheit. Ein Spiel mit der Fantasie. Erst der Ständer. Danach ein müdes, erschöpftes Nichts. Das Leben galoppiert doch nur einer bizarren Vorstellung seiner selbst hinterher. Es gleicht einer pausenlosen Onanie. Vielleicht war das nicht immer der Fall, jetzt ist es aber so. Möglicherweise liegt es daran, dass er siebenunddreißig ist. Oder daran, dass er viel zu viel arbeitet. Oder daran, dass er es gestern im Fitnessstudio ein wenig übertrieben hat und nachts verschwitzt aufwachte.

Jetzt ist es Morgen.

Er steht nackt vor dem Spiegel und starrt seinen schlappen Schwanz an, der ihn vorhin im Stich gelassen hat.

Noch einmal zieht er den Bauch ein und lässt ihn wieder hängen. Dann zieht er seinen Slip an und das Hemd.

In der Küche öffnet er das Fenster zum Hof. Er wirft zwei Äpfel, eine Möhre, eine Banane und eine Orange in den Entsafter. Holt aus dem Kühlschrank eine Flasche Bio-Milch und angelt auf dem Regal nach einer Tüte Bio-Müsli mit Nüssen.

Sein Bruder ist der Meinung, Bio sei was für Schwule. Genauso wie iPod, MacBook, alkoholfreies Bier und Urlaub in Südfrankreich.

Die Milch ist sauer.

EINSCHLAFEN

Heute hört alles auf. Aber noch ist der Tag jung. Vladimír steht nackt in der Mitte eines kleinen Zimmers, das immer kleiner wird. In Wirklichkeit wird es nicht kleiner, es kommt ihm aber morgens so vor. In den letzten Monaten, Wochen und Tagen taucht dieses Gefühl immer häufiger auf. Bis auf sein Bett, einen Schrank und einen Nachttisch ist das Zimmer leer. Am Fenster ein Rollo, daneben Vorhänge, die Wände kahl. In der Mitte er. Das war's.

Sein Blick wandert eine Weile über die weißen Wände, während er angestrengt horcht, ob etwas von der Außenwelt durchsickert. Er weiß, dass sich der Schall nicht nur durch die Luft verbreitet, dass der Straßenlärm nicht nur durch die sorgfältig abgedichteten Fenster in die Wohnung eindringt. Er weiß, dass Geräusche und Lärm durch jedes, wirklich jedes Material geleitet werden, er weiß, wie schwer es ist, sich dem erfolgreich zu entziehen, der Schall strömt durch Ziegelsteine, durch Kabel und durch Ritzen im Gemäuer herein, er wird durch Wasser- und Gasleitungen und durch die Abflussrohre getragen. Vladimír lauscht, Vladimír inspiziert jede Ecke. Aber er hört nichts.

Das beruhigt ihn. Er hört nur seinen Herzschlag und seinen Atem, und das ist gut, auch wenn ihm sein Herz jeden Tag etwas leiser und langsamer erscheint, als bliebe sein Körper tagtäglich um ein paar unmerkliche Tempi zurück, als hinke er um ein paar Atemzüge hinterher. Sein Herz schläft langsam ein, zumindest kommt es Vladimír so vor. Vielleicht soll es so sein. Bald ist der ewige Schlaf dran. So hat es zu geschehen und so wünscht sich Vladimír das auch.

Er ist immer noch nackt. Er geht ins Wohnzimmer, das er zu seinem Labor umgebaut hat, zur Werkstatt seiner Befreiung, zu einer Fabrik für die Befreiung der Stadt, des Landes und des gesamten Universums.

Er lauscht, aber auch hier herrscht Stille. Das ist gut so, denn alles andere würde ihn ganz durcheinanderbringen.

Es gibt nur wenige Orte, an denen er in Prag dem Lärm entfliehen kann, und einer davon ist seine Wohnung. Sie ist eine schalldichte Festung, trotz mancher poröser Stellen. Ohne sie wäre er längst tot.

Den Tisch mit der Technik streift er nur kurz mit dem Blick und geht dann direkt zu dem alten Schreibtisch in der Ecke. Unter der Glasplatte schmiegen sich alte Urlaubskarten aneinander, ein paar Fahrkarten, Vignetten von Weinflaschen, vergilbte Familienfotos. Alles so alt, dass sich das Papier an der frischen Luft sofort wellen und zerfallen würde.

Vladimír sieht sich das Foto von seinen Eltern auf Langlaufski- ern an. Sein Vater lächelt ins Objektiv, genauso Vladimírs Mutter mit einer komischen Zipfelmütze auf dem Kopf. Beide lächeln, als sollte dieser Tag im Riesengebirge nie aufhören, als sollte ihr Leben, das inzwischen längst ein Ende gefunden hat, ewig weitergehen, als sollten statt dieses einen Fotos gleich Tausende weiterer Bilder vom winterlichen Familienglück geschossen werden.

Mutter hat einen Handschuh ausgezogen und drückt einen pausbäckigen Jungen auf kurzen Skiern an sich. Vladimír mustert sich. Er weiß, dass er das sein muss, erkennt sich aber nicht wieder. Er kann sich nicht erinnern, wann das Foto entstanden ist, er weiß nicht mehr, wo es gemacht wurde, ihm ist lediglich im Gedächtnis geblieben, dass es danach auf der Hütte Abendessen gab, Schnitzel mit Kartoffelpüree, vorweg eine Rindsbouillon und als Nachtisch Pfirsichkompott.

Wenn Vladimír auf sein Leben zurückblickt, kann er sich in erster Linie an die Speisen erinnern, die gegessen wurden oder gegessen werden sollten. Jetzt ist ihm das Essen nicht mehr so wichtig. Er braucht es kaum noch.

Vladimír denkt gerne an die schweigsamen Mahlzeiten zu Hause, an jene ausgedehnten Konzerte der Stille, in denen lediglich das Besteck klapperte und ab und zu auf dem Porzellan kratzte, untermalt vom Quietschen der Stühle. Vater wünschte nicht, dass beim Essen gesprochen wurde. Vielleicht hat Vladimír es dort gelernt. Vielleicht hat es genau da angefangen. Seine Unlust zu sprechen. Sein Bedürfnis nach Stille.

Wer von den Eltern mag wohl die Fotos unter das Glas geschoben haben? Vermutlich Vater, denn er liebte es, Obst und Erinnerungen konserviert zu sehen. Er zwang die Mutter, alles einzumachen, was sich einmachen ließ, die Wohnung duftete wochenlang entweder nach Aprikosen, Kirschen und Pfirsichen oder sie roch nach Essig und Gurken. Auf Vaters Geheiß bewahrte Mutter Fahrkarten und Reiseprospekte in Keksdosen auf und klebte Fotos in Alben ein. Die Dosen und die Fotoalben stehen heute neben zwanzig Jahre alten Gläsern mit Essiggurken auf dem Kellerregal. Vladimír weiß das. Er ist vor einem Jahr im Keller gewesen. Konservierte Erinnerungen oder eingemachtes

Gemüse. Was hält länger? Was schmeckt besser? Hat überhaupt eins von beiden jemals gut geschmeckt?

Vielleicht spielt es keine Rolle, wer die Fotos unter die Glasplatte geschoben hat. Die Bilder werden sich noch eine Weile halten. Genauso wie die Fotoalben und Gurkengläser im Keller.

DIE ERSTE AM MORGEN

In der Küche steckt er sich seine erste Morgenzigarette an und schaltet das Radio ein, dann wischt er seiner einzigen Zimmerpflanze den Staub von den Blättern. Er stützt sich auf die Fensterbank und sieht in den Himmel. Die Spitze des Fernsehturms bohrt sich in die Wolken wie ein Raumschiff, das soeben abhebt. Er ist nie auf dem Turm gewesen, hat aber nicht das Gefühl, etwas verpasst zu haben. Aber den Blick aus dem Küchenfenster mag er wirklich gerne.

Einmal hat er oben auf der Aussichtsplattform einen jungen Mann gesehen, der herunterspringen wollte. Die Feuerwehr kam. Dann die Polizei. Ein Psychologe. Aber er wollte nur seine Freundin sprechen. Die tauchte später auf, mit ihrem neuen Lover in dessen neuem Auto. Woraufhin sich der Selbstmörder Chicken Wings von KFC hinaufbringen ließ. Samt Cola, Maiskolben und einer doppelten Portion Pommes. Hat alles ganz langsam in sich reingeschaufelt und sich anschließend in die Klapse begeben.

Petr schlürft den heißen Kaffee und beobachtet die riesigen schwarzen Babys, die den Turm hinaufklettern. Er hat nie verstanden, warum sie da waren, was sie nach oben trieb und warum sich der Bildhauer für schwarze Babys entschieden hatte, und nicht zum Beispiel für grüne Schnecken oder weiße Würmer.

Als er sich umdreht, steht sie nackt in der Tür. Verschlafen, jung und wunderschön. Für den Bruchteil einer Sekunde wünscht er sich nichts sehnlicher, als mit ihr zusammen zu sein. Gemeinsam mit ihr die Tage zu verbringen, sich gemeinsam die Nächte um die Ohren zu schlagen, sich im Bett zu vergnügen. Ruhig gleich hundert Nächte hintereinander. Dann fällt ihm ein, dass er nicht einmal weiß, wie alt sie ist.

»Ich hätte gern 'ne Cola.«

»Es gibt nur Kaffee.«

»Morgens trinke ich aber Cola.«

»Ist das nicht zu süß?«

»Schmeckt gut.«

»Das Zeug zersetzt dir den Magen.«

»Papperlapapp.«

»Die Amis haben Versuche mit Cola gemacht. An einer Uni. Abends haben sie einen Typen in Cola eingelegt und morgens nur noch seine Brille gefunden.«

»Natürlich. Und die Brille hast du dann ersteigert.«

Vanda kratzt sich an der Schulter. Um die Tätowierung herum.

»Mann, das juckt.«

»Wie bist du auf den Text gekommen?«

»Das ist 'ne Band.«

»Was für 'ne Band?«

»Meine erste Band.«

»Was spielt ihr?«

»Gothic. Punk. Vor allem Punk.«

»Na, dann muss es auch jucken. Kann man euch mal hören?«

»Heute Abend. Als Vorband für irgendwelche Berliner. Die haben uns auf Myspace entdeckt.«

»Und wenn es euch nicht mehr gibt?«

»Warum sollte es uns nicht mehr geben, hä?«

»Das passiert doch immer wieder…«

»Das wird nicht passieren.«

Er reicht ihr seinen Kaffeebecher. Sie trinkt einen Schluck. Ein brauner Tropfen fließt ihr Kinn herunter. Am liebsten würde er ihn ablecken. Sie wischt sich den Mund ab.

»Bitter.«

»Aber echt.«

Den Rest gießt er in den Blumentopf. Er nimmt seine Jacke vom Stuhl und steckt die Zigarettenschachtel und den Discman in die Tasche.

»Malmö, los geht's.«

»*Bye Bye Baby*«, winkt Vanda Malmö zu. Malmö wimmert leise. Steht langsam auf, streckt sich und geht zur Tür.

»Wenn du gehst, zieh einfach die Wohnungstür zu. Beim Duschen musst du mit dem heißen Wasser aufpassen. Manchmal ist es zu heiß. Und im Kühlschrank gibt's Joghurt.«

»Ich esse morgens nichts.«

»Vielleicht sehen wir uns wieder. Irgendwann.«

»Vielleicht. Mal sehen.«

Er kehrt um, drückt sie kurz und gibt ihr einen Kuss auf die Wange. Sie küsst ihn.

»Gibst du mir deine Nummer?«

»Und du mir deine?«

Er sagt sie ihr.

»Ich schreib dir meine… Lässt du mir 'ne Fluppe da?«

»Gern auch zwei.«

»Drei?«

Petr zieht vier Zigaretten heraus. Er lächelt sie an. Und hat das Gefühl, als lächle sie zurück.

»Danke.«

»Ebenfalls.«

»Hä?«

»Dass ich heute vier Zigaretten weniger rauchen muss … Wie alt bist du eigentlich?«

»Warum?«

»Nur so.«

»Achtzehn.«

»Okay.«

»… na ja, werd ich bald.«

»Machen sich deine Eltern keine Sorgen, wo du bist?«

»Was stellst du für blöde Fragen? Auf so 'ne Idee würden die nicht im Traum kommen.«

»Bist du dir da sicher?«

»Ich darf machen, was ich will. Meine Alten sind total tolerant … Kann ich kurz ins Netz? Meine Mails checken?«, sie zeigt auf den PC unter dem Küchentisch.

»Mein Anschluss hat 'ne Macke … Funktioniert nicht richtig. Beim nächsten Mal.«

»Alles klar.«

Er zieht die Tür hinter sich zu und läuft mit Malmö die Treppe herunter. Die Hündin fiept leise. Draußen ist es kühl. In den nächsten Wochen wird es noch kühler werden. Der Sommer in Prag geht heute definitiv zu Ende.

LA PETITE MORT

Der Frühstücksraum ist voll. Hana nimmt einen Milchkaffee, ein Glas Orangensaft und ein Croissant, das sie aber nicht aufisst. Sie beobachtet die anderen Hotelgäste. Manche von ihnen kennt sie von der gestrigen Konferenz, manche vom abendlichen Empfang auf der Burg, die hoch über der Stadt liegt. Hier und da nickt sie zur Begrüßung mit dem Kopf. Der Ungar. Die estnische Kollegin. Der Brite – oder war es doch ein Ire? –, dem

Thomas und sie nachts in der kleinen gelben Straßenbahn begegnet waren, der einzigen erwähnenswerten Touristenattraktion von Lissabon, die, wie Thomas meinte, eines Tages von den Chinesen aufgekauft und gemeinsam mit der Prager Burg und dem Louvre in Peking ausgestellt werden würde.

Er ist nicht mehr da. Musste weiter nach Barcelona.

Sie checkt aus. Das Taxi steht schon vor dem Hotel. Der bärtige Fahrer raucht seine Zigarette zu Ende und wirft die Kippe auf den Boden.

»Bom dia. Aeroporto, por favor.«

»You can speak English«, sagt er gleichmütig und stellt Hanas Koffer ins Auto.

Jedes Mal, bevor sie zu einem neuen Ziel aufbricht, lernt Hana ein paar Sätze in der Landessprache, damit sie sich überall ein Glas Wein, etwas zu essen, einen Espresso, ein Taxi oder andere Kleinigkeiten bestellen kann. Sie lässt sich von der romantischen Vorstellung leiten, auf diese Weise den fremden Ort besser zu verstehen. Und selbst auch besser verstanden zu werden. Aber jedes Mal ist es dasselbe: *You can speak English*.

Und dabei spricht sie doch sehr gut Deutsch, Französisch und Russisch. Obwohl sie nach der gestrigen Nacht für ihr Französisch nicht mehr die Hand ins Feuer legen würde. *La petite mort.* Dieser Ausdruck ist ihr während ihres Semesters in Genf nicht begegnet. Vielleicht ist ihr das Wort nicht untergekommen, weil sie dort keinen einzigen *petite mort* erlebt hat.

Erst jetzt mit Thomas.

Das Taxi fährt los.

Lissabon wacht in einen warmen und blendend hellen Tag auf. Als wollte hier der Sommer nie zu Ende gehen. In Prag wird das Licht bereits weich und schwach geworden sein, die Schatten lang, denkt sie. Sie kurbelt das Fenster herunter, steckt ihren Arm hinaus und genießt die hereinströmende warme Luft. Die Stadt duftet nach Rosenblüten, nach Meer – und nach Thomas. Der Himmel leuchtet blau, und auf den Gehwegen vor den Cafés sitzen Männer, lesen ihre Zeitungen und trinken Kaffee. Alles geht ganz langsam vor sich. Ist das die Bar, wo Thomas und sie gestern Abend ihre letzte Flasche Wein getrunken haben?

»First time in Lisboa?«, lächelt der Taxifahrer sie an.

»Yes. Very nice city.«

Hana lässt immer noch den Arm aus dem Fenster hängen, liebkost die Luft mit den Fingern und denkt an Thomas. An seinen Körper. An seinen schlanken Hals und seine langen, schmalen Finger. Daran, wie sie sich in der Straßenbahn an ihm festgehalten hat. Wie er sie in dem Bistro geküsst hat. Wie sie miteinander geschlafen haben. Wie sie sich dabei im Spiegel zugesehen hat und wie erregend sie die Idee fand, gesehen zu werden. Beobachtet. Gefilmt. Bei der Vorstellung ist ihr schwindelig geworden. Sie hat ihm die Fingernägel in den Rücken gestoßen und er hat laut aufgeschrien. Für einen kurzen Moment hat sie die Angst beschlichen, der Abend liefe aus dem Ruder.

So ist es aber nicht gewesen.

Sie denkt daran, wie sie mit ihren Lippen seinen Penis berührt hat. Und daran, wie er zum Schluss wissen wollte, ob sie gekommen sei, ob sie ihn gehabt habe. La petite mort.

Das Wort kannte sie nicht. Sie kam sowieso selten zum Höhepunkt. Und ging nie fremd.

Hana hat sich die Folgen der Untreue wie in einem Film vorgestellt. Sie hätte erwartet, von schlechtem Gewissen geplagt zu werden, aber so ist es nicht. Im Gegenteil – sie fühlt sich glücklich und stark.

Der Wagen hält an einer Kreuzung. Für einen kurzen Moment bekommt Hana Lust, auszusteigen und in Lissabon zu bleiben.

Für ein paar Tage.

Für immer.

Vor allem aber möchte sie in sich die große Ruhe erhalten. So lange wie möglich. Dieses Gefühl von Stärke. Den Aufwind, den sie plötzlich spürt.

Das Taxi hält vor der Abflughalle.

»Have a nice flight. And come back to Portugal soon.«

»Maybe.«

Eigentlich will sie nicht nach Prag zurück. Nicht nur, weil sie die Stadt mit der alten Burg und der steinernen Brücke mit Horden von Touristen nicht mehr riechen kann.

Hana betritt die Halle. Und dort sieht sie ihn.

Thomas.

KEIN SUPERMAN

Er geht einmal um seinen Wagen herum und checkt, ob alles in Ordnung ist. Das macht er seit seinem ersten und bis jetzt einzigen Unfall immer. Damals platzte ihm mitten auf einer Kreuzung der Reifen und er krachte in eine Straßenlaterne. Personenschaden gab es keinen. Aber Wayne lernte zum ersten Mal Panik kennen, Panik davor, was noch alles hätte passieren können. Und davor, was gerade vor sich ging.

In dem Moment hat ihm die Kleine sehr geholfen. Sie hielt seine Hand, streichelte ihm über die Wange und flüsterte Wayne ins Ohr, alles sei in Ordnung und sie liebe ihn. Erst als alles vorbei war und Wayne wieder Atem holen konnte, hat sie ein wenig über ihn gelacht. Sie sagte, er solle sich entspannen, solche Dinge seien nicht wichtig. Er nehme das Leben zu ernst, sagte sie. Er sei zu vorsichtig. Zu empfindlich. Ein Angsthase. Auf jeden Fall kein Superman, keiner von diesen modernen Amerikanern, von denen ständig in den Nachrichten die Rede war. Keiner von den harten Jungs, die es eilig hatten, in den Irak zu kommen, um dort mit geschwellter Brust ihren Dienst zu tun, und nicht verstanden, warum auf sie geschossen wurde, wo sie doch nur helfen wollten.

Die Panik hat sich dann wieder gelegt, und mittlerweile findet Wayne seine Reaktion sogar selbst etwas lächerlich, obwohl er weiß, dass auch harte Jungs Angst kennen. Echte Angst. Das weiß die Kleine auch, da ist sich Wayne sicher.

Sein Bruder bekommt es bestimmt auch immer wieder mit der Angst zu tun. Er hat bereits ein halbes Jahr im Irak verbracht und demnächst soll er wieder hin. Bestimmt hat er Angst, auch wenn er in seinen Mails schreibt, dass es ihn freut, wieder seine Pflicht leisten zu dürfen. Ob das wirklich seine Worte sind? Oder gibt es eine Vorlage für solche Briefe? Werden die Mails kontrolliert?

Mike soll bald wieder in den Irak fliegen, in den nächsten Tagen. Vielleicht ist er bereits dort. Mike, Waynes jüngerer Bruder, auf den die Eltern so stolz sind. Das ist schon immer so gewesen, obwohl Mike nicht Jura studiert hat wie Wayne, sondern gleich nach dem Abi als Automechaniker anfing. Sie waren schon immer stolz auf ihn und Wayne hat ihn schon immer darum beneidet.

Jetzt schließt er seinen Wagen auf, wirft die Tasche auf den Beifahrersitz, setzt sich hin und schnallt sich an. Die Kleine mag keine Sicherheitsgurte. Deswegen haben sie sich schon einige Male in den Haaren gehabt. Bei manchen Dingen benimmt sie sich, als wäre sie gerade erst fünf.

Wayne steckt den Zündschlüssel ins Schloss.

Die Bewegung stößt eine ganz andere Tür auf.

Er sieht ein kleines Holzhaus mit einer niedrigen Garage und zwei zu hoch aufgeschossene, von der Meeresbrise gebeutelte Pfirsichbäume. Im Schatten der Bäume parkt ein älteres großes Auto. Ein Haus, das zu klein ist für eine Großfamilie und zu groß für ein altes Elternpaar.

Aber Wayne lebt in Prag. Er sitzt am Steuer eines großen schwedischen Wagens mit Klimaanlage, Bordcomputer und einem CD-Player, in den zehn CDs auf einmal passen, in einem schwarzen Wagen mit sieben Airbags und einer Navigation, die es einem nirgendwo auf der Welt erlaubt, verloren zu gehen. Wayne sitzt in dem laut Elchtest sichersten Wagen der Welt, der allerdings für die schmalen Gassen Prags entschieden die falsche Größe hat.

Von der Letná-Höhe aus macht er sich zu seinem Büro am Rande von Vinohrady auf, mitten durch das verstopfte Herz der Stadt. Aus den Lautsprechern dröhnt Bruce Springsteen. Der einzige amerikanische Kitsch, zu dem Wayne wirklich steht. Und auch der einzige, den ihm die Kleine mit einem Lächeln durchgehen lässt.

Im Gegensatz zu ihr interessiert er sich kaum noch für Musik, Filme oder Ausstellungen. Am Anfang war das anders. Als er nach Prag kam, hat er sogar gemeinsam mit einem Tschechen, einem alten, etwas naiven Hippie-Verehrer von *Velvet Underground,* einen Rockclub gegründet. In einem umgebauten unterirdischen Lager für Obst und Gemüse. Sie haben ein einfaches kleines Podium und eine Bar hineingestellt. Und fertig war der Laden. Die halbe Stadt schlug sich dort die Nächte um die Ohren.

Damals lief alles wie am Schnürchen. Das ganze Land schäumte über vor Energie. In der ersten Hälfte der neunziger Jahre dachten alle, die Revolution würde nie zu Ende gehen, sie sei eine riesige Rockparty. An den verkaterten Morgen danach dachte damals keiner.

Sie nannten ihren Club *Peach Factory.* Der Name war Waynes Idee. Damals tanzte er zu *Dirty Pictures.* Rauchte Gras. Und konnte drei Nächte hintereinander durchmachen. Der Laden brummte. Damals wollten sich alle nur amüsieren.

Schließlich mussten sie aber schließen, weil sich die Nachbarn über den Lärm beschwerten. Die Revolution war vorbei. Und plötzlich stellte sich auch der Kater ein. Auf einmal sehnten sich alle nur nach einem stinkgewöhnlichen Leben mit Pay-TV, zerknitterter Werbung im Briefkasten und maßgeschneidertem Billigurlaub in Italien. Sie wollten endlich ihren angestammten Platz in der Mitte Europas einnehmen.

Auch Wayne versuchte aufs Neue, seinen Platz im Erwachsenendasein einzunehmen. Anders als viele seiner Bekannten, die auf Biegen und Brechen nicht älter werden wollten und das romantische und billige Prag gegen ein noch romantischeres und vor allem noch billigeres Sofia – oder war es Bukarest? – eintauschten, wurde Wayne ein paar Jahre und Beziehungen später tatsächlich erwachsen. Ein Freund von ihm, Dave, wollte sich selbständig machen und schlug Wayne vor, gemeinsam eine Consulting-Firma zu gründen. Gemeinsames Geld. Gemeinsame Klienten. Gemeinsamer Gewinn.

Aus dem Rockclub wurde wieder ein Obst- und Gemüselager. Neulich sah Wayne im Vorbeifahren, wie dort kleine flinke Vietnamesen Lieferwagen mit Bananen und Tomaten beluden, um sie in der Stadt zu verteilen.

Der Kreis hatte sich geschlossen und Wayne stand wieder draußen.

Schläft er heute weniger als sieben Stunden, wird er nervös. Wenn es am Wochenende aber mal mehr als neun Stunden Schlaf werden, bekommt er Kopfschmerzen. Ist es in einer Kneipe oder einem Club zu laut, hält er es nicht lange dort aus. Ist das ein Zeichen von Erwachsensein? Oder heißt es nur, dass er alt geworden ist? Die Kleine meint, er sei ein Hypochonder. Ein älter werdender Typ mit grauen Schläfen. Aus dem eines Tages ein grantiger Greis werden wird. Vielleicht stimmt das auch.

Gegen Mittag wird er sie vom Büro aus anrufen. Abends sieht er sie dann endlich wieder. Darauf freut er sich jetzt schon.

NACKT

Sie setzt sich aufs Klo und steckt sich eine an. Immer noch ist sie nackt. Sie ascht in die Schüssel, vorsichtig, damit die brennende Zigarette ihre Beine nicht streift. Wenn ihre Eltern nicht da sind, sitzt sie morgens immer rauchend auf dem Klo. In letzter Zeit lässt sich Vater sowieso kaum noch zu Hause blicken, und Mutter steht erst gegen Mittag mit furchtbaren Kopfschmerzen auf, die sie mit Bergen von Tabletten zu verjagen versucht. Da kann Vanda ruhig ganze Vormittage auf der Toilette verbringen. Sie liebt das. Dort zu sitzen und zu rauchen. Zeitschriften zu lesen. Ganz alleine in einem kleinen verqualmten Raum zu hocken.

Sie raucht und sieht sich die uralten Poster an der Wand an.

The Cure? Wo hat er das denn ausgegraben?

Auf dem Fußboden liegt eine Zeitschrift. Sie hebt sie auf. Etwas über die Geschichte der Seefahrt und über Entdeckungen in Übersee. Was Prähistorisches halt. Der Typ scheint echt alt zu sein. Ein seltsamer Kauz. Tickt nicht richtig. Aber er hat ihr geholfen. Und er hat ihr gefallen. Außerdem hat er es ihr gut besorgt. Was sie ihm allerdings nie offen sagen würde. Sie hat noch nie offen sagen können, dass sie etwas gut fand oder dass sie sich über etwas gefreut hat. Das kann sie nur vor sich selbst zugeben.

In der Küche schenkt sie sich ein Glas Leitungswasser ein und stellt sich ans Fenster. Sie betrachtet die Pflanze. Von dem vielen Koffein, mit dem sie jeden Morgen beglückt wird, müsste sie krank sein, die Blume sieht aber zufrieden aus. Vielleicht fährt sie auf Koffein ab. Genauso wie Vanda auf Koks.

Sie sieht in den Himmel, beobachtet, wie sich die weißen Kondensstreifen um den Fernsehturm schlängeln.

Der Anblick ruft in ihr das Verlangen nach einem anderen weißen Streifen hervor. Vanda hat sich zwar geschworen, mit achtzehn mit dem Koksen aufzuhören. Aber bis zu ihrem Geburtstag ist es noch ein Monat. Und ein Monat ist eine gefährlich lange Zeit.

Nachmittags würde sie Carlos anrufen und fragen, ob er ihr was bringen kann, denkt sie. Gute Stimmung beim Konzert würde nicht schaden. Innere Ruhe. Und gleichzeitig volle Power. Auf Carlos' Stoff kann man sich verlassen. Aber vorher müsste sie sich Knete besorgen.

Sie zieht sich das T-Shirt und die Unterhose an. Dann schlüpft sie in ihre leicht abgetretenen, knöchelhohen roten Chucks. Sie erkundet Petrs Wohnung. Nachts ist sie ihr kleiner vorgekommen. Zwei Zimmer und eine Küche. Winziger Flur. Er habe die Wohnung von seiner Oma geerbt, hat er gesagt, einer alten Kommunistin. Marx und Lenin im Bücherschrank seien Überbleibsel von ihr. Und die löchrige Schürze in der Küche. Ob er sie beim Kochen benutzt? Dann wäre er nicht nur ein bisschen komisch, sondern richtig durchgedreht.

Vanda sieht sich seine CD-Sammlung an. Lauter vorsintflutliches Zeug. *Sex Pistols. The Clash. New Order. The Cure.* Gott, oh Gott. *Simple Minds.* Das ist die Hölle. Und auch noch *The Best of Queen.* Vanda läuft es kalt den Rücken herunter. Das hängt aber vielleicht auch damit zusammen, dass ihr Vater total auf *Queen* steht.

Ein paar Schritte vor ihr auf der Rolltreppe. Das ist er. Vertieft in eine Zeitung steigt er langsam die Stufen hoch. Sie erkennt seine grauen Schläfen. Und seine Brille. Hana hängt sich ihm an die Fersen.

Er kauft Zigaretten. Ein Parfüm. Cinéma von Yves Saint Laurent. Klar, sie haben zwar nicht darüber gesprochen, aber natürlich ist er nicht allein. Sie lebt ja auch mit jemandem zusammen. Vielleicht ist es deswegen gestern so gut gewesen. Für einen Sekundenbruchteil ist sie eifersüchtig, sie kann fast beobachten, wie das Gefühl sie beschleicht. Eifersüchtig auf all die kleinen Tode, die seine Frau mit ihm erlebt hat. La petite mort. Er hatte ihr ja gezeigt, was das hieß.

Sie würde ihn an der Kasse abfangen. Ihn überraschen.

Sie tut es.

Verwechslung. Er ist es nicht. Sondern ein etwas älterer Zwilling von ihm. Ja, alle EU-Beamten sehen sich ähnlich. Letzte Woche haben sie doch genau darüber im Büro gelacht. Alle EU-Beamten, Taxifahrer und Pizzaverkäufer.

Hana wird rot. Dann muss sie lachen. Er auch. Sie entschuldigt sich.

Langsam schlendert sie zu ihrem Gate.

Kurz bevor sie ins Flugzeug steigen muss, meldet ihr Handy eine SMS: *See you somewhere, somehow. Thomas, la petite mort.*

Gerne.

Sie lacht, drückt auf die Antworttaste und schreibt: *See you in Lisboa.* Dann hält sie inne und löscht den Text. Schaltet ihr Handy aus, verstaut es in der Handtasche und grüßt die Stewardess. Sie nimmt eine Zeitung und setzt sich.

Der Start.

Die Motoren heulen auf und das Flugzeug rast auf das Ende

der Startbahn zu. Es löst sich vom Boden, steigt in die Höhe, genauso wie Hanas Eingeweide. Vielleicht sind sie gar nicht festgemacht da drinnen, denkt Hana, sie schwimmen in ihrem Körper hin und her wie in einem Meer. Hana wird nicht übel, im Gegenteil, dieses Gefühl gibt ihr geradezu einen Kick. Endorphine. Adrenalin. Das alles wird in ihr Blut ausgeschüttet.

Das Flugzeug taucht hoch über der Stadt auf. Unter ihnen der Ozean. Hana sieht auf den Hafen herunter, auf die braunen Wassermassen des Tejo, die sich in den Atlantik ergießen, auf die irre lange Brücke mit den vielen kleinen, langsam vorankriechenden Spielzeugautos.

Das Flugzeug fliegt einen Bogen und nimmt Kurs auf Europas Mitte. Das Piktogramm *Bitte anschnallen* verschwindet. Die Motoren brummen monoton. Das wird noch ungefähr drei Stunden so bleiben. Hana mag dieses Geräusch nicht, vielleicht gerade wegen seiner Monotonie.

Sie holt ein Buch und ihren iPod aus der Handtasche. *Madredeus*. Sehr langsam, sehr melancholisch, sehr portugiesisch.

Os teus olhos são vitrais

Que mudam de cor com o céu

Auf dem Hinflug hat Hana in ihrem Wörterbuch entdeckt, dass *vitrais* Fenster heißt und *céu* Himmel. Und wie so oft in ihrem Leben denkt sie auch jetzt, dass das Lied sich mit ihren Empfindungen zu decken scheint. Als seien die Musik und ihre Erlebnisse ein und dasselbe. Wegen diesem Gefühl wäre sie gerne Komponistin. Aber sie kann nicht einmal ein Instrument spielen, die schrammelige Gitarrenbegleitung zu zwei Lagerfeuerliedern nicht mit eingerechnet, die sich allerdings auch nur geringfügig mit ihrem Leben überschneiden.

Hana blickt in das unendliche Blau des Himmels. Dahinter gibt es bestimmt noch etwas anderes, denkt sie. Hinter diesem Himmel. Hinter diesem Lied.

E quando sorriem, iguais
Quem muda de cor sou eu

Sie versucht, sich in die Lektüre von Pessoas *Buch der Unruhe* zu vertiefen, aber wie schon viele Male zuvor will es ihr auch diesmal nicht gelingen. Bislang hat sie darin eher geblättert als gelesen. *Letztlich bleibt vom Heute, was vom Gestern blieb und vom Morgen bleiben wird: das unstillbare, grenzenlose Verlangen, allzeit derselbe und zugleich ein anderer zu sein.*

Hana klappt das Buch zu. In ihrem Körper hat sich Müdigkeit ausgebreitet. Vielleicht sollte sie kurz schlafen. Ein Nickerchen machen. Ganz kurz.

Sie wirft noch einen Blick aus dem Fenster. Jetzt müssten sie bereits über Spanien sein. Das Reisen ist für sie mit Büchern und mit Musik verbunden, wobei Letztere sogar eine größere Rolle spielt. Schon damals, als sie als Gymnasiastin zum ersten Mal in den Westen aufbrach und den Norden Europas bereiste, durfte ihr alter Walkman im Rucksack nicht fehlen. Damals stand sie auf *The Cure*. Zu der Zeit waren alle unglaublich romantisch drauf. Und dachten, das Leben würde ewig so vergnügt weitergehen. In jenen Tagen trug Hana hochtoupiertes Haar und roten Lippenstift und wünschte sich, mit zwei Männern gleichzeitig zu schlafen. Dieser Wunsch ist aber nie in Erfüllung gegangen. Vielleicht hätte sie es machen sollen. Vielleicht ist es jetzt so weit.

»Ham or cheese?«

Die Stewardess reicht Hana ein Baguette.

»Sparkling wine and cheese.«

Sie hat etwas zu feiern. Sie hat etwas, wovon sie Abschied nehmen möchte. See you, la petite mort. See you, Lisboa. See you somewhere, somehow.

Draußen steckt er sich eine neue Zigarette an. Er hört Musik. *New Order, Technique*. Pseudodisco. Musik für alte Männer. Das hat Vanda heute Nacht gesagt. Vielleicht hat sie recht. Vielleicht sollte er all die alten CDs und Bücher und Erinnerungen in die Mülltonne werfen. Aber das kann er nicht. Die CDs, die Bücher, eigentlich auch die Erinnerungen gehören nicht nur ihm. Genauso wie auch Malmö nicht nur ihm gehört.

An der Ecke löst sich sein linker Schnürsenkel. Es ist immer derselbe Schnürsenkel, seit etwa zwanzig Jahren. Egal welche Schuhe er anhat. Etwas ist nicht in Ordnung mit ihm.

Beim Zubinden denkt er daran, dass er endlich die Rechnung fürs Telefon bezahlen sollte, damit er sich wieder Frauen im Netz reinziehen kann. Sie ist gar nicht so hoch, etwa dreitausend, nur ist er zu faul, um zur Bank zu gehen.

An einer Straßenlaterne sieht er ein Plakat hängen. Eine tätowierte Mädchenschulter. Vandas Tattoo. Und der merkwürdige Bandname: Kill the Barbie.

Malmö schnuppert an der Laterne. Das Plakat löst sich an einer Ecke ab. Man müsste nur kurz daran ziehen, um es ganz herunterzureißen, denkt er.

Sie steigen die Treppe zu Parukářka hoch, dort gibt es einen netten Biergarten, den Petr manchmal gerne besucht. Am frühen Morgen hat man von dort einen schönen Blick über ganz Prag. Petr steckt sich dann jedes Mal eine Zigarette an und blickt eine Weile auf die langsam erwachende Stadt herunter.

Langsam laufen er und Malmö weiter zum Žižkover Straßenbahndepot. Zu Petrs Tram, in der nach dem nächtlichen Putzen kleine Wölkchen von Desinfektionsmittel in der Luft hängen. Petr ist bei der Arbeit angekommen.

Am Zebrastreifen hält er an und lässt eine junge Frau im Minirock die Straße überqueren. Obwohl Waynes Gesicht hinter den dunklen Fensterscheiben kaum zu erkennen sein dürfte, lächelt sie ihn an. Sie gefällt ihm. Vielleicht denkt er morgen unter der Dusche an sie.

Er findet die Tschechinnen immer noch attraktiv. Sie sind zwar nicht so elegant wie Französinnen oder Polinnen, aber sie sind sexy. Richtig sexy. Dekadent. Frivol. Nicht wie die Amerikanerinnen. Zumindest nicht wie die Frauen in jenem Teil von Amerika, den er hinter sich gelassen hat.

Frauen aus der Stadt Delaware.

Aus der Stadt Delaware im Staat Delaware.

Seit mehr als zehn Jahren ist er schon weg. Das wird sich vermutlich auch in den nächsten zehn Jahren kaum ändern. Vielleicht sollte er aber häufiger mit seinen Eltern telefonieren. Nicht gleich heute, aber zumindest ein Anruf an Weihnachten wäre gut. Sie sprechen sich sonst nie. Riefe er gleich jetzt an, würden sie denken, es sei etwas passiert. Mit ihm. Oder mit der Kleinen, die sie immer noch nicht kennen, weil seine Mutter Angst vorm Fliegen hat.

Endlich erreicht Wayne das Moldauufer. Sein Wagen rollt auf die Brücke und reiht sich brav in die lange Autokolonne ein. Eine halbe Stunde lang wird er im Schritttempo vor sich hin tuckern. Mit der Straßenbahn wäre er schneller, aber das will Wayne nicht. Er braucht die langsame Anfahrt. In einer Stunde wird sein Tag viel zu schnell sein. Erst am Abend im Fitnessstudio kommt er zum Stehen. Wayne denkt an seinen Bruder, der ihn im letzten Jahr in Prag besuchte. Er blieb zwar eine ganze Woche, Wayne hat ihn aber kaum gesehen. Clubs, Mädchen, Sehenswürdigkeiten. Vielleicht packt er zu Hause gerade seine

Koffer. Oder er packt sie bereits wieder aus. Wayne weiß, wie stolz seine Eltern auf Mike sind. Vor allem der Vater. Wayne hört Bruce Springsteen singen:

I'm a long gone Daddy in the U.S.A.
Born in the U.S.A.
I'm a cool rocking Daddy in the U.S.A.
Born in the U.S.A.

Einmal ist Wayne zusammen mit Mike in ein Springsteen-Konzert gegangen. Sie standen in der zweiten Reihe und grölten bei jedem Lied den Refrain mit. Zu Hause wurden sie vom Vater abgefangen, der ihnen betrunken verkündete, Springsteen sei eine genauso rote Socke wie Dylan, außerdem sei er wie alle Künstler schwul.

Wayne war das damals egal. Zu jener Zeit dachte er, dass jedes Lied von ihm handelte, dass jedes Lied sein Leben berührte. Heute weiß er, dass das nicht stimmte.

Was hören denn eigentlich unsere Männer und Frauen im Irak? Dass sie Musik hören, das wusste Wayne von Mike. Jedes Mal, bevor es losgeht, wird Musik gespielt. Volume-Regler nach rechts. Bis zum Anschlag. Musik stärkt das Selbstvertrauen. Mit Musik schießt man besser. Auch das Töten geht leichter von der Hand. Vielleicht auch das Sterben. Adrenalin. Endorphine. Aggressionen. Wie beim Boxen. Oder im American Football. Mike hat gesagt, dass es im Einsatz wie beim Leistungssport zugeht. Pausenloses Training, und wenn der Wettkampf da ist, rennt man los.

Von den Militärpsychologen wird Musik geradezu empfohlen. Einer hätte sogar bei einem Briefing gesagt, erzählte Mike, dass Amerika den Vietnam-Krieg nicht verloren hätte, wenn es den MP3-Player damals schon gegeben hätte. Das war Wasser auf Vaters Mühlen gewesen.

Die Psychologen wissen, dass Musik den Menschen aus seiner

Einsamkeit befreit. Mit Musik ist man nie allein. Man kann sich hinter Musik verstecken. Mit Musik in den Ohren rennt man nicht über eine reale Straße in Bagdad und feuert auf lebendige Menschen, sondern eliminiert nur Figuren in einem Computerspiel. Musik heißt Flucht. Rennen. Angriff.

Mike erzählte, jeder amerikanische Soldat im Irak trage heute zwei Dinge um den Hals: seine Identifikationsnummer und einen MP3-Player. Beides bekomme man zugeteilt. Stirbt einer, wird die Nummer eingezogen. Was wohl mit dem MP3-Player passiert? Wird er an die Familie zurückgeschickt, zusammen mit den Pornoheften und der Armbanduhr des Verstorbenen? Hören sich die Hinterbliebenen an, was der teure Verstorbene gehört hat, als er draufging?

Die Soldaten stellen eigene Charts zusammen, erzählte Mike weiter. Kill The Enemy. Iraq Top Ten. Ihre Lieblingsband komme nicht aus Amerika, sondern aus Deutschland. *Rammstein.* Heftiges Zeug. Wayne hat mal einen Kollegen gebeten, ihm eine Kopie zu machen. Vermutlich Clark. Wayne muss ihn daran erinnern. Die Musik könnte gut ins Fitnessstudio passen. Zum Boxen.

Mit Mike hat sich Wayne nie richtig gut verstanden. Wayne hat immer nur Bücher verschlungen und Mike die Mädchen. Nicht dass Wayne keine Freundin gehabt hätte, aber Mike, der sich für Literatur nicht die Bohne interessierte, schaffte es locker, auch zwei Weiber an einem Abend zu beglücken. Die eine Flamme von ihm soll bei McDonald's gearbeitet haben, die andere bei KFC.

Auf einmal bekommt Wayne einen Riesenappetit auf Chicken Wings. Meist versucht er ungesunde Nahrung zu vermeiden. Antibiotika. Wachstumshormone. Tierquälerei. Die Problematik ist ihm mehr als bewusst. Aber auch hier drückt die Kleine ein Auge zu.

Sie schlendert zum Bücherregal. Anders als die Schallplatten sind die Bücher nicht in alphabetischer Reihenfolge geordnet. Bis zum heutigen Tag hat Vanda gerade mal drei Bücher durchgelesen. Und sie hat nicht vor, ihr Lesetempo zu beschleunigen. Auf Bücher kann sie sich nur schwer konzentrieren. Außerdem hat sie irgendwo gelesen, man lese nur, wenn man kein eigenes Leben habe. Sie hat aber eins. Außerdem noch die Band. Und ihre Tätowierung.

Sie bleibt vor den Seekarten stehen. Die ganze Wand ist vollgekleistert mit ihnen. Sie sind leicht angestaubt. Er scheint wirklich allein zu leben. Atlantik. Pazifik. Nordsee. Indischer Ozean. Ostsee. Mittelmeer. Dort ist sie ein paar Mal gewesen, mit ihren Eltern zusammen, in Frankreich, vor allem in Italien, wo ihr Vater einen Geschäftspartner hat. So einen Typen, mit dem man Bombengeschäfte abwickelt und der einem später Geld schickt, damit man es wieder investiert.

Sie haben immer in demselben Hotel gewohnt, es war klein und nicht weit vom Strand entfernt. Wenn Vandas Eltern zum Strand gingen und sie mit vorgetäuschten Kopfschmerzen auf dem Zimmer blieb, stibitzte sie ihnen Zigaretten und füllte sich etwas Wein in eine Wasserflasche. Dann kletterte sie auf einen Felsen, der über die Bucht ragte, und dort saß sie, rauchte, trank, schrie mit den Vögeln um die Wette und fühlte sich fabelhaft. Irre gut. Einmal hat sie einen Sonnenstich bekommen. Das war noch bevor bei ihnen zu Hause alles den Bach runtergegangen ist.

Vanda kehrt zum Bücherregal zurück und nimmt ein Buch in die Hand. Sein glänzend weißer Rücken hat sie angezogen. Mitten unter den anderen leuchtete er regelrecht in den Raum. *Die Entdeckung der Langsamkeit*. Ein Roman über einen Seefahrer, über Abenteuer und Sehnsucht, steht auf dem Umschlag. Vanda liest den ersten Satz: *John Franklin war schon zehn Jahre alt und noch immer so langsam, dass er keinen Ball fangen konnte.* Vermutlich ein echter Loser. Sie blättert bis zum Ende und liest den letzten Satz: *Der Einzige, der ihm nicht zuhörte, war der Photograph der »Illustrated London News«, der eilends seinen Apparat, System Talbot, in Stellung brachte, um den Zustand der Skelette im Bild festzuhalten.* Und ein Loser ist er auch geblieben.

Als sie etwas in der Mitte lesen will, schneien zehn Tausendkronenscheine aus dem Buch. Sie hebt sie vom Boden auf und legt sie zurück, zwei Scheine behält sie aber. Genauso viel hat sie für ihre Tätowierung hingeblättert, die immer noch juckt.

Sie stellt das Buch zurück und legt sich noch mal kurz ins Bett. Gähnend sieht sie Nestor im Aquarium zu und fährt streichelnd mit der Hand über ihren Körper. Hat sie gestern mit ihm geredet oder war es ein Traum? Er hat es ihr gut besorgt. Petr. Nicht Nestor. Er war auf jeden Fall viel besser als Danny. Auch im Vergleich mit dem Arschloch Harry war Petr richtig gut. Vielleicht sogar besser als Maureen. Dabei ist die Engländerin. Und die einzige echte Punkerin, die Vanda kennt. Vanda würde sich nie die Brustwarzen durchlöchern. Erst recht nicht da unten piercen lassen. Schon gar nicht zwei Ringe, wie es Maureen gemacht hat. Aber die war nicht nur Punk, sondern auch Psycho. Vielleicht hat Sex mit älteren Männern auch was, denkt Vanda. Auch wenn sie sich nicht sicher ist, ob sie unter normalen Umständen mit einem so alten Typen überhaupt geredet hätte, vom Bett ganz abgesehen. Aber gestern Abend war nichts normal. Gestern Abend war sie entgleist. Leicht außer sich gewesen. Out. Aber jetzt ist alles wieder gut. Was sie Petr zu verdanken hat. Aber das würde sie ihm gegenüber nie zugeben. So was sagt man nicht laut.

Er ist mit Abstand der älteste Typ, mit dem sie je geschlafen hat. Auch wenn sich ihre Freundin Lucie einen noch älteren angelacht hat. Wahrscheinlich machte es sie an, sonst hätte sie nicht mit ihm geschlafen. Das ist Vanda aber schnuppe. Lucie kann ihr gestohlen bleiben. Eine ehemalige Freundin ist die, mehr nicht. Ne blöde Kuh, zur Hölle mit ihr.

STILLES PRAG

Vladimír steht am Schreibtisch mit den Fotos unter der Glasplatte, macht eine Schublade auf und geht die Medikamentenschachteln durch, die unter einer Mappe mit alten Notenaufzeichnungen liegen. Rohypnol. Xanax. Valium. Diazepam. Von jedem Mittel gleich mehrere unangetastete Schachteln. Nie ausgepackte Probegeschenke von Vladimírs Ärztin. Erst heute kramt er sie wieder hervor, will testen, was sie können.

Er wird sie mit Wodka herunterspülen, den er in dem vietnamesischen Nonstop-Laden unten auf der Straße kaufen wird. Die Vietnamesen mögen ihn. Sie mögen jeden, der bei ihnen einkauft. Und Vladimír mag wiederum sie gerne. Sie sind unauffällig, tüchtig und leise. Gäbe es in der ganzen Stadt nur Vietnamesen, wäre es ein ganz passabler Ort zum Leben. Vielleicht hätte Prag dann sogar eine Zukunft.

Ob er sich für einen mährischen, sowjetischen oder finnischen Wodka entscheidet, weiß Vladimír noch nicht, vielleicht kauft er sogar einen Wodka aus Prag, auch wenn der am meisten im Hals brennt. Er hat noch genug Zeit, um sich das zu überlegen.

Genauso wenig weiß er, ob es besser ist, sich Mut anzutrinken, alle Tabletten auf einmal zu schlucken und dann das Zeug mit Wodka herunterzuspülen. Oder ob er zuerst die Tabletten mit dem Mörser, der als Erinnerung an seine Großeltern in der Küche steht, zerdrücken, das Pulver in einen halben Liter Wodka schütten, umrühren und in einem einzigen Zug austrinken soll. Auf ex. Danach wird er sich aufs Bett fallen lassen, die Augen schließen, einschlafen und nie wieder aufwachen.

Ebenfalls muss er noch klären, wo er den Abschiedsbrief hinlegen will. Er muss gut zu sehen sein, auf keinen Fall darf der Brief verloren gehen. Über all das muss Vladimír nachdenken. Er hat aber noch genug Zeit.

Vorher möchte er noch rausgehen, einen letzten Versuch unternehmen, die Stadt und ihre Bewohner aus der Lethargie aufzurütteln. Ihnen aus dem Lärm heraus in die Stille zu verhelfen.

Jetzt steht er im Flur und lugt in das Zimmer seiner Frau. Das Bett ist gemacht. Über die Rückenlehne des Schreibtischstuhls hängt ihr brauner Pullover, den sie beim kleinsten Zugwind überwirft. Vladimír liebkost ihn mit der Hand. Der Pullover duftet nach ihrem Rosenparfüm. Er duftet nach dem Rest des Sommers.

FRAUEN, FLUPPEN UND SONGS

Petr sieht Madrid vom Himmel fallen. Dann Frankfurt. Oslo. Und Brüssel. Je näher er sich an die Anhöhe vom Weißen Berg vorarbeitet, desto mehr Flugzeuge mit ausgefahrenen Krallen sausen über Petrs Kopf auf den Flughafen von Ruzyně zu. Diesen Teil der Strecke mag Petr am liebsten.

Einmal hat ihn sein ehemaliger Kommilitone Dan zu einer Flugzeugjagd mitgenommen. Sie lagen in der Nähe der Landebahn im Gras, kifften und sahen zu, wie Flugzeuge mit unerträglichem Lärm auf ihren Köpfen zu landen versuchten. Beide hatten anfangs Ohrenstöpsel, nach dem zweiten Joint nahmen sie sie aber heraus. Sie redeten über Frauen und aalten sich im Lärm.

Dan hat immer Pilot werden wollen, dafür aber zu viel und zu häufig gekifft. Jetzt arbeitet er in einer Computerfirma in München. Petr hat auch immer etwas werden wollen, aber anders als Dan hat er nie genau gewusst, was das sein sollte. Vielleicht fährt er deswegen nun Straßenbahn.

Er passiert die Kreuzung Na Vypichu und nähert sich dem Weißen Berg. Er sitzt am Steuer der Straßenbahn Nr. 22, Linie Bahnhof Hostivař – Bílá Hora, Weißer Berg. Viermal am Tag hin, viermal zurück. Malmö stützt sich mit den Vorderpfoten auf dem Armaturenbrett ab und wedelt mit dem Schwanz.

»Ruhig bleiben, Süße, wir sind gleich da«, Petr krault sie hinter den Ohren.

Bald wird Petr an der Endhaltestelle ankommen und seine rote Straßenbahn zum Stehen bringen, Malmö wird hinausrennen und hinter dem letzten Waggon Gassi machen. Dann wird es zwanzig Minuten Pause für eine Zigarette, ein Butterbrot und einen Kaffee aus dem Automaten geben. Es dauert aber noch ein Weilchen, bis sie da sind. In der Fahrerkabine dröhnt *New Order*:

My morning sun is the drug
That brings me near
To the childhood
I lost replaced by fear

Man hat Petr deswegen schon mit Kündigung gedroht. Während der Fahrt dürfe keine Musik gehört werden, der Fahrer habe weder zu rauchen noch zu telefonieren, die Kabinentür sei geschlossen zu halten und Gespräche mit Frauen während der Fahrt seien untersagt, hat man ihm gesagt. Petr schert sich keinen Deut darum. Er ist ohnehin lediglich als Aushilfe angestellt, auch wenn er schon über ein Jahr lang fährt. Der Verkehrsverband ist auf Aushilfen angewiesen, es gibt nie genug Straßenbahnfahrer. Die Arbeit lässt sich auch nicht lange aushalten. Es sei denn, man ist vernarrt in Straßenbahnen, so wie der Kollege Hrouda.

Ohne Musik könnte er den Job nicht machen. Ohne Musik, ohne Zigaretten – und ohne Malmö. Und ohne Frauen, die er mit seiner Straßenbahn durch die Stadt fährt und die ihm nicht aus dem Kopf wollen. Zum Beispiel diese hübsche kleine Rumänin, die bei der nächsten Runde im Stadtzentrum einsteigen wird. Sie schleicht sich an deutsche Touristen heran, guckt den Frauen in die Handtasche, streichelt den Männern über die hintere Hosentasche. Holt Geldbörsen, Handys und Kreditkarten heraus. Und Petr sagt dann auf Tschechisch und auf Englisch ins Mikrofon: »Bitte achten Sie auf Ihre persönlichen Wertsachen«, obwohl er weiß, dass dieser Satz nur ein Alibi ist, dass sich die kleine dunkelhäutige Rumänin in kurzer schwarzer Leggins, Turnschuhen und rotem T-Shirt davon nicht wird abhalten lassen und dass die Touristen mit ihren Sonnenbrillen ihre Sachen sowieso nicht im Auge behalten.

Petr freut sich schon auf das kleine Langfingerkonzert zu zwei Händen. In der proppenvollen Zweiundzwanzig. Die Taschendiebstähle werden ihn einerseits ärgern, andererseits aber auch irgendwie erregen.

Jetzt fährt er allein. Es sind keine Fahrgäste da. Die Straßenbahn ist leer und schaukelt, als wäre sie ein Schiff und die Gleise Meereswellen.

Petr fährt auf die Endhaltestelle zu. Bis jetzt ist es ein guter Tag, denkt er. Bis jetzt ist er noch keinem vor der Nase weggefahren, wie er das an Scheißtagen immer tut.

ÜBER DEN WOLKEN

Das Flugzeug fliegt nicht, sondern schwebt in der Luft, zumindest kommt es Hana so vor. Als würden die Wolken unter ihnen fliegen. Vielleicht ist es auch so. Stürzte das Flugzeug in diesem

Moment ab und sie müsste sterben, würde es ihr nichts ausmachen. Es wäre passend, praktisch, perfekt.

Als Kind hat sie sich immer wieder ihren Tod vorgestellt, die Beerdigung und die Musik, die dabei gespielt werden würde – natürlich von ihr selbst zusammengestellt. Ihre Großeltern sind beide zu Hause gestorben, sie hat zugesehen, wie sie allmählich von der Welt Abschied nahmen, zusammengeschrumpft, mit eingefallenen Wangen und in sich gekehrt lagen sie kraftlos im Bett. Hana wünschte sich, mitten im Leben vom Tod dahingerafft zu werden, bei einem Sprint im Stadion, in voller Geschwindigkeit auf der Autobahn, im Flugzeug über den Alpen unterwegs nach Rom oder nach Barcelona. Sie hatte Angst davor, nicht mehr so beweglich zu sein. Nicht frei atmen zu können. Auf Hilfe anderer angewiesen zu sein. Diese Angst hat sie bis heute.

Sie spürt, wie ihr der Sekt in den Kopf steigt. Sie schließt die Augen. Als sie aufwacht, läuft immer noch Musik in ihren Kopfhörern, und das kleine Flugzeug auf dem Bildschirm vor ihr bewegt sich auf der Europakarte irgendwo über der Schweiz. Noch eine Stunde und sie ist zu Hause.

Hana beschließt, es ihm schon heute zu sagen. Schluss zu machen. Es war nett, aber es führte nirgendwohin. Vielleicht hat es von Anfang an nirgendwohin geführt. Sie hat ihn geliebt. Ganz doll. Sie hätte alles für ihn getan. In einem bestimmten Moment hätte sie sogar ihr Leben für ihn gegeben. Aber dieser Moment ist nun vorbei.

Sie fühlt sich stark. Richtig stark. Wie mit sechzehn, als sie den 100-Meter-Sprint in der Kreisstadt gewonnen hat. Oder die Aufnahmeprüfung für die Uni bestanden hat. Als sie im Ministerium eingestellt wurde und das erste Mal mit einem Diplomatenpass ins Ausland reiste. Als sie den Mann kennengelernt hat, den sie heute verlassen wird.

Sie wird nur noch das tun, was sie selber will. Sich eine kleine

Wohnung nehmen. Ein Zimmer reicht. Ein Bett nur für sie allein. Vielleicht muss es nicht mal Prag sein. Sie reicht die Kündigung ein. Es ist egal, wovon sie leben wird. Auf den Diplomatenpass kann sie gut verzichten, für Auslandsreisen braucht man ohnehin nur noch den Personalausweis. Die Pumps landen im Schrank und sie zieht wieder ihre alten Adidas-Schuhe an. Kauft sich ein Fahrrad und wird nur in einem Spaghetti-Top herumfahren, ohne BH, wie damals in Berlin. Das ist noch gar nicht so lange her. Vier Jahre? Vielleicht sucht sie sich wieder einen Job als Kellnerin. Oder verschwindet nach Genf. Nach Kopenhagen. Oder nach Lissabon. Vor allem aber tut sie nur noch das, was sie will. Räumt nie wieder fremde Slips und Socken im Badezimmer weg. Das hat er bis heute nicht gelernt. Seine Mutter hat es ihm wohl nicht beigebracht.

Mit Thomas wird es keine Fortsetzung geben, das ist klar. Das will sie auch nicht. Aber die Begegnung mit ihm hat etwas in ihr in Bewegung gesetzt. Etwas, das lange brachgelegen hat.

La petite mort.

Sie sieht zu, wie lächelnde portugiesische Stewardessen Getränke an Touristen verteilen, deren Nasen in Prag-Reiseführern stecken und die nur noch Kafka, Barockkirchen und U Fleků im Kopf haben. Wenn sie wüssten, wie leblos und ausgelaugt die Stadt geworden ist. Ein riesiges, schmuddeliges und muffig riechendes Museum. Ein Ort, den man für ein verlängertes Wochenende ansteuert, an dem man sich vollaufen lassen kann und den Rausch dann auf dem Rückflug ausschläft. Mehr ist in dieser Stadt nicht drin.

Hana überlegt, wo sie es ihm am besten sagen soll. Zu Hause, in einem Restaurant, auf der Straße oder am Telefon. Vielleicht reicht eine SMS. Eine kurze Nachricht, höchstens fünf Worte lang. Fünf Jahre gemeinsames Leben, fünf Jahre Nähe binnen einer Sekunde auslöschen. Wie aufregend, denkt Hana, so schnell

Schluss zu machen. Etwas zu beenden, das funktioniert hat, sich bewährt hat, und das in dieser Form noch weitere zehn oder zwanzig Jahre hätte bestehen können. Aber sie, Hana, macht heute Schluss.

Auf dem Flughafen in Lissabon wollte sie gar nicht nach Prag zurückkehren. Jetzt freut sie sich allmählich. Darauf, endlich das zu tun, was sie will.

Sie blickt aus dem Fenster auf die aufgetürmten Wolken unter ihr. In der Ferne taucht ein anderes Flugzeug auf, es zieht einen geklöppelten Schweif aus kondensiertem Dampf hinter sich her. Vielleicht dasselbe Flugzeug, mit dem Hana vor zwei Tagen nach Lissabon geflogen ist. Einmal hat sie sich ausgerechnet, bereits viermal den Erdball umrundet zu haben.

20 GRAD CELSIUS

Er nimmt eine kleine chirurgische Schere in die Hand und prüft, ob sie scharf ist. Ja, sie ist es immer noch. Er schneidet sich die Fingernägel.

Auch das Skalpell, das er sich im Krankenhausbedarf gekauft hat, ist scharf geblieben.

Vladimír steht am Fenster. Die hereinfallende Sonne spiegelt sich im glänzenden Metall wider. Er verstaut die beiden Instrumente in einem alten Brillenetui, das seine Frau nicht mehr braucht.

Er sieht auf die Straße herunter, auf der es nur so wimmelt von Autos. Die gelbe Fassade der Telekommunikationszentrale, die wie eine alte Festung in die Höhe ragt, wird renoviert, die Bauarbeiter flitzen flink über das Gerüst. Dahinter der Fernsehturm, der die Stadt mit giftigen Wellen verpestet. Ein Blick auf das Thermometer. Zehn Grad. Nachmittags werden es höchstens zwanzig sein. Er geht zum Schrank, öffnet ihn und studiert die an der Innentür angebrachte Tabelle.

20 Grad Celsius. Hemd. Dünner brauner Mantel. Schwarze, braune oder karierte Hose. Pullover nicht nötig. Socken. Er folgt den Anweisungen und zieht sich langsam an. Hinter seinem Rücken hört er ihre Schritte. Er dreht sich aber nicht um.

Seine Frau sagt, er solle nicht vergessen, eine schöne Krawatte umzubinden, bei einem Hemd sei eine Krawatte Pflicht, außerdem sehe er gut damit aus. Als er sich umdreht, ist sie nicht mehr da. Wohl wieder in ihr Zimmer gegangen. Irgendwo fällt die Tür zu.

Er mag die Küche nicht. Sie liegt außerhalb der Reichweite seines Geräts. Hier dringt fast jedes Geräusch hinein, ähnlich wie im Badezimmer oder auf der Toilette. Von allen Seiten hört man die Nachbarn. Auch die Geräusche aus dem Restaurant im Erdgeschoss. Und aus dem Rockclub im Keller. All den Lärm, wegen dem er immer wieder die Polizei anruft. Aber die steckt mit der Lärmmafia ganz offensichtlich unter einer Decke.

Er kocht sich Kaffee. Mit viel Milch. Bröselt ein altes Brötchen hinein. Mehr frühstückt er nie.

UNTERWEGS NACH OBEN

Wayne steht im Stau auf dem Schnellring und beobachtet die Züge, die den Hauptbahnhof verlassen. Das letzte Mal ist er vor etwa drei Jahren Zug gefahren, da hatten die Kleine und er einen Ausflug zu einer alten Burg an der Sázava gemacht. Wayne findet die tschechische Eisenbahn muffig, langsam und unsicher, aber so ist das ganze Land. Ganz Mitteleuropa. Gerade deswegen hat er damals diesen Landstrich ins Herz geschlossen.

Wayne denkt daran, wie sie im allerletzten Waggon am Fenster standen, sich hinauslehnten und sich den Wind durch die Haare fahren ließen. Damals kam sie ihm wunderschön vor. Und klein. Seitdem nennt er sie so. Die Kleine. Sie mag das.

Die Kleine.

Damals trug sie ihre Haare noch lang. Lächelte ihn ständig an und brachte ihm viele neue Wörter bei. Vielleicht sollten sie diesen Ausflug wiederholen. Vielleicht könnte sie sich wieder die Haare wachsen lassen. Sie sollten mal darüber reden.

Sein Handy klingelt.

Clark.

Er ist nervös. Wayne merkt das sofort an Clarks Stimme, auch wenn sie nicht zittert. Klar. Heute steht viel auf dem Spiel. Sozusagen alles. Wayne versucht, Clark zu beruhigen. Natürlich werden sie den Polen nichts schenken. Die haben einfach den Fehler gemacht, sich nicht zu versichern. Und sind das Ding trotzdem angegangen. Was dachten die, wo sie sind? In Russland? Irgendwo in der Ukraine? Wie kamen sie überhaupt darauf, dass man hierzulande krumme Dinger mit Aktien drehen kann? Die werden einfach ihren Kram packen und den Nachmittagsflieger nach Warschau nehmen müssen. Ohne Firmengründung und ohne einen Cent Gewinn in der Tasche. Eine Entschädigung können sie sich aus dem Kopf schlagen. Die kriegen einen feuchten Händedruck und werden froh sein, wenn wir sie nicht verklagen.

»Polish beggars«, sagt Clark, aber Wayne weiß, dass die Sache auch ganz anders ausgehen könnte. Vielleicht fliegt Clark raus. Wayne betrifft das nicht. Polen ist nicht sein Geschäftsgebiet. Dave wollte nur, dass er, Wayne, Clark zur Seite steht, damit Clark die ganze Sache nicht noch mehr vermasselt.

Das Glück ist Clark weder in den Staaten noch später in Frankfurt hold gewesen, also landete er schließlich in Prag. Nun wackelt sein Stuhl auch hier. Dave meint, er sei ausgebrannt. Ein

Anwalt ohne Biss. Tauge höchstens dazu, Papier im Kopierer nachzufüllen. Dabei war Clark, drei Jahre älter als Wayne, sogar in Yale und musste nicht wie Wayne in einem verschlafenen Nest hocken, an der Uni in Dover, Hauptstadt von Delaware, wo um neun Uhr abends die Bürgersteige hochgeklappt wurden und die großen Gesellschaftsereignisse aus einem Anglerwettbewerb und einem Rockfestival bestanden. Auf Letzterem war sogar einmal R.E.M. aufgetreten, was noch fünf Jahre später ein beliebtes Gesprächsthema abgab.

Bereits im Frühjahr hat Clark den Vertrag mit einem deutschen Stromkonzern in den Sand gesetzt. Und jetzt die Sache mit den Polen. Bei ihm zu Hause scheint es auch nicht gut zu laufen. Einmal beim Mittagessen hat Wayne Clarks Marie mit einem jüngeren Kollegen beobachtet, einem aus der IT-Abteilung. Sie haben sich nicht geküsst, das nicht, aber Wayne fiel die Zärtlichkeit auf, mit der Marie die Schulter des jungen Mannes berührte. Hätte sie ihre Hand eine Sekunde früher zurückgezogen, wäre ihm die Berührung gar nicht aufgefallen. Aber diese Sekunde zu viel sagte alles. Bei Clark ist die Kacke am Dampfen. Marie ist eine sehr gut aussehende Frau. Wayne hat schon einige Male unter der Dusche an sie gedacht.

Wie gut, denkt Wayne, dass er nicht ähnlichen Stress an der Backe hat. Dass es zwischen ihm und der Kleinen gut läuft. Er mag sie. Und sie ihn. Eigentlich könnten sie auch heiraten.

»See you, cocksucker.«

Clark steht auf solche Sprüche, das weiß er. Für einen kurzen Moment kann man damit sogar seine Stimmung aufhellen.

Wayne fährt in die Garage.

Am Fahrstuhl trifft er Julia, die ganz kurz vor ihm angekommen sein muss. Vor drei Jahren, als sie eingestellt wurde, befand sich Dave auf einer Geschäftsreise, Wayne musste die Entscheidung allein treffen. Julia hat ein einfaches schwarzes Kostüm und

Pumps an. Beim Autofahren trägt sie Sportschuhe, die sie dann unterm Sitz verstaut. Wayne weiß das, weil sie einmal vergessen hat, die Schuhe zu wechseln.

Sie lächeln sich an. Die Fahrstuhltür schließt sich und sie schweben in die gläserne Büroetage hinauf.

Für den Bruchteil einer Sekunde stellt sich Wayne vor, wie er den Fahrstuhl im Zwischenstock anhält und sich auf Julia stürzt. Er presst sie gegen die Wand, schiebt ihren Rock hoch, spreizt ihr die Beine und öffnet seine Hose. Er sieht sich mit beiden Händen gegen den Spiegel gestützt sein Gesicht beobachten. Wie in einem B-Movie. Wayne weiß schon jetzt, welche Bilder er sich morgen unter der Dusche vorstellen wird. Diesmal würde es bestimmt klappen.

Sie plaudern ein wenig. Julia erzählt von ihrem verlängerten Wochenende in Kopenhagen, sie redet vom Café Norden und lässt das ganze verträumte Touristengequassel von köstlichem Kirschkuchen vom Stapel, den 0,3l-Bierflaschen und den Fahrrädern, die man an jeder Straßenecke mieten kann, sie plappert begeistert von der kleinen Meerjungfrau, die so klein ist, dass sie sich beinah im Meer verliert, berichtet vom Besuch des Design-Museums und darüber, dass sie in Christiania zum ersten Mal nach zehn Jahren wieder Gras geraucht hat. Wayne darf sie das sagen. Julia und ihr Freund verbringen jeden Monat ein verlängertes Wochenende im Ausland. Um zu ficken? Das möchte Wayne am liebsten wissen. Wie oft sie in Kopenhagen gekommen ist. Ob überhaupt.

»Ich würde so gerne alle Großstädte der Welt sehen.«

»Ich auch.«

Vor seinen Augen sieht er seinen Schwanz in ihrer nassen Möse verschwinden.

»Jede ist komplett anders. London, Rom, Lissabon ...«

»Das stimmt.«

Er stellt sich vor, wie sie ihm einen bläst. Wie er sie danach leckt. Sie ist bestimmt rasiert da unten.

Plötzlich überfällt ihn eine große Müdigkeit. Er hat ja bereits alles gesehen. Bevor er nach Prag gekommen ist, hat er es in New York, Washington und New Jersey versucht. Er wollte nicht zu Hause bleiben. In New York gefiel es ihm gut, es gab dort aber keine Stelle für ihn. In Washington hätte man zwar was für ihn gehabt, aber er wollte sich nicht als Referendar durchschlagen. Schließlich landete er als Anwalt in New Jersey. Und dann beschloss er plötzlich, sich aus dem Staub zu machen. Von einem Tag auf den anderen. Einfach so.

Er reiste quer durch Europa, von Lissabon bis nach Bukarest. Ein paar Tage verbrachte er im österreichischen Klagenfurt. Von dort aus waren vor etwa einhundertfünfzig Jahren ein paar Leute aufgebrochen, um in Delaware das zu züchten, was sie am besten kannten – Pfirsiche. Das waren Waynes Vorfahren.

Schließlich blieb er in Prag hängen. Es war buchstäblich ein Unfall: Als er in der Metro auf der Rolltreppe zu lange eine hübsche Rothaarige anstarrte, fiel er hin und brach sich das Bein. Er mochte die Stadt gern, aber er hätte sich hier vermutlich nicht niedergelassen. So aber verbrachte er etwa eine Woche in einem hoch über der Stadt gelegenen Krankenhaus und versuchte mit Hilfe eines Wörterbuchs, mit den Krankenschwestern zu kommunizieren, die auf Englisch nur *yes* und *no* und *good* sagen konnten. Das Englisch der Ärzte war kaum besser. Trotzdem entschied sich Wayne zu bleiben. Er zog in eine Pension und begegnete dort Dave. Gemeinsam mieteten sie sich in Holešovice ein. Die Wohnung blickte auf den Bahnhof, war laut und die Heizung verströmte einen merkwürdigen Geruch. Sie hatten beide Angst, dass irgendwo Gas entweicht und sie eines Tages nicht mehr aufwachen. Also hielten sie sich lieber außerhalb der Wohnung auf. Dave fand eine Stelle in einem internationalen Anwaltsbüro und spielte Wayne häufig kleinere Aufträge zu, so dass er nicht aus der Übung kam.

Seitdem ist Wayne öfters umgezogen. Er hat bestimmt mehr Wohnungen als Frauen gehabt.

HERBST IN PRAG

Als sie wieder aufwacht, ist es blendend hell im Zimmer. Sie kneift die Augen zusammen. Am liebsten würde sie für einen Moment die Sonne ausknipsen. Aber jetzt muss sie wirklich aufstehen.

In einer knappen Stunde wird ihr Michal im Salon die Haare waschen und dabei sanft den Kopf massieren, während aus den Lautsprechern spanischer Hip-Hop dröhnt. Michal hat zwei Jahre lang in Barcelona gearbeitet und herausgefunden, dass ihm Hip-Hop Inspiration für seine Haarkreationen liefert. Vanda wird die ganze Zeit aus dem Fenster in den Park starren und den Wirbel um ihre Person genießen.

Sie nimmt eine eiskalte Dusche. Schaltet ihr Handy ein. Keine Nachrichten. Sie fährt Petrs PC hoch. Er hat nicht gelogen, man kann wirklich keine Netzverbindung herstellen. Sie klickt den Ordner ART an und inspiziert die Fotos, die er dort lagert. Wahre Kunst, wirklich. Frauen mit gespreizten Beinen, alte blondierte Models beim Blasen, blöde Tussen in rosa Bikinis, die sich am Strand herumfläzen. Nicht mal was richtig Abgefucktes. Schon im Supermarkt kriegt man was Spannenderes.

Vanda packt ihren Kram zusammen und macht sich auf den Weg. Sie steht schon in der Tür, als sie zum Bücherregal zurückkehrt, *Die Entdeckung der Langsamkeit* in die Hand nimmt und die zwei Tausender hineinlegt. Sie stellt das Buch auf seinen Platz im Regal zurück, unmittelbar darauf zieht sie es aber wieder heraus, öffnet es und liest einen Satz aus der Mitte. *Er brauchte die Bewegungen des Meeres, und das Segeln war ihm wichtiger als das Atmen.* Na, dann viel Spaß dabei, denkt sie. Zieht einen Tausender wieder heraus und steckt ihn in ihre Hosentasche.

Sie sieht sich um. Auf dem Tisch liegt ein Filzstift, mit dem sie ihre Telefonnummer auf die Glaswand des Aquariums kritzelt. Darunter: Vanda. Punk! Irgendwann. Irgendwo. Vielleicht.

Sie nimmt Abschied von der Wohnung. Von Nestor. Und von Petr. Hängt sich ihre rote abgewetzte Latextasche über die Schulter und wirft einen letzten Blick in den Spiegel. Fährt sich mit den Fingern durch die Haare und zieht ihre Lippen mit einem roten Lippenstift nach. Setzt sich die Kopfhörer auf und lässt *I am X* laufen. Auf Myspace hat mal eine damit angegeben, dass sie mit dem Sänger im Bett war. Sie hat ein Foto reingestellt, mit ihr und ihm beim Knutschen. Vanda findet den Typen auch sexy, wenn es drauf ankäme, würde sie vielleicht auch mit ihm ins Bett gehen. Und nachher würde sie das Foto an Harry mailen. Damit das Arschloch sieht, was er verpasst.

Sie verlässt die Wohnung. Schlägt die Tür zu. Im Treppenhaus rutscht sie zweimal fast auf den frisch gewischten Stufen aus. Vor dem Haus setzt sie sich die Sonnenbrille auf. Die lässt sie sexier erscheinen. Denkt sie zumindest. Auf jeden Fall fühlt sie sich mehr sie selbst. Sie fühlt sich sicherer. Vanda sieht sich um. Das Laub auf den Bäumen ist stellenweise schon braun. Herbst in Prag findet Vanda zum Kotzen. Überhaupt Herbst, egal in welcher Stadt.

Sie geht durch die Straßen und zieht gierig die kalte Luft ein. Vinohradská, Slezská, Korunní. Im Park unter dem Wasserwerk beschließt sie, Carlos nicht anzurufen. Sie hält es aus. Bleibt sauber. Ihr steht ein großer Tag bevor. Vor allem ein großer Abend. Ihr Konzert. Vorher gibt es allerdings den Soundcheck. Dort wird sie Harry sehen. Hoffentlich verkraftet sie das. Hoffentlich schafft sie es, ihn zur Hölle zu schicken.

Vorher muss sie aber nach Hause. Mit ihrer Mutter reden. Und davor hat sie noch den Friseurtermin. Und isst mit ihrem Vater beim Thai zu Mittag. Vielleicht kann sie ihm etwas Geld abquatschen. Und falls er nicht mitmacht, knallt sie ihm alles vor den Latz. Tacheles reden nennt man das. Sie ist kein kleines Mädchen mehr.

DIE PLATTENBAUTEN

Stewardessen, denkt Hana, könnten spirituelle Séancen leiten oder erotische Filme sprechen. Der sanfte und gleichzeitig unbeteiligte Tonfall würde sicherlich viele Männer erregen. Wenn nicht gar alle Männer.

Das Flugzeug fliegt über Prag. Hana blickt auf das, was die Scharen von Touristen in die Stadt lockt. Den Hradschin. Die Karlsbrücke. Den Wenzelsplatz. Den jüdischen Friedhof. Dazwischen den Altstädterring mit astronomischer Uhr und Marktständen mit Bier und riesigen Marionetten von Schwejk und Kafka.

Die Innenstadt verschwindet, nun liegen die Plattenbauten unter ihnen, die wie ein Armreif um die Stadt liegen. Hana würde dort nie leben wollen, aber sie mag sie trotzdem lieber als die Sehenswürdigkeiten aus dem Reiseführer. In den Plattenbauten wird wenigstens noch gelebt.

Das Flugzeug nähert sich dem Boden. Eine Stewardess läuft durch den Gang und prüft, ob alle angeschnallt sind. Hana kommt sich auf einmal wie festgeschnürt vor. Eingeschlossen. Das passiert ihr jedes Mal, wenn sie nach Prag zurückkehrt. Aber schon einen Moment später fühlt sie sich wieder stark, die Verstimmung hat nur den Bruchteil einer Sekunde gedauert. Ein Fingerschnalzen lang. Nicht länger als ein Pfiff auf einem Grashalm. La petite mort.

Die Landung.

Alle Flughäfen in Europa gleichen sich wie ein Ei dem anderen. Einst war Europas Verbindungsglied das Christentum, später Mozart oder Fellini. Heute fühlen sich die Europäer durch Flugzeuge, Beamte, Supermärkte, Fahrräder, iPods und Turnschuhmarken miteinander verbunden. Wobei Letzteres vielleicht nicht einmal stimmt. Womöglich stellen die Turnschuhe den letzten Hauch von Widerstand gegen die Eurofizierung dar. Das Letzte, was die Menschen in Europa noch voneinander unterscheidet. Hana war schon früher aufgefallen, dass jede Stadt eine eigene Marke trägt. Berlin Adidas. Milano Puma. London Umbro. Madrid Nike. Prag Converse. Zumindest in diesem Sommer ist es so gewesen.

Hana hat schon lange keine Turnschuhe mehr getragen. In den letzten Jahren machte sie gerne auf unauffällige und teure Eleganz. Vielleicht kauft sie sich aber heute welche. Oder sie wühlt alte Kartons durch. Dort müsste doch noch ein abgetragenes Paar liegen. Sie kann sich nur schwer von alten Sachen trennen, ihr Freund lacht sie deswegen manchmal aus. Wenn es so weitergeht, sagt er, wacht Hana eines Tages nicht in einer Wohnung, sondern in einer Lagerstätte mit durchgewetzten Mänteln, löchrigen T-Shirts und Schuhen mit schief abgelaufenen Absätzen auf. An der Tür würde man dann das Schild *Heilsarmee* befestigen.

Warum nicht, denkt Hana. Aber wenn sie sich neue Turnschuhe kauft, dann bestimmt keine Converse. Sie ist doch keine lächerliche Punkerin oder eine dumme Schülerin, die eines Tages gerne Punkerin werden möchte. Sie würde sich eher für Adidas entscheiden. Wegen Thomas? Nein, das nicht. Sie findet sie einfach schöner. Außerdem hat sie ein Jahr in Berlin studiert.

Im Flugzeug ertönt leise klassische Musik. Ein synthetischer Dvořák. Die Passagiere holen ihre Mobiltelefone hervor und schalten sie wieder ein.

Ursprünglich hatte sie vor, nach der Landung kurz im Büro vorbeizuschauen und zu berichten, wie es in Lissabon gelaufen ist und welche Konturen der Vertrag zum Schutz des gemeinsamen europäischen Kulturerbes inzwischen angenommen hat, aber sie verwirft den Plan. Es hat sich sowieso nichts weiterbewegt. Es wurde wieder nur geredet. Wie vor einem halben Jahr in Dublin. Oder im letzten Sommer in Rom. Sie wird nicht ins Büro gehen. Sie hat Anspruch auf einen freien Tag und den wird sie sich nehmen. Nur anrufen wird sie und sagen, dass sie wieder da ist, dass sie alles erledigt hat und dass sie sich morgen sehen. Falls es überhaupt noch ein Arbeitsmorgen geben würde. Darüber muss sie noch nachdenken.

Zu Hause wird sie sich umziehen und auf der Letná-Höhe spazieren gehen. Sie wird sich auf eine Bank setzen und sich Kaffee und eine Weinschorle bestellen. Der Kaffee wird nach Plastik schmecken und der Wein wird zu stark verdünnt sein, aber Hana wird es nichts ausmachen. Sie wird auf die Stadt herunterschauen und sich freuen. Sie wird Milena anrufen und fragen, ob sie abends Lust auf einen Drink hätte. Und darüber nachdenken, was sie mit ihrem Mann machen soll. Mit ihrem alten Leben.

In der Tasche ihres Jacketts findet sie Thomas' Visitenkarte. Wann hat er sie ihr gegeben? In der schaukelnden gelben Straßenbahn Nummer 28? Oder in dem Fischerbistro in Bairro Alto, in dem sie zu Abend gegessen haben? Auf einmal weiß Hana nicht mehr, ob sie ihm die ihre gegeben hat. Sie wirft noch einen Blick auf seine Karte und reißt sie entzwei. Die Stewardess, die zum letzten Mal mit einer Mülltüte in der Hand durch den Gang geht, hält ihr einen leeren Kaffeebecher hin. Hana wirft die zerrissene Karte hinein.

Hello, Prague. Goodbye, Thomas.

Den Rest vom Pausenbrot teilt sich Petr mit Malmö. Dann lehnt er sich gegen den Waggon und steckt sich die erste Mittagszigarette an. Hoch über seinem Kopf braust ein rotgrüner Airbus und übertönt für einen Moment den Straßenverkehr. *Tap Portugal.* Petr sieht auf die Uhr. Lissabon hat heute zehn Minuten Verspätung.

Der Straßenlärm ist wieder zu hören. Petr raucht und beobachtet zwei Obdachlose am Kiosk, die sich darüber streiten, wer von ihnen das nächste Bier zahlt. Und wer die Chips.

Die nächste Zweiundzwanzig gleitet sanft in die Endhaltestellenschleife. Aus ihr schiebt sich Hrouda heraus. Er trägt das Straßenbahnerjackett über einem seidenen Overall mit der Aufschrift *AUDI* auf der Brust. Um seinen Hals hängt ein verschwitztes Handtuch, das Hrouda über die Griffstange der Steuerung legt, die sich für seine Hände zu kühl anfühlt.

Er hat sicher schon wieder an die zehn Kilo zugenommen. Eines Tages wird er platzen. Hrouda ist fünfzig, wohnt immer noch bei seinen Eltern und wird dort bestimmt auch sterben. Er fährt seit dreißig Jahren Straßenbahn und das Einzige, wofür er sich seit dreißig Jahren interessiert, sind Straßenbahnen. Und darauf ist er auch noch stolz. Der Mensch soll seinen Beruf lieben, sagt er.

»Wir sind immer noch an der Museumstram zugange. Die T3, hab ich doch von erzählt, nicht?«

Er holt sein Pausenbrot hervor, es ist sorgfältig in eine Papierserviette gewickelt wie beim Schulausflug. Brot mit Salami. Von der Mami geschmiert.

»Klasse.«

»Komm doch mal vorbei. Wir quatschen ein bisschen, ich zeig dir alles, vielleicht kriegst du Lust mitzumachen. Danach gehen wir noch in 'ne Kneipe. Lauter nette Jungs, die da mitmachen. Alles Straßenbahner.«

»Ich weiß nicht. Bin viel unterwegs.«

»Was machst du denn so Wichtiges?«

»So dies und das. Hobbys. Frauen.«

»Du bist nicht so gerne hier, oder?«

»Schon. Aber Frauen find ich spannender.«

»Das ist vielleicht dein Problem. Ne Tram ist keine Frau.«

»Kannst du mal an was anderes denken? Meinst du, ich will 'ne Straßenbahn bumsen?«

»Ich will dir nur helfen. Sonst kriegst du nie 'ne feste Stelle.«

»Ich will eh nicht ewig hier hängenbleiben.«

»Aber ein bisschen Spaß macht es dir schon, oder?«

»Ein bisschen, ja.«

»In fünf Jahren hast du dich eingewöhnt. Und nach zehn Jahren kennst du nichts Besseres. So ging's mir damals auch.«

»In zehn Jahren bin ich hoffentlich ganz woanders.«

»Schick dann ein Rauchzeichen rüber, ja?«

Über ihren Köpfen dröhnt das nächste Flugzeug. *KLM*. Amsterdam. Pünktlich.

Auch Petr sollte pünktlich abfahren, sonst zeigt Hrouda ihn noch beim Dispatching an.

»Malmö, los geht's.«

»Hunde sind nicht erlaubt.«

»Ist kein Hund. Ne Hündin.«

»Der beißt mal wen und dann hast du richtig Ärger am Hals. Ein Schäferhund in der Straßenbahn, das gibt's doch nicht.«

»Das ist ein Labrador, Mann. Hast du 'ne Ahnung, wie viele Leute die schon vorm Ertrinken gerettet hat?«

»Hauptsache du säufst nicht ab wegen ihr!«

»Du mich auch, Museumstüte.«

Petr steigt in den Waggon, lockert die Bremse, klingelt und

fährt die wenigen Meter bis zur Haltestelle. Die beiden Penner steigen ein, Bierdosen in der Hand. Laut Vorschrift müsste er sie rausschmeißen, aber das tut er nicht. Vor seinem inneren Auge sieht er schon, wie sich adrette Damen die Nase zuhalten und möglichst weit entfernt Platz nehmen.

Man sagt, Prag stinkt. Und das stimmt ja auch. Aber genau das gefällt Petr. Die Stadt stinkt dermaßen, dass er den Geruch schon wieder schön findet. Und das ist wirklich eine Leistung.

Petr wirft einen letzten Blick auf die Haltestelle, ob noch jemand mitfahren will. Aber er sieht nur Hrouda und seine dicke schwitzige Hand, die ihm freundlich zum Abschied winkt. Ob er sich morgens mit der Hand einen runterholt? Denkt er dabei an seine Straßenbahn? An etwas Konkretes? An die Rücklichter vielleicht?

Petr sieht sich noch einmal um. Genau hier hat gestern Abend Vanda gestanden. Er hätte sie in der Dunkelheit fast übersehen. Aber Malmö hat sie gesehen.

DER COWBOY MIT DEN SCHERENHÄNDEN

Sie muss kurz warten. Michal hat noch eine Kundin. Vanda bleibt unten im Empfangsbereich, hinauf ins Café mag sie nicht gehen. Zu viele Treppen und zu früh am Morgen. Zu faul.

Sie blättert in einer Zeitschrift mit neuen Frisuren, obwohl sie ganz genau weiß, was gemacht werden soll. Den Seitenscheitel nachschneiden. Kinnlang. Hinten etwas kürzen. An der Seite auch. So 'ne Art Tuning halt. Michal würde schon wissen, was sie will. Es wird auch ganz schnell gehen, Vanda ist ohnehin erst vor zwei Wochen beim Friseur gewesen, seitdem werden ihre Haare kaum gewachsen sein. Aber sie möchte heute besonders gut aussehen. Damit sie den Männern gefällt, die zu ihrem Konzert kommen. Den Frauen auch, klar. Und sich selbst. Sogar dem Arschloch Harry möchte sie gefallen.

Aus den Lautsprechern sickert eine langsame traurige Musik. Kein Hip-Hop wie sonst. Klar, Spanien. So was haben die dort auch, bei Beerdigungen. Vanda hat das einmal im Fernsehen gesehen. Eine Sekunde lang ist sie sich nicht sicher, ob sie wirklich Spanisch hört, vielleicht war es was ganz anderes, das nur wie Spanisch klang. Aber eigentlich will sie es gar nicht so genau wissen.

Sie blättert in der Zeitschrift, hört die Barbie im Friseurstuhl mit Michal diskutieren, ob ihre Haare einen Zentimeter länger oder kürzer sein sollen. Am liebsten würde sie ihr eine pfeffern. Solchen Tussen hat ihre Band den Namen zu verdanken: *Kill the Barbie.*

Endlich zahlt die Frau. Ein Model-Typ im gelben Kleid, Leggins und kurzer schwarzer Lederjacke, den Autoschlüssel in der Hand. Volkswagen. Wie öde.

Sie und Vanda sehen sich nicht einmal an.

Michal bittet Vanda zu sich. Sie küssen sich zweimal auf die Wange. Einmal haben sie auf einer Party im Roxy rumgeknutscht, da waren sie beide ziemlich voll. Mehr war aber nicht passiert. Michal steht eher auf Jungs. Nicht ausschließlich. Aber schon ziemlich. In jener Nacht hat er letzten Endes auch einen Typen und nicht Vanda abgeschleppt.

Michal liebkost Vandas Haare. Er spült sie mit einem Strahl lauwarmen Wassers ab. Das Wasser rauscht Vanda in den Ohren. Als würde sie ins Meer eintauchen. Solche Augenblicke gehören zu den schönsten im Leben, denkt Vanda. Sie sollte ihrer Mutter sagen, dass sie öfters zum Friseur gehen soll. Vielleicht bräuchte sie dann ihre Tabletten nicht mehr. Oder sie würde wenigstens für eine Weile vergessen, was Vater ihr angetan hat. Genauso wie Vanda jetzt für eine Weile vergisst, was Harry ihr gestern angetan hat.

Michal rubbelt Vanda die Haare mit einem Handtuch trocken und dirigiert sie zu einem der Sessel vor der Spiegelwand. Er legt sich einen Gürtel um, in dem eine Batterie von Scheren und Kämmen steckt. Der Cowboy mit den Scherenhänden. Er macht sich über Vandas Haare her. Die Schere in seiner Hand bewegt sich mit unglaublicher Geschwindigkeit.

»Was hast du da heute für 'ne komische Musik laufen?«

»Madredeus.«

»Spanien, ja?«

»Portugal. Aus Lissabon. Im November geh ich hin.«

»Ferien?«

»Maloche. Ein Kumpel von mir hat dort 'nen Salon aufgemacht und sucht Leute.«

»Und wer schneidet dann meine Haare?«

»Ich lass dich einfliegen, Vanda.«

»Cool. Da kannste drauf wetten, dass ich komme.«

Vanda grinst ihn im Spiegel an. Michal grinst zurück. Nimmt einen Föhn und pustet die abgeschnittenen Haarstoppeln an Vandas Hals weg. Fertig.

»Dein Tattoo?«

»Okey dokey.«

Vanda grinst ihn erneut an und krempelt den Ärmel hoch. Sie hat es hier im Salon machen lassen, eine Etage tiefer.

»Es juckt noch ein bisschen … Komm doch heute in die Akropolis.«

»Hab ich vor.«

Michal greift nach einem großen Rundspiegel und hält ihn Vanda hin, damit sie sich von hinten sieht. Dabei fängt er die Sonnenstrahlen von draußen ein. Sie schießen Vanda direkt in die Augen.

»Zufrieden?«

»Super.«

»Sehr schön.«

Er kämmt sie und knetet etwas Gel in die Haare. Vandas Scheitel glänzt. Perfekter Haarschnitt. Alles, wie es sein soll.

Sie küssen sich. Auf die Wange.

Vanda winkt der Frau am Empfang zum Abschied zu und verlässt den Friseursalon. Bezahlen muss sie nicht. Die Rechnung geht automatisch an ihren Vater. Sein Weihnachtsgeschenk im letzten Jahr. Oder im vorletzten? Vanda kann sich nicht mehr erinnern.

DIE POLNISCHE VERBINDUNG

Die Polen sind gut vorbereitet. Aber Waynes Mitteilung, der Vorvertrag sei ungültig, nimmt ihnen den Wind aus den Segeln. Sie schweigen und denken angestrengt nach.

Wayne wirft Clark, der scheinbar gelassen in seinem Kaffee rührt, einen Blick zu. Alles in trocknen Tüchern. Clark hat wieder festen Boden unter den Füßen. Fürs Erste zumindest.

Der polnische Anwalt bittet um eine Unterbrechung. Eine Beratungspause. Clark und Wayne fahren in die Hotellobby herunter. Sie setzen sich an die Bar.

Das Hotel, im Jugendstil gebaut, liegt im Zentrum von Prag; die Polen scheinen von ihrem Erfolg völlig überzeugt gewesen zu sein, da sie sich hier Zimmer genommen haben. Eine Nacht kostet zweihundertfünfzig Euro. Ein alter Trick, aber er funktioniert. Ist man sich weniger sicher, sucht man sich eine Übernachtung für höchstens einhundert Euro pro Nacht. Umso schlimmer, wenn sie ihren Mandanten enttäuschen. Wayne und Clark bekommen diese Katholen auf dem silbernen Tablett serviert, und es hängt nur von ihnen ab, ob sie sie als Starter oder zum Hauptgang verspeisen.

Clark bestellt ein Glas Chardonnay aus Chile. Wayne ein Mineralwasser.

»Great job.«

»Thanks«, sagt Clark. Obwohl er weiß, dass es Wayne und nicht er war, der die winzigen, doch ausschlaggebenden Unstimmigkeiten im Vorvertrag entdeckt hat. Dabei hatte er den Vertrag mindestens hundertmal gelesen.

Clark geht zur Toilette. Unterwegs sieht er sich nach dem Hintern einer Kellnerin um, die einen Tisch sauber wischt, und deutet Wayne mit einer Geste an, was er mit dieser Frau alles anstellen würde.

Wayne lächelt. Die Kellnerin kommt ihm etwas zu rundlich vor. Er beobachtet, wie in seinem Glas die Luftbläschen nach oben streben. Irgendwo hat er gelesen, dass es in einer Flasche Mineralwasser bis zu zehn Millionen solcher Luftblasen gibt. Für zehn Millionen würden sich er und die Kleine nicht nur eine Wohnung auf der Letná-Höhe kaufen, sondern gleich zwei.

Sein Blick schwenkt zum Fernseher über der Bar. CNN. Nachrichten aus dem Irak, täglich im Stundentakt, seit Jahren schon. Zu Hause hat er solche Sender nie geguckt. Schon wieder ein Terroranschlag auf einen amerikanischen Kontrollposten in Bagdad. Das Fahrzeug vollgestopft mit Bomben. Der Fahrer wurde angeschossen. Das Auto explodierte, als man die Tür öffnen wollte. Schnitt. Drei Sanitäter schleppen einen verletzten Kameraden auf einer Trage, Blut fließt aus seinem Bauch. Die Aufnahme bleibt für etwa dreißig Sekunden auf dem Bildschirm. Der Typ auf der Trage ist Mike. Oder doch nicht? Und wenn nicht?

Clark kommt von der Toilette zurück, trinkt seinen Wein aus, die polnische Assistentin taucht auf, die Verhandlungen gehen weiter.

»Let's roll.«

Clark klopft Wayne freundschaftlich auf die Schulter und hält ihm die Tür auf, damit Wayne den kleinen Konferenzraum als Erster betritt.

DIE LETZTE STRASSENBAHN

Als Malmö gestern Abend an der Haltestelle Vandas Witterung aufgenommen hatte, fauchte sie Vanda an, so ähnlich wie Frauen andere Frauen anfauchen. Es war Nacht. Die Haltestelle war menschenleer. Nur Petrs Zweiundzwanzig leuchtete in der Dunkelheit.

»Malmö. Hör auf!«

Er musste schreien, ein riesiger Airbus der *Air France* kämpfte sich gerade durch die Luftmassen über seinem Kopf. Der letzte Flug des Tages nach Paris.

An der Haltestelle saß eine Frau auf der Bank und starrte vor sich hin.

»Haste 'ne Fluppe?«

Er zog seine Zigarettenschachtel hervor. Sie rauchten. Ihr Lidschatten war verwischt und die Augen gerötet.

»Seit wann sitzt du hier?«

»Du bist schon mal hier gewesen, mit deiner Superkiste.«

»Ist nicht mehr die jüngste, die Superkiste.«

»Hab ich doch gesagt.«

»Ich hab dich gar nicht bemerkt.«

»Ich dich schon ... Wieso Malmö?«

»Nach einer Stadt in Schweden.«

»Kommt er daher?«

»Sie. Nicht so ganz.«

Petr warf einen schnellen Blick auf die Uhr.

»Ich muss jetzt los. Kommst du mit?«

61

Sie sagte nichts. Die letzte Maschine nach Zürich flog über ihnen.

»Das ist meine letzte Runde. Nach mir kommt nur noch die Nachtstraßenbahn.«

»Und dann die erste Morgenbahn, oder?«

»Wollt ich nur gesagt haben. Damit du hier keine Wurzeln schlägst.«

»Wie witzig.«

»Nach dem nächsten Flugzeug geht's los. Malmö, rein mit dir.«

»Fick dich ins Knie, Straßenbahner.«

Petr stieg ein. Malmö sprang die Stufen hinauf in die Fahrer-kabine und stützte sich mit den Pfoten gegen die Metallstange. Mit hängender Zunge und wedelndem Schwanz. Offensichtlich machte ihr diese Arbeit viel mehr Spaß als ihm.

Petr sah sich um. Vanda saß immer noch auf der Bank, starrte vor sich hin, ihr Blick hing irgendwo in der Ferne, sie rauchte. Er klingelte. Die Türen gingen zu, Petr fuhr an. Bevor er sich in den Straßenverkehr einfädeln konnte, musste er noch mal kurz anhalten, die Autos hatten Vorfahrt. Ein Blick nach links. Nach rechts. Über ihm huschte eine beleuchtete Boeing der Lufthansa. Die letzte Maschine nach Frankfurt. Petr sah nach vorne, auf die Schienen vor ihm. Dort stand Vanda. Er öffnete die Tür.

»Darf man hier rauchen?«

Sie wartete seine Antwort nicht ab und griff nach Petrs Ziga-rettenschachtel, die auf dem Armaturenbrett lag.

Petr steckte sich auch eine an. Er drehte Musik auf. *New Order.* Richtig laut. Er klingelte. Sie fuhren los. In die Stadt hinunter. Ins Depot. Zu Petr nach Hause.

»Schauderhafter Discokram.«

»Schauderhaft gut.«

»Schauderhafte Gammelfleischmusik.«

»Schauderhaft authentisch.«

»Du magst das Zeug, was?«
»Malmö mag's.«

FREIHEIT FÜR DIE STRASSEN

Vladimír schließt die Wohnungstür ab. Für einen Moment meint er, ganz hinten im Flur seine Frau in ihrem braunen Pullover gesehen zu haben. Er betritt die Straße. Die Sonne blendet ihn, er kneift die Augen zusammen. Der Sommer ist zu Ende. Vladimír spürt es nicht, er hört es. Er hört den Wind, der sich in den Tiefdruckgebieten über dem Atlantik sammelt und später den Herbst und den Winter nach Prag bringen wird. Die Sonne ist schwächer geworden, ihre Strahlen tragen nur noch Reste ihrer alles verbrennenden Kraft.

Er überlegt, wo er heute anfangen soll. Mit seinem Kampf gegen den Lärm. Dem Kampf für die Befreiung der Stadt und ihrer Bewohner.

Langsam schlendert er durch die langen schattigen Straßen von Vinohrady. Der Platz des Friedens, Náměstí Míru. An der Kirche vorbei steuert er die Straßenbahnhaltestelle an, etwa zehn Menschen stehen da, keiner beachtet ihn. Vielleicht sieht und hört ihn wirklich keiner. Vielleicht hat ihn die Stille schon längst unsichtbar gemacht.

Seine Hände stecken tief in den Manteltaschen. Mit den Fingern einer Hand öffnet er das Brillenetui. Findet die Schere und umklammert sie. Er ist bereit. Die Zweiundzwanzig fährt ein. Aus der Fahrerkabine streckt ihm ein riesiger weißer Hund die Zunge entgegen. Träumt er das nur oder ist es wahr?

Vladimír steigt ein. Eine junge Frau im blauen Kleid mit Kopfhörern in den Ohren steht auf und bietet ihm ihren Sitzplatz an. Sie hört Hardrock oder so was Ähnliches, aus den Kopfhörern pfeift es, die Außenstehenden bekommen nur furchtbar hohe gebrochene Töne mit.

Er bedankt sich, er fährt gar nicht weit, nur ein paar Haltestellen. Die Frau bleibt stehen. Bald wird aus ihren Kopfhörern nur noch Stille strömen. Sie wird frei sein. Gezwungen, kurz innezuhalten und nachzudenken. Mit sich selbst zu sein.

A LITTLE BLACK CAT

myspace.com/killthebarbie

Diese Internetadresse könnte sie blind oder rückwärts eintippen. Sie tippt sie täglich. Nicht nur einmal. Immer, wenn sie im Netz ist. Seit heute früh freut sie sich schon darauf. Beziehungsweise seit gestern Abend. Jeden Tag beim Aufwachen sehnt sie sich danach. Oder wenn sie ins Bett geht. In dem Moment, wenn sie abends den PC ausmacht.

Im Café leuchten schummerig ein paar Bildschirme. Sie werfen ein schwaches Licht auf das bunte Wandmosaik aus kaputten Fliesen. Am schönsten ist es hier am Abend. Da strahlen die Scheinwerfer der vorbeifahrenden Straßenbahnen und Autos hinein.

Jetzt ist helllichter Tag. Hinter dem Fenster donnert die nächste Straßenbahn vorbei. An fünf PCs sitzen ein paar Jungen, sie schwänzen die Schule und sind in ein Spiel vertieft. Counter Strike.

»Hinter der Ecke. Hab ich doch gesagt, dass der hinter der Ecke steckt, Mann!«

Ihre Augen sind gerötet, auf den Tischen um sie herum stehen alkoholfreie Getränke und Kekse, sie tragen Kopfhörer mit Mikro.

»Ich hab ihn nicht gesehen, Mann!«

»Du bist tot, Mann, der killt dich.«

Einmal hat sie das eine ganze Nacht lang gespielt. Sie und Harry waren ein perfektes Terroristenteam. Zehnmal hintereinander haben sie zwei Champions irgendwo aus Frankfurt im Netz zu Hackfleisch gemacht. Mit Harry wird sie aber nie wieder was spielen. Sie wird nie wieder was mit ihm machen. Am liebsten würde sie auch ihn zerhacken. Aber heute steht noch das gemeinsame Konzert an. Danach wird man weitersehen. Sie kann ihn genauso einfach ersetzen wie einen kaputten Akku. *Kill the Barbie* ist von Anfang an ihre Idee und ihre Band gewesen. Harry ist einfach nur dazugekommen, genauso wie Tony. Purer Zufall. Der würde nie einen eigenen Text zustande bringen. Ein Schlagzeuger ist er, mehr nicht, und nicht mal einer der Besten. Er kann bestimmt besser *Counter Strike* spielen als trommeln. Oder ficken.

Sie loggt sich ein. Ihr Passwort: dasistupunk01.

Am Café rattert schon wieder eine Straßenbahn vorbei. Die Fenster zittern.

»Na los«, sie tritt gegen den PC. »Mach zu, verdammt.«

Hätte sie bloß wieder ein eigenes Gerät. Ihr altes war vor einem Monat abgeschmiert. Vater hat ihr einen Laptop versprochen. Ein MacBook. Silbern und schön und irre teuer. Vanda macht es keinen Spaß, in Internetcafés herumzusurfen. Heute muss sie auf jeden Fall versuchen, ihm Knete zu entlocken. Es ist schon ewig her, dass er ihr den Mac versprochen hat. Sie muss doch was Eigenes haben. Er kann doch nicht sein ganzes Geld in die neue Tusse reinstecken. Er wird ihr das Geld einfach geben müssen. Punkt. Sonst wird sie sich nicht mehr beherrschen und Klartext mit ihm reden. Da würde er bestimmt einen Rückzieher machen. Er hatte doch immer Angst vor Emotionen. Der typische Rückzieher-Mann. Auch zu Hause. Mutter hat ihm auch immer alles entlocken können. Ein kleines Stadtauto. Eine neue

Küchenzeile. Eine goldene Kreditkarte, damit sie sich jeden Monat neue Klamotten kaufen konnte. Natürlich nicht in Prag, hier gab es laut Mama keine anständigen Boutiquen. Dafür aber in London. Aber Vater hat sie verlassen und jetzt lebt sie nur noch von Tabletten und Gesprächen mit ihrer Therapeutin.

Der PC rattert, aber auf dem Bildschirm ist nur die Startseite zu sehen. Die Top-Meldung aus dem Irak oder einem ähnlich weit entfernten Ende der Welt. Schon wieder ein paar Amis bei einem Terroristenanschlag hopsgegangen. Auf dem Foto schleppen drei Soldaten eine Trage mit 'nem Typen, aus dessen Bauch Blut fließt. Vandas Lehrerin hat einmal gesagt, in zwanzig Jahren könnte es auch in Mitteleuropa einen Krieg geben, so was hätte hier früher auch immer wieder mal stattgefunden. Sie war der Meinung, dass der dritte Weltkrieg in Wirklichkeit längst da war. Wir suhlen uns hier in einer glücklichen europäischen Vergangenheit und sind uns dessen nicht bewusst, sagte sie. Natürlich. Vanda fühlt sich momentan unglaublich glücklich. Sie hasst Klugscheißer, und diese Lehrerin ist einer. Vielleicht hat Vanda ihretwegen die Schule geschmissen. Was zu Hause keiner weiß.

Endlich taucht ihre Seite auf. TONY hat geschrieben. STEEVAN. MAUREEN. Online waren SEXYWOO. MOLITAN. VITAMIN. PATHETIC LOVE. Die waren pausenlos im Netz. Ihre Augenlider müssen an Streichhölzern hängen und in ihren Adern muss Redbull fließen statt Blut, anders geht das nicht.

TONY: bisschen nervös, ja, aber wird schon schiefgehn. wird 'n guter abend. jemand ne idee für 'n neuen song?

MOLITAN: hi herzchen. hoffentlich sind heut abend auch ein paar scharfe kerle dabei, nicht nur wir trauerweiber.

STEEVAN: ich komm auf jeden fall und bring was zu rauchen mit.

MAUREEN: see u tonight, i love u, honey bunny.

SEXYWOO: hey, please, setzt mich auf die guestlist, ja? hör

grad *placebo*. heftigst traurig. aber geil. brian molko forever! steht der überhaupt auf frauen? naja, egal.

VITAMIN: ich bring ein paar freundinnen mit, okay? freu mich.

»Klar, ich auch ...«

Vanda bestellt eine Cola mit Eis und Zitrone.

Keine Nachricht von Harry. Weder hier, noch auf dem Handy. Sie würde sie allerdings eh nicht lesen. Oder doch. Sie weiß es nicht. Er ist ein Arschloch. Vielleicht poppt er immer noch mit der anderen rum.

Sie zündet sich eine Zigarette an und nimmt einen Schluck Cola. Aus dem Glas fischt sie ein Stück Eis heraus. Es fühlt sich angenehm kühl an auf der Zunge. Harry mochte es, wenn sie mit einem Eiswürfel im Mund seine Brustwarzen reizte. Wenn sie damit sein Gesicht und seinen Hals streichelte. Und seinen Schwanz. Harry fand vieles klasse. Wahrscheinlich nicht nur mit ihr. Sicher nicht. Hätte sie ihn bloß nicht zusammen mit der blöden Kuh gesehen. Wahrscheinlich wollten sie erwischt werden. Wenn das stimmt, dann tickt Harry wirklich nicht richtig. Arschloch. Dieser Sack. Ein Riesenarschloch mit einem schlappen Schwanz. Aber sie wird sich rächen. Jetzt gleich löscht sie ihn aus ihren zehn Topfriends.

Sie saugt am Eiswürfel, rührt mit ihm den Zigarettenrauch in ihrem Mund um. Auf ein Stück Papier kritzelt sie Worte für einen Song, der ihr heute Nacht in der Wohnung mit dem Ausblick auf das Raumschiff von Žižkov eingefallen ist. *I feel like a little black cat. I'm lost in no-man's-land.*

In Vandas Kopf setzt sich eine Gitarrenlinie in Bewegung. Perfekt. Das müsste klappen. Vielleicht können sie es gleich heute Nachmittag einstudieren. Und schon heute Abend spielen. Vielleicht sogar am Wochenende bei Tony aufnehmen. Sie würde den Song auf *Myspace* hochladen. So könnte er vielleicht aussehen:

I feel like, I feel like
A little black cat
I feel like, I feel like
I'm lost in no-man's-land
Ice melting in my mouth
Your arms around my neck
Ice melting on your breast
Our love is taking a test

So kill your little barbie
She wants to escape
So kill your little barbie
She's running away

I feel like, I feel like
A little black cat
I feel like, I feel like
I'm lost in no-man's-land
Lost in the silence
Found in the noise
I see the darkness
I don't have a choice

So kill your little barbie
She wants to escape
So kill your little barbie
She's running away

Sie ist neugierig, was Tony dazu sagen wird. Eigentlich würde sie auch gerne wissen, wie das Lied dem Arschloch Harry gefallen wird.

»Entschuldigung? Hier wird nicht geraucht.«

Vanda hat die Kellnerin gar nicht kommen hören. Sie sind fast gleich alt. Aber Vanda würde nie »Entschuldigung?« sagen. Oder weiße Socken und Sandalen anziehen.

»Oh sorry … wollt ich nicht …«

Vanda zieht noch einmal an der Zigarette und drückt sie der Kellnerin in die Hand. Die Frau sieht überrascht auf, sie weiß nicht, was sie davon halten soll.

»Ich zahle.«

Vanda holt den zerknitterten Tausender aus ihrer Hosentasche.

»Haben Sie es vielleicht kleiner?«

»Nein.«

»Schlag das Arschloch tot«, schreit einer der Redbulltrinker vor seinem PC. »Mann, scheiß auf die Kalaschnikow. Nimm 'ne Granate. Eine Granate!«

Counter Strike. Eine Vorbereitung für den tschechisch-amerikanisch-irakischen Krieg in Mitteleuropa. Nach Harrys Meinung die beste Vorbereitung fürs Leben überhaupt. Kannst du das hier spielen, kennst du keinen Schiss, hat er mal zu Vanda gesagt. Für dieses Spiel braucht man starke Nerven. Wenn man jemanden liebt, braucht man auch starke Nerven, denkt Vanda. Und noch stärkere, wenn man jemanden hasst.

DER GERUCH DER STADT

In der Ankunftshalle geht Hana kurz auf die Toilette. Sie spritzt sich kaltes Wasser ins Gesicht, frischt ihr Make-up auf und fährt mit der Hand durch ihre Frisur. Vielleicht sollte sie sich die Haare wieder wachsen lassen und dann einen neuen Schnitt ausprobieren.

Sie zieht ein Parfümflakon aus ihrer Handtasche. MaxMara. Ein paar Tropfen aufs Handgelenk, dann hinter die Ohren. Vielleicht wird sie die Marke wechseln. Vielleicht wird sie auch gar kein Parfüm mehr benutzen, obwohl es ohne in Prag kaum auszuhalten ist. Parfüms schützen vor der übernächtigten und nach Schweiß und Muff riechenden Stadt.

Eine Laufmasche fällt ihr auf. Noch gestern hätte sie das nervös gemacht, sie wäre sich wie eine Versagerin vorgekommen. Heute ist es anders. Sie zieht in der Kabine die Strumpfhose aus und wirft sie in den Mülleimer. Ihre Mutter hat ihr eingeschärft, dass sich eine echte Dame auch bei vierzig Grad Celsius nicht unbestrumpft aus dem Haus begibt. Damals hasste Hana Strumpfhosen. Als sie aber größer wurde und in die Kunst der Verführung eingestiegen war, fand sie Gefallen an ihnen. Es machte ihr Spaß, mit Strapsen und Strümpfen im Bett zu provozieren. Sie wusste, dass man damit jeden, wirklich jeden Typen auf der Welt herumkriegt. Heute jedoch würde sie am liebsten nicht nur die hautfarbene Strumpfhose, sondern auch ihre schwarzen Pumps in den Müll werfen und barfuss nach Hause gehen.

Vor dem Ausgang muss sie kurz stehen bleiben. Eine arabische Familie kommt ihr durch die Drehtür entgegen. Ein Mann mit einem Schnauzbart und einer dunklen Brille, ein paar Schritte hinter ihm zwei ganz in Schwarz gehüllte Frauen. Nur ihre Augen sind zu sehen. Und ihre Hände, an denen sie die Kinder halten. Hana schießt der Gedanke durch den Kopf, sie könnte auch eine von ihnen sein. Sie senkt den Blick.

Das erste Mal hat sie den Flughafen bei einem Schulausflug besichtigt. Sie kamen nach Prag, haben sich das Nationaltheater angesehen, das Kaufhaus Kotva und dann den Flughafen. Pausenlos rannten sie immer wieder durch die große Glastür, die automatisch wieder und wieder vor ihnen auf und zu ging. Etwas Ähnliches hatten sie noch nie gesehen. Ob es die einzige Automatiktür in dem damals noch abgeriegelten Land gewesen war?

Damals hatte ihr der Geruch von Prag gefallen. Es war eine bunte, laute und schöne Großstadt mit eleganten Kaufhäusern, breiten Straßen und Hotdogs, die es bei ihnen im Grenzland nicht gab.

Jetzt ist Prag alles Mögliche für sie, nur keine wohlriechende, schöne, bunte und große Stadt. Groß und schön kann Prag nur den hiesigen Knödelfressern vorkommen, die nie irgendwo anders gewesen sind.

Die Taxifahrer da drüben zum Beispiel: kurze Hose, weiße Socken, Sandalen und Kapuzenjacken. Einer von ihnen kratzt sich gerade zwischen den Beinen. Willkommen im Pimmelland. Obwohl Hana zehn Meter von ihm entfernt steht, nimmt sie seinen Schweißgeruch wahr. Heute kommt es ihr allerdings nicht so schlimm vor. Heute fühlt sie sich stark. Ruhig. Positiv aufgeladen.

In Prag fährt sie grundsätzlich kein Taxi. Diese Hornochsen wird sie nie und nimmer unterstützen. Sie nimmt den Bus.

An der Haltestelle stehen bereits einige ihrer portugiesischen Mitreisenden. Von Rucksäcken und Koffern umgeben, mit Stadtplänen von Prag in der Hand, lächeln sie Hana an und sie lächelt zurück, als würden sie sich seit Jahren kennen. Eine fünfzigjährige Portugiesin bittet Hana auf Englisch, ein Foto von ihr und ihren Freunden zu machen.

Mit ihren digitalen Kameras schneiden die Touristen Prag – und ebenso alle anderen alten Städte Europas – in kleine Stücke, die sie auf ihren winzig kleinen Speicherkarten nach Hause tragen. Wie viele Fotos passen auf eine Karte? Tausend? Oder Zehntausend? Ob sie sich die Fotos überhaupt noch ansehen? Vermutlich nicht. Prag befindet sich heute zerstückelt auf Abermillionen von Digitalfotos, die für immer in der Versenkung der Festplatten verschwinden.

Sie selbst fotografiert nie auf Reisen. Sie versucht alles in ihrem Kopf zu speichern. Nicht nur Straßen, Caféhäuser und Sehenswürdigkeiten, sondern auch Farben und Gerüche, denn jede Stadt hatte ihren eigenen Duft. Oder Gestank.

Wegen der Touristen zerfällt Prag immer mehr. Es leert sich immer schneller. Was der Kommunismus und der Kapitalismus unberührt gelassen hatten, wurde vom Massentourismus um die Ecke gebracht. Es fällt bloß keinem auf, weil es ohne Blutvergießen und ohne Folter stattfindet. Eines Tages wird Prag zu einem leeren Poster an der Wand geworden sein und die Touristenhorden werden zu anderen Zielen ausschwärmen.

Der Bus kommt. Alle drängen hinein. Unterwegs werden sie nach frischer Luft japsen. Hana kramt ihren iPod hervor und blickt aus dem Fenster, vor dem Plattenbauten und alte Villen aus der Zwischenkriegszeit defilieren.

Sie freut sich auf zu Hause.

Sie wird ein Trägertop und Jeans anziehen. Ihre alten Adidas-Schuhe suchen. Vielleicht findet sie etwas in ihnen, was sie meint, verloren zu haben, eine Art Gefühl. Freiheit. Berlin. Lissabon. *La petite mort.*

Und dann wird sie in den Letná-Park gehen. Einer der wenigen Orte, die sie in Prag wirklich liebt und die sie vermissen würde. Die Letná-Höhe über der Moldau. Wo es sich manchmal sogar lohnt, ganz allein zu sein. Oder zu zweit. Laut zu sein. Oder ganz leise.

HINTER DER WAND

Die Polen reden ohne Punkt und Komma.

Wayne schweigt. Er starrt vor sich hin. Er sieht durch die Köpfe der Polen hindurch. Hinter die Wand dieses teuren Hotels, das in einer Straße steht, in der sich das größte Bordell von

Prag befindet, das jede Nacht vor besoffenen britischen Touristen aus allen Nähten platzt. Nicht weit von hier steht auch eines der berühmtesten Theater der Stadt, in dem im November 1989 die Revolution geboren wurde, so hat es zumindest die Kleine erzählt.

Clark zwinkert ihm nervös zu. Will selbst etwas sagen. Wartet ab. Auch die Polen warten auf Waynes Meinung.

Wayne hört alles, er würde gerne etwas sagen, aber sein Kopf dröhnt. Er bräuchte eine Tablette. Eine Portion frische Luft. Und Ruhe. Der Pole sagt, die tschechische Firma hätte versucht, seinen Mandanten zu linken. Der Vertrag sei von Anfang an eine Falle gewesen. Wayne nickt. Er schweigt, obwohl er weiß, dass der Pole seine Worte nicht belegen kann. Auf einmal stehen die Polen auf. Sie streichen die Bügelfalten ihrer Hosen glatt und zupfen ihre Jacketts zurecht. Strecken sich.

Wayne und Clark stehen auch auf. Die Polen reichen ihnen die Hand. Sollten die Herrschaften einmal nach Warschau kommen, lächeln die Polen sie an, sollen sie auf jeden Fall Bescheid sagen, sich die Stadt zeigen lassen, Orte, an denen man gut speisen kann und wo es schöne Frauen gibt. Die Tür geht zu. Wayne und Clark bleiben allein.

»Thank you, cocksucker!«

Clark verlässt wütend den Raum.

Waynes Blick weilt immer noch irgendwo hinter der Wand. Er trinkt einen Schluck Wasser. Im Raum ist es still und leise, nur irgendwo draußen im Flur rauscht die Klimaanlage. Wayne schließt für einen Moment die Augen. Dann ruft er die Kleine an. Nicht erreichbar. Er schickt ihr eine Nachricht.

Kleine, ruf mich an, pleasebitte.

Vanda bleibt vor einem Laden mit Klamotten und Schuhen stehen. Egomania. Der Name gefällt ihr, er klingt richtig punkig, würde gut zu einer Band passen, findet sie.

Im Schaufenster stehen knöchelhohe Converse aus schwarzem Leder mit goldenen Sternchen. Heute Abend würden sich solche Schuhe supergut machen. Vielleicht kann sie ihrem Vater wirklich etwas Geld abschwatzen. Er könnte ihr die Converse zu Weihnachten kaufen. Im Voraus. Er weiß doch eh nie, was er ihr kaufen soll, und schenkt ihr jedes Mal einen Umschlag mit ein paar Tausendern drin.

Ihr Handy klingelt. Harry. Ob sie rangehen soll? Nein. Sie lässt das Telefon läuten und steckt es zurück in die Tasche. Sie betrachtet weiter die Schuhe, geht dann doch ans Handy.

»Na!? Was'n los?«

»Hi, Vanda ...«

Seine Stimme klingt gepresst, als wäre er ein Hähnchen, das im KFC auf der anderen Straßenseite gleich in tausend Stücke zerhackt und in Sandwiches verpackt werden würde.

»Kannst du mich hören, Vanda?«

»Jup.«

Auf keinen Fall nett sein zu ihm.

»Wie geht's dir ...«

»Okay.«

»Ich hab gedacht, weißt du, dass ich ... Ich meine nur ... Ich hab nicht gewusst, dass du ... verstehe gar nicht ... ich wusste ja nicht, dass du mich ... dass wir beide dort ... ich meine ... ich kann mich eigentlich nicht mehr daran erinnern, und was man nicht weiß, das macht einen nicht heiß, oder? Ich war total zu.«

»Was quatschst du da? Was soll das heißen: Du hast es nicht

gewusst? Du kannst dich nicht erinnern? Was hast du nicht gewusst, du Arschloch?«

»Ich meine das, was passiert ist... Es tut mir leid. Ich möchte mich entschuldigen... «

»Fuck off, Harry.«

»Aber ich hab dich lieb, ziemlich...«

»Was heißt hier ziemlich?«

»Ziemlich doll, meine ich.«

Der gestrige Abend. Sie und Harry in einer Kneipe auf der Letná. Es waren noch andere Leute da. Jemand feierte Geburtstag. Einer schickte einen Joint rum. Carlos. Er hat den Stoff gebracht. Dann kamen noch andere dazu. Vanda hat die blöde Kuh im grünen Kleid zunächst gar nicht bemerkt. Pech. Wäre sie bloß nicht auf die Toilette gegangen. Eigentlich musste sie ja gar nicht. Ihr war langweilig gewesen, deswegen war sie aufgestanden. Man quasselte nur über Platten und Musik. Sie brauchte etwas Bewegung. War reingegangen. Und das war's.

»Das ist ja echt toll. Du kannst dich nicht erinnern, dass du die Tusse gebumst hast.«

»Das ist es ja, ich weiß es zwar, aber nicht ganz. Aber jetzt weiß ich, dass... Mann... Das war ein Irrtum. Ein Ausrutscher. Ich wollte das nicht... Sie hat mich... Es tut mir leid, mein ich.«

»Hältst du mich für total bescheuert?«

»Auf keinen Fall...«

Vanda hatte die Tür aufgemacht und Harrys Rücken gesehen. Seine Hose und die gestreifte Boxershorts schlotterten ihm um die Knie, seine Pobacken zuckten. Sie sah in das Gesicht der Frau. Harry rammelte, als stünde das Ende der Welt an. Er saugte an ihrem Hals, knabberte an ihrem Ohrläppchen, schnaufte und die Plastikbrille unter ihnen quietschte. Vanda sah der Tusse in die Augen. Harry hörte nicht auf. Im Bett strotzte er vor Ausdauer wie ein Leistungssportler. Das hatte Vanda immer schön gefunden. Dass er nie aufhören konnte. Als die Tusse ihn ab-schütteln wollte, dachte er, sie sei wahnsinnig erregt, und legte noch einen Zahn zu. Er quetschte sich so weit in sie hinein, wie es nur ging. Vanda hätte am liebsten die Tür zugeknallt, machte sich dann aber doch lautlos aus dem Staub. Sie floh. Aus der Toilette. Aus der Bar. Vor sich selbst.

Sie rannte durch die nächtlichen Straßen, durch den Park, erst an dem Riesenpendel auf der Letná-Höhe hielt sie an. Sie blieb dort lange stehen, mindestens eine Stunde lang. Während über ihr das Pendel leise hin und her schaukelte, starrte sie auf die leuchtenden Augen der Autos und Straßenbahnen unter ihr. Sie zog ihren kleinen Spiegel hervor, schüttete den Inhalt des Briefchens darauf und sog Carlos' Stoff mit einem Strohhalm auf. Die Welt wurde schneller. Unter ihr und über ihr raste alles. Die Stadt. Das Pendel. Die Wolken. Die Flugzeuge. Sie hielt die Augen eine Weile geschlossen. Damit alles auf die ursprüngliche Geschwindigkeit zurückschrumpfte. Aber es wurde nicht besser.

»Vanda, ich liebe dich.«

»Hm.«

»Wir sehen uns noch, oder?«

»Leider. Heute Abend.«

»Vanda, sei mir nicht böse … Vanda, ich …«

Sie macht das Gespräch aus. Eine Weile starrt sie das Schaufenster voller Schuhe an. Neben den schwarzen Converse sind gelbe aufgestellt, daneben blaue. Alle mit kleinen goldenen Nieten geschmückt, die wie merkwürdig rautenartig geformte Sterne aussehen. Am Prager Himmel sind nie Sterne zu sehen. Vielleicht sehen sie eben so aus. Wie kleine goldene Rauten. New line by Converse.

Auf einmal erblickt Vanda ihr Spiegelbild. Sie fährt mit den Fingern durch ihre neue Frisur und schiebt eine Strähne zur Seite, die in ihr Gesicht gerutscht war. Hat Michal vielleicht mehr als nötig abgeschnitten? Der Scheitel hätte ruhig einen Zentimeter länger bleiben können. Oder?

Sie zupft an ihren Haaren. Checkt ihr Abbild im Schaufenster. Dann bemerkt sie, dass sie sich auch in den kleinen Spiegeln im Ladeninneren widerspiegelt. Passanten, die hinter ihr die Straße entlanggehen, verwandeln sich in bunte, rasch entworfene Pinselstriche. Vanda steht vor dem Schaufenster und sieht eine, fünf, zehn Vandas vor sich. Sie wird breiter und verschwindet gleichzeitig. Sie kommt sich durchsichtig vor. Nackt. Einsam. So könnte es sich anfühlen, wenn man tot ist.

Sie spürt Tränen in den Augenwinkeln. Gut, dass sie ihre Sonnenbrille aufgesetzt hat. Das ist wirklich das Letzte. Wegen eines solchen Arschlochs heult man doch nicht. Sie waren erst fünf Monate zusammen, das ist doch nichts. Er ist nicht ihr Erster! Und er wird auch nicht ihr Letzter bleiben! Sie hat sich einfach nur zum ersten Mal richtig verliebt. Und hat ihm vertraut. Sie kann doch zehn solcher Knilche pro Abend haben. Klar, sie weint, aber das kommt vom wenigen Schlaf. Außerdem kriegt sie morgen ihre Tage und ist einfach ein wenig überempfindlich, das werden die Männer nie nachvollziehen können, weil sie selbst keine Tage haben.

Sie wischt sich die Tränen ab. Fährt mit rotem Lippenstift ihre Lippen nach. Immer, wenn sie allein sein will, wenn sie sich von der Welt ringsherum abschneiden und in sich ein bisschen Stille finden will, macht sie Musik an. *Placebo.*

If it's a bad day, you try to suffocate.
Another memory... scarred.
If it's a bad case, then you accelerate,
You're in the getaway... car.

Diese Band hat sie während ihres Aufenthalts in Großbritannien lieb gewonnen. Sie war ein Jahr lang in Glasgow auf eine Privatschule gegangen. Das hatte ihr Vater arrangiert. Und bezahlt. Sie lernte dort Englisch und legte den ersten Jungen flach. Mark. Beziehungsweise er legte sie flach, obwohl sie sich das andersherum gewünscht hätte, sie ist ja lieber obenauf. Mark war in der Klasse über ihr, hatte rote Haare und Sommersprossen und eigentlich mochte sie ihn nicht besonders. Er und seine Clique fuhren häufig übers Wochenende ans Meer und nahmen Vanda mit. Einmal besuchten sie seine Tante auf einem Gutshof und verliefen sich dort im Nebel zwischen Hügeln und Schafen. Als die Geschichte zwischen Mark und ihr zu Ende war, rettete ihr *Placebo* zum ersten Mal das Leben. Wie etliche Male danach auch.

Vanda möchte wenigstens ein Lied komponiert haben, das den Menschen im richtigen Moment den richtigen Kick gibt. So was ist echte Kunst. Darin liegt für sie auch die Kraft und Stärke der Musik. Des Lebens.

You don't care about us.

You don't care about us.

Sie betritt den Laden, um nach dem Preis der schwarzen Converse mit den Rauten zu fragen. Sie würde sie anprobieren. Ja, das macht sie. Und sie holt sie nachmittags ab. Die Verkäuferin lächelt sie an, selbstverständlich legt sie ihr die Schuhe zur Seite! Vanda bemerkt ein schwarzes T-Shirt mit einem rosa Schädel drauf. Sie probiert es, sie sieht prima darin aus, und die Verkäuferin zeigt ihr noch einen schwarzen Ledergürtel mit spitz zulaufenden Metallnieten, der gerade aus Berlin geliefert wurde. Und eine grüne italienische Ledertasche mit kleiner rot gestickter Japanerin mit großer Brille über das halbe Gesicht. Mit genau der gleichen Brille, wie Vanda sie trägt.

Sie schaut sich alles an. Lächelt, nickt mit dem Kopf und sagt, nachmittags holt sie alles ab. Shoppen wirkt beruhigend auf sie, das weiß sie schon lange.

Sie unterhält sich mit der Verkäuferin, nimmt die Brille aber nicht ab. Die Kopfhörer auch nicht. Wenn man nichts Echtes zur Hand hat, ist Musik auch ein gutes Placebo.

It's your age, It's my rage.

FREQUENZEN UND GEGENFREQUENZEN

Vladimír kennt die Ursache für den Tod seiner Frau. Er weiß, warum sie gestorben ist. Warum sich die Krankheit, die sich in ihren Knochen ausbreitete, nicht aufhalten ließ, warum sie immer mehr von ihr Besitz ergriff, ihren Körper allmählich deformiert, verbogen und zusammengepresst hat, als liege er unter ungeheurem Wasserdruck am Meeresgrund.

Seine Frau war dabei zu gehen, und er konnte nichts für sie tun, als nur zuzusehen, ihre Hand zu halten und zu hoffen, dass bald das Schlimmste einträfe, immer wieder schoss ihm dieser furchtbare Gedanke durch den Kopf, Vladimír schämte sich dafür und gleichzeitig konnte er nicht anders. Er wünschte sich, ihr Leiden möge bald ein Ende finden.

Vladimír weiß, warum er kurz danach seine Arbeit in der Philharmonie verloren hat. Von wegen er habe sein Gehör verloren. So ein Unsinn. Das absolute Gehör kann einem nicht abhanden kommen. Es liegt nicht einfach auf der Straße. Entweder man hat's oder man hat es nicht, dazwischen ist nichts. Man hat ihn rausgeschmissen, weil jemand anders seinen Platz haben wollte. Und man mochte nicht, dass er die Gesellschaft der anderen mied, dass er Selbstgespräche führte und nach dem Tod seiner Frau immer wieder über Dröhnen und Hämmern in seinem Kopf klagte, über den ewigen Tinnitus und darüber, dass er manchmal hörte, was den anderen verborgen blieb. Die Stimmen der Zukunft und der Vergangenheit. Menschliche Stimmen. Stimmen der Stadt. Stimmen der stöhnenden Stadt.

Vladimír weiß, warum er vom Rest seiner Familie abgeschnitten wurde, von seinen Kindern, mit denen er sich nicht mehr verstand und die dachten, dass er psychisch krank geworden sei. Die ihn zwangen, zu einer Ärztin zu gehen, die es allem Anschein nach ebenfalls dachte, und ihm deswegen Mittel verschrieb, die stumpfe Schmerzlosigkeit und Schlaf verhießen. Er nahm sie aber nicht.

Vladimír weiß, warum er von anderen Hausbewohnern, von den Menschen auf der Straße, von allen in seiner Stadt abgeschnitten wurde.

Vladimír weiß, warum er allein ist, warum er seit langem mit keinem redet.

Vladimír weiß, warum die Stadt stöhnt, sich vor Schmerzen krümmt und zerfällt, ohne dass es jemandem aufgefallen wäre. Nicht einmal den Menschen, die hier leben. Den Touristen schon gar nicht.

Es ist der Lärm.

An allem ist der Lärm Schuld. Das Getöse. Das Dröhnen. Das Chaos. Der Lärm, hinter dem sich die Menschen verschanzen, weil sie Angst voreinander haben. Lärm, in den sie sich bereitwillig flüchten. Lärm, von dem sie eingeholt und vernichtet werden, ohne es überhaupt zu bemerken. Die Lärmepidemie.

Der Lärm hat die Welt in Brand gesetzt und Vladimír den Krieg erklärt. Oder Vladimír hat ihm den Krieg erklärt. Es läuft auf dasselbe hinaus.

Vladimír nahm die Kriegserklärung an, weil er wusste, im Falle des Sieges bekäme er alles zurück, was er verloren hatte: seine Frau, seine Kinder, seine Arbeit, sein altes Glück, Ruhe und Freiheit.

Er war sich seiner Sache so sicher, dass er seine Wohnung in eine kleine Fabrik verwandelte. In eine Elektrowerkstatt, in der es nach Zink und Kolophonium stinkt. In ein Labor, in dem Rechnerbildschirme und Messgeräte blinken.

Auf der Arbeitsplatte, die sich in der Mitte des Wohnzimmers befindet, türmen sich Mikrofone und Kopfhörer, Tastaturen und Lötkolben, Spulen, Drähte und Kabel, Werkzeuge und Blätter mit Stromlaufschemata. Vladimír untersucht Geräuschfrequenzen, die er an verschiedensten Stellen der Stadt aufnimmt und in Klangkonserven einkocht, genauso wie seine Mutter einst Gurken oder Pfirsiche eingekocht hat.

Vladimír sammelt Lärm, den Autos von sich geben, Lärm aus Radiosendern, Presslufthämmern und Betonmischmaschinen, Lärm, den Straßenbahnen, Metro, Flugzeuge und Menschen absondern. In seinem Computer ist jedes Geräusch gespeichert, das man sich nur vorstellen kann. Man findet dort fiepende Spielautomaten und plätschernde Springbrunnen, das Tosen des Moldauwehrs vor der Karlsbrücke und das Quietschen aufblasbarer Puppen in Erotikgeschäften. Vladimír hat auch das Säuseln der sprechenden Schaufenster, das metallische Rauschen der Fahrstühle und den Lärm von Rockclubs, Diskotheken und Kneipen zwischen Wenzelsplatz und Žižkov aufgefangen. Das laute Reden der deutschen und britischen Kunden in den Etablissements. Den schnellen Wortwechsel des russischen und ukrainischen Personals. Die abgehackten Atemstöße der schnellen Umarmungen, den heftigen Höhepunkt.

Vladimír hört auch das, was über das übliche menschliche Hören hinausgeht. Das Rauschen der Mobiltelefone, der Fernsehsender, des Rundfunks. Das Summen in den Trafostationen und Schaltanlagen. Das Herunterfahren des Motors in einem soeben eingeparkten Auto. Vladimír hört sogar das Licht knistern, kurz bevor der Strom die Straßenlaterne erreicht und sie zum Leuchten bringt. Er hört die Spannung in der Wasserleitung, bevor zwei Sekunden später das Wasser durchrauscht. Er hört das Pendel auf der Letná zucken, noch lange bevor es sich bewegt.

Spielt er zu Hause all die Geräusche auf einmal ab, wird ihm klar, warum die Stadt so leidet. Warum er so leidet. Die Stadt trifft keinen sauberen Ton, sie schrammelt, dudelt und krächzt wie ein Orchester mit betrunkenen Spielern, die weder Talent noch Gefühl oder musikalisches Gehör besitzen.

Die disharmonische Symphonie der kranken Großstadt verschlägt Vladimír den Atem. Schon früher hat er nichts für Neue Musik übrig gehabt, am schlimmsten fand er die disharmonischen Stücke, er konnte sie nur unter größter Selbstüberwindung spielen, er glaubte nicht, dass das Publikum wirklich dem Kampf von Klängen zuhören wollte anstatt den Klängen selbst, er verstand weder den Applaus noch das Lächeln oder die ernsthaften Mienen der Männer im Anzug und ihrer eleganten Frauen, er glaubte nicht, dass jemand Gefallen finden konnte an einer Schlacht zwischen Tönen und Gegentönen, zwischen Rhythmen und Gegenrhythmen.

Ihn selbst hat es immer nach Ausgewogenheit, nach Harmonie verlangt. Nach Harmonie in der Musik, im Leben und in der Beziehung, auch wenn er und seine Frau sich meist angeschwiegen haben, woran nicht nur ihre Krankheit Schuld trug. Sie hatten aufgehört, sich zu verstehen. Wenn Vladimír über das immer häufigere Dröhnen in seinen Ohren klagte, sagte sie, er sei wie alle Männer ein Hypochonder. Und unfähig noch dazu. Er hätte nie genug Geld herangeschafft, alles wäre nur an ihr hängen geblieben, inklusive Kindererziehung.

Als die ersten Anzeichen ihrer Krankheit auftauchten, als ihr Blut dünner wurde und ihre Haut heller, da hätte er ihr die Beleidigungen heimzahlen können. Er tat es aber nicht.

Die Ursache für ihre Krankheit fand sie selber heraus. Sie beschwerte sich über den unerträglichen Lärm, der von draußen die Wohnung bestürmte. Über den Lärm, den die Nachbarn produzierten. Über Lärm, der sie von allen Seiten einkreiste und attackierte. Vladimír erklärte ihm den Krieg und machte sich daran, die Wohnung hermetisch abzuschotten.

Abends saß er neben seiner Frau am Bett, hielt ihre Hand und sah ihr in die Augen. Er redete auf sie ein. Las ihr Bücher vor. Erzählte, was er draußen gesehen hatte, wen er in dem Vietnamesen-Laden getroffen und was er dort eingekauft hatte, wie das Wetter war und wie es werden würde. Sie lächelte ihn an. Hörte ihm zu. Aber sie sagte kein Wort. Als ihr Zustand sich verschlechterte, nahm er zwei Papierbögen und schrieb auf den einen JA und auf den anderen NEIN. Dann fragte er, ob sie ins Krankenhaus wollte. Sie hob ihre dünne Hand und zeigte auf NEIN. In dem Augenblick wurde ihm seine große Liebe zu ihr bewusst, es war der bedeutendste Moment ihres gemeinsamen Lebens, alle Missverständnisse waren ein für alle Mal vergessen. Er wechselte das Schmerzpflaster auf ihrer Schulter, fasste erneut nach ihrer Hand und hielt sie die ganze Nacht fest. Er hörte zu, wie der Tod leise in ihrem Körper Einzug hielt, wie er wie eine Welle immer näher kam, beharrlich immer weiter nach vorne drängte, ähnlich wie die Flut, wenn sie den Strand erobert. Bis die immer kälter werdenden Meereswellen die Seele seiner Frau weggespült haben.

Als am nächsten Morgen ein Arzt mit dem Stethoskop die leere Stille ihres Herzens festgestellt hatte, drückte er ihm voller Anteilnahme die Hand, sah dabei aber statt Vladimír das Bild an der Wand an. Schon einen Tag später stand Vladimír mit dem Mikrofon in der Hand auf der Straße. Er wurde selbst zum Mikrofon. Zum riesigen Mikrofon auf zwei Beinen, das die ganze Stadt in sich hineinsaugte. Schritt für Schritt. Ein Geräusch nach dem anderen.

Im Kopf und auf dem Computerbildschirm untersucht Vladimír die Frequenzen und Gegenfrequenzen. Er weiß, dass die Welt aus dem Gleichgewicht geraten ist, aber da sie einst im

Einklang mit sich selbst war, könnte sie wieder in diesen Zustand zurückfinden. Außerdem weiß er, dass sich der Lärm mit unsichtbarem Gegenlärm bekämpfen lässt, mit einem schnellen und wirksamen Fluss von Gegenfrequenzen, einem Gegenschall, der den Lärm zerschlägt, verschluckt und zur Stille bekehrt.

Er macht es nicht für sich. Er tut es für das Haus, in dem er wohnt. Für seine Stadt, für das Land und für diesen Planeten. Für das Universum.

Das Gerät, das Vladimír erfunden hat, funktioniert. In seiner Wohnung herrscht Stille. Zumindest im Wohnzimmer, das zum Labor umgewandelt wurde. Vladimír überprüft das jeden Morgen, bevor er sich mit der Schere in der Manteltasche auf die Straße begibt. Er hört die Stille jeden Abend, wenn er aus der Stadt zurückkommt.

In seiner Wohnung funktioniert das Gerät zuverlässig, außerhalb der Wohnung leider nicht. Den Grund dafür kennt Vladimír nicht, womöglich ist die Antenne am Fenster zu klein oder der Sender zu schwach, womöglich hat der Straßenlärm eine gewisse Schallgrenze erreicht oder die Stadt ist bereits zu schwer erkrankt und lässt sich nicht mehr retten.

Die Stadt klagt weiter. Vladimír sieht keinen Ausweg mehr. Nur noch Kapitulation. Inklusive Verzicht auf jegliche Hoffnung. Man muss den Tatsachen ins Auge blicken, denkt Vladimír. Deswegen gibt er heute auf. Er fühlt sich müde und ahnt, dass dieser Kampf nicht zu gewinnen ist. Heute unternimmt er einen letzten Versuch. Allerdings nicht mehr für die Stadt, sondern für sich selbst.

Das Einzige, was Petr an seiner Arbeit Spaß macht, ist die Stadt, durch die er sich mit seiner Straßenbahn den Weg bahnt. An die Gleise gefesselt, tastet die Tram die Stadt ab, untersucht sie unter der stinkenden Smoghülle, die wie ein ewiger Deckel über Prag liegt. Sobald Petr die Anhöhe vom Weißen Berg hinter sich lässt, verschwindet er einem U-Boot gleich unter der gelblichen Wolke.

Auch die Stadtbewohner mag er gerne, vor allem die etwas heruntergekommenen. Schrumpelkastanien nennt er sie. Ein paar von ihnen kennt er schon. Zum Beispiel den Rentner mit der dicken Hornbrille, der am Stadtrand in Hostivař einsteigt, Sonderangebote studiert und bis ins Zentrum auf die Národní fährt, um sich im Kaufhaus Tesco auf Schnäppchenjagd zu begeben. Oder die zwei Mädchen, Zwillinge, die jeden Tag in der Früh von Vršovice zu ihrer Schule auf Náměstí Míru fahren und während der ganzen Fahrt pausenlos und ohne Grund kichern. Sein absoluter Liebling ist allerdings eine Frau um die fünfzig, die Tag für Tag Punkt zehn an der Prager Burg in die Straßenbahn steigt und von dort quer durchs Zentrum bis zur Metrostation I.P.Pavlova und wieder zurück fährt. Das macht sie den ganzen lieben langen Tag. Dabei stromert sie im Waggon herum und wiederholt gebetsmühlenartig: »Ich danke dir, mein himmlischer Vater, ich danke dir für die Fische, für die Pflanzen und die Meerestiere. Danke, dass es dich gibt. Führe uns nicht in Versuchung. Ich danke dir, mein himmlischer Vater. Für die Berge, für die Wälder, für die Ozeane, für uns alle ...«

Dann gibt es noch die Baseballkappen. Und die kleine Rumänin. Die schöne Rumänin, mit der er liebend gerne ins Bett steigen würde.

Petrs Zweiundzwanzig zuckelt langsam hinter einer Vier her,

vom Náměstí Míru bis zur I.P.Pavlova. Der Waggon hinter Petr ist proppenvoll, Malmö knurrt zwei Studentinnen an, die an der Treppe zur Vordertür stehen. Sie klopfen an die Glaswand der Kabine und strecken Malmö die Zunge heraus. Woraufhin Petr ihnen die Zunge herausstreckt. Die Mädchen lachen. Petr auch.

»Cool bleiben, Schatz, lass dich nicht ärgern.«

Er krault sie hinter den Ohren.

An der Kreuzung wartet er, bis die Elf aus Nusle vorbeifährt, und hebt grüßend die Hand. Die junge Fahrerin und er begegnen sich zweimal am Tag hier, sofern sie beide Dienst haben und alles planmäßig läuft. Miteinander gesprochen haben sie nie, aber jedes Mal lächeln sie sich an.

Die Elf zeigt ihm das Rücklicht. Er kann weiterfahren. An der Ecke vor dem KFC sitzt eine Gruppe Punker, sie betteln und spielen mit ihren Hunden. Malmö bellt sie an. Vielleicht sollte er ihr einen Ball besorgen. Oder einen Knochen, aber bestimmt nicht aus dem KFC. KaltesFäkalienChaos ist selbst für Hunde ungenießbar.

Petr schaltet seinen CD-Player aus und macht das Radio an. Die Polen seien gegen Abtreibungen, gegen die EU und gegen die Juden, die ja sowieso nie nach Mitteleuropa gehört hätten. In Ostrava werde eine neue Fabrik für koreanische Autos gebaut. Auf der D1 sei ein LKW umgekippt und habe einen halben Tag die Autobahn blockiert. Zum Schluss folgt eine Nachricht aus dem Irak, erneut sei dort ein amerikanischer Kontrollposten angegriffen worden. Ob es in Bagdad Straßenbahnen gibt? Petr hat von Bussen gehört, die in die Luft gejagt werden, von explodierenden Taxen, aber nie von einer Straßenbahn. Er stellt sich einen von diesen zu allem entschlossenen, sprengstoffumgürteten Dummköpfen in seiner Straßenbahn vor. Ob er ihn erkennen würde? Die sollen auch im Sommer lange Mäntel tragen, damit die stabile Körpertemperatur die Bomben an einer vorzeitigen Explosion hindert. Heutzutage ist Sprengstoff wahnsinnig empfindlich.

Vielleicht sähe der Attentäter wie dieser ältere grauhaarige Typ in dem langen braunen Mantel aus, der sich langsam an den stehenden Passagieren vorbeischlängelt. Er bleibt immer wieder stehen und geht dann weiter, als könne er sich nicht entscheiden, wo er stehen bleiben soll. Ein verkleideter Kontrolletti? Seitdem ihre Fotos im Netz gepostet wurden, denken die sich unterschiedlichste Verkleidungen aus, um das Volk an der Nase herumzuführen. Ein Kontrolletti ist das aber nicht. Er kontrolliert keinen.

Petrs Gedanken bleiben bei dem Attentäter hängen. So 'n Typ zieht einfach an seinem Gürtel und fertig ist die Laube. Schluss. Aus. Endstation. Vielleicht leuchtet zuerst ein weißes Licht auf, wie damals in Hiroshima. Das hat Petr im Fernsehen gesehen. Dann kommt ein Knall. In welche Richtung würde Petr fliegen? Nach vorne? Oder eher nach oben? Und die Passagiere? Wie viele Fleischfetzen ergibt ein Mensch? Und was dann? Krankenwagen. Polizei. Fernsehteams.

Prag wäre für einen kurzen Moment wieder der Nabel der Welt, wie neulich bei der Flut, die beinahe die Karlsbrücke mitgenommen hätte. Danach hatten die Touristen Schiss gehabt zu kommen, und die Straßenbahnen waren rappelvoll, weil die Metro vollgelaufen war.

DIE UNTERREDUNG

Polish beggars.«

Dave hat den Schlips gelockert, seine Füße auf den Tisch gelegt und wippt in seinem monströsen Schreibtischsessel. Seine handgenähten Schuhe glänzen. Auf so was legt Dave großen Wert.

Das riesige Fenster hinter seinem Rücken führt in einen Park. Zwei Vögel fliegen vorbei. Vielleicht Elstern. Auf die Schnelle kann Wayne das nicht genau erkennen.

Er hockt auf einem mächtigen roten Ledersofa. Ob Dave es schon mal einer auf diesem Ding so richtig besorgt hat? Julia? War ihre Pussy richtig nass? Neben Waynes Kopf hängt ein Fernseher an der Wand. Ein riesiger Flachbildschirm. Als sie am 11. September den ganzen Tag auf den Bildschirm gestarrt haben, hatte Dave noch keine solche flache Kiste gehabt. So was wurde damals noch nicht hergestellt. Unter dem Fernseher leuchtet matt eine elegante weiße Stereoanlage. Auf dem Konferenztisch vor Wayne steht eine Cola light mit Eis. Er hat sie bisher kaum angerührt.

Sein Blick streift das abstrakte Bild eines jungen tschechischen Avantgarde-Malers mit internationalem Flair, den Dave vor ein paar Jahren zu seiner Zukunftsinvestition auserkoren hat. Ganze fünf Bilder hat er von ihm gekauft. Sie hängen jetzt im Flur, im Besprechungsraum und in seinem ansonsten sehr kühl gehaltenen Büro. Dave ist der Meinung, abstrakte Kunst fördere die Kreativität, er denkt, die Fähigkeit, verborgene Inhalte in Kunst zu finden sei die Voraussetzung dafür, ein erfolgreicher Arzt, Manager oder Jurist zu werden. So wie er. Oder Wayne.

Wayne beobachtet die drei umgekippten Farbeimer. Drei zusammenfließende Flecken. Gelb, blau, rot. Mehr nicht. Wer weiß, warum es ausgerechnet L.O.V.E. heißt. Genauso gut könnte es auch V.E.L.O. heißen. Aber vielleicht stellt das Bild einen raffiniert chiffrierten schwedischen Dreier dar.

Dave schaltet mit der Fernbedienung die Anlage an. U2. Im letzten Jahr hat er fünf ihrer Europa-Konzerte besucht. In seinem Rechner ist ein Foto gespeichert, auf dem er und Bono sich umarmen. Es gibt nur ein Bild. Für ein zweites wollte der Bandmanager tausend Euro haben. Die Musik läuft.

Eine Weile sitzen beide schweigend da und nippen an ihren Colas. Dann geht das Ganze von vorne los.

Ja, Wayne sei sich dessen bewusst, dass er das mit den Polen vergeigt habe. Das braucht Dave nicht immer wieder zu wiederholen. Clark fliegt, das steht fest. Aber was soll nun mit Wayne geschehen? Dave weiß, dass es nicht auf Waynes Mist gewachsen ist, selbstverständlich nicht, aber er habe schon an ihn geglaubt. Wayne ist doch der Beste in der Firma. Gleich hinter Dave, natürlich. Und er habe sich darauf verlassen, dass Wayne den Polen zeigt, wo der Hase lang läuft.

Sie kennen sich schon lange. Gemeinsam haben sie diese Kanzlei gegründet. Damals hockten sie in zwei Räumen im Kellergeschoss und bestellten alle Mandanten ins Café Radost, das gleich um die Ecke lag, damit sie ihre Kundschaft nicht durch den feuchten Flur führen mussten. Sie teilten sich einen Rechner und eine Halbtagssekretärin. Mit der Dave ziemlich schnell im Bett landete. Später wurde sie Daves Freundin. Nun ist sie die Mutter seiner Kinder.

Nach den üblichen Anfangsschwierigkeiten entwickelte sich die Kanzlei prächtig. Die Mandanten rekurrierten ausschließlich aus Firmen. Mittlerweile nahmen sie eine ganze Etage eines mitten in der Innenstadt neu errichteten Bürohauses in Anspruch. Das meiste Geld haben sie am Beitritt der Tschechischen Republik zur Europäischen Union verdient. Damals wurde die Legislative umgestellt, und allen tschechischen Firmen wurde beim bloßen Gedanken an die Zukunft schon schwummerig. Man suchte händeringend Anwälte mit internationaler Erfahrung.

Auch wenn für Dave die Union und ähnliche Unternehmungen eine Art sozialistische Aventüre darstellten, würde er sofort begeistert jede neue Union willkommen heißen. Was ihn betrifft, könnte es auch eine europäisch-tschechisch-irakisch-amerikanisch-chinesische Union sein, das wäre ihm egal. Hauptsache, alle wichtigen Verträge würden erneut über seine Kanzlei laufen. Und alle Firmen würden sich hier, bei ihm, beraten lassen.

Wayne war vor einem Jahr aus dem gemeinsamen Projekt ausgestiegen und hatte sich von Dave auszahlen lassen. In der Firma ist er geblieben. Er brauchte aber dringend mehr Freizeit und Ruhe. Das konnte Dave gut verstehen. Einen Teil seiner Abfindung investierte Wayne in rumänische und bulgarische Aktien. Erdöl, Chemie und Solartechnologie.

Für den Rest kaufte er eine große Wohnung auf der Letná-Höhe, von der man in fast alle vier Himmelsrichtungen blicken konnte: Die Fenster im Wohnzimmer waren nach Westen ausgerichtet, die im Schlafzimmer nach Norden und die in der Küche zeigten nach Süden. Unter dem Dach gab es noch zwei kleinere Zimmer, die er und die Kleine als Stauraum nutzten. Vorübergehend. Die Wohnung hatte zwei Terrassen, zwei Badezimmer und in der Küche thronte eine klimatisierte Box für fünfzig Weinflaschen. Auf einmal fällt Wayne die Einzugsparty ein. Damals waren an die siebzig Menschen gekommen. Die Kleine hat einen DJ aufgetrieben, man hat getanzt und getrunken, um Mitternacht hat die Polizei an der Tür geklingelt. Auch Dave war da, er hat sich richtig volllaufen lassen. Als alle nach Hause gegangen waren, sind Wayne und die Kleine auf dem Boden sitzen geblieben, sie lagen sich in den Armen und schworen sich, ab jetzt nur noch zusammenzubleiben und glücklich bis in alle Ewigkeit zu sein. Beim morgendlichen Duschen hat er allerdings an eine andere gedacht.

Dave schlägt vor, Wayne solle sich ausruhen. Wayne möchte ihm gerne erzählen, was er auf CNN gesehen hat. Dann überlegt er es sich aber anders. Womöglich ist es gar nicht Mike gewesen. Als er vorhin den Nachrichtenserver gecheckt hat, war dort kein Foto. Er hat noch die nächsten Nachrichten abgewartet, aber der Irak war kein Thema mehr. Stattdessen gab es einen Bericht über die Unruhen in Palästina. Wenn er die Sache Dave gegenüber anspricht, hält der ihn nur für einen hochsensiblen Loser. Wayne weiß ja selbst, dass ihm etwas Ruhe am besten täte. Vor allem aber sollte er endlich zum Telefonhörer greifen. Und in Delaware anrufen.

ABGESCHNITTEN

Dejvická. Die Bustür geht auf und Hana saugt begierig frische Luft ein. Um sie herum dröhnt der Autoverkehr, sie hört ihn aber nicht. In ihren Ohren spielen *Tocotronic*, eine Erinnerung an die Berliner Studienzeit.

Als die Band in der Columbiahalle auftrat, hat sich Hana eine Karte gegönnt, zur Belohnung für eine bestandene Prüfung. Es war ausverkauft, aber Hana stand ganz vorne, in Schweiß gebadet und glücklich. Sie sang jeden Refrain mit, tanzte und fuchtelte wie wild mit den Armen, bis sie ihrem Nachbarn die Brille von der Nase schlug. Sie haben sie aber wiedergefunden, Jens und sie.

Er studierte Meteorologie an der FU Berlin. Genau dort hatte Hana auch ihren Abschluss in Kulturwissenschaften gemacht. Er fasste nach ihrer Hand und ließ sie bis zum Ende des Konzerts nicht los. Das fand sie gut. Und ihn auch. Sie stand schon immer auf Typen mit Brille. Es endete mit einer Knutscherei im Regen an der Bushaltestelle direkt vor der Columbiahalle. Sie schmiegten sich aneinander, seine Hände streichelten ihre Brüste und ihren Hintern, sie spürte, wie erregt er war. Sie fasste ihn an. Dann kam der Bus und sie stiegen ein. Tauschten Telefonnummern aus. Er hatte nicht angerufen. Sie auch nicht. Eine Woche darauf kehrte sie nach Prag zurück und einen Monat später traf sie dort den Mann, mit dem sie bis heute zusammenlebt.

Tocotronic.

Die Songs hatten ihr schon mal besser gefallen. Jetzt findet sie die Lieder plump, berechenbar und voller Selbstmitleid. Mehr Pop als Rock. Eher was für Jungs als für Mädchen, Selbstmitleid ist ohnehin eher Männersache. Etwas altmodisch, denkt Hana. Vielleicht waren sie das schon in Berlin gewesen, sie hat es bloß in dem Moment nicht so empfunden. Aber es war eine schöne Erinnerung und eine Erinnerung zählt auch dann, wenn sie nur wärmt und einen nicht mehr nach vorne treibt. Deswegen mag Hana so gerne Musik. Mit Hilfe von Musik kann sie sich jeden Moment in ihrem Leben zurückholen, aus dem sie Wärme ziehen kann. Vielleicht sollte sie wieder mal ein Konzert besuchen.

Die Straßenbahn kommt. Sie steigt ein. Nur noch ein paar Haltestellen bis nach Hause. Hradčanská. Sparta. Letenské náměstí. Danach muss sie nur noch die Kreuzung überqueren und im Schatten der Bäume weiterlaufen, während der Lärm der Hauptstraße langsam verebbt.

Vor einem neu verputzten leuchtend orangefarbenen Haus wird sie stehen bleiben. Den Schlüssel aus der Handtasche fischen, die Post aus dem Briefkasten holen und im Fahrstuhl bis zur obersten Etage fahren, in der es nur eine einzige Wohnung gibt. Ihre gemeinsame Wohnung.

Jetzt aber steht sie noch in der Straßenbahn. Einer der Fahrgäste riecht nach Schweiß. *Tocotronic* singen:

Let there be rock.

Let there be rock.

Die überfüllte Straßenbahn fährt auf die Pulverbrücke hinauf, die Gleise, die auf den Bahnhof von Dejvice zulaufen, bleiben zurück, und plötzlich passiert es. Die Zeit setzt aus. Zumindest die von Hanas iPod. Er hört auf zu spielen. Hana zieht ihn aus der Tasche. Das Display leuchtet. *Tocotronic* grölen vermutlich weiter vor sich hin, etwas von Freiheit und von Rock, sie aber hört es nicht. Jemand hat Hanas Kopfhörer durchgeschnitten.

Sie sieht sich um.

Kann es das Mädchen mit den Dreadlocks gewesen sein? Oder die Frau mit der Einkaufstasche von Tesco, die ihre Schuhe zum Schuster bringt? Der ältere Typ in dem braunen Mantel? Oder die zwei Punker, die sie so blöd anglotzen?

Die Straßenbahn tuckert weiter. Hana hält das durchtrennte weiße Kabel in der Hand. Die Kopfhörer stecken immer noch in ihren Ohren. Sie wird sich dessen erst nach einer Weile bewusst, nimmt sie heraus und legt sie zusammen mit dem iPod in ihre Handtasche. Sie wird rot. Als hätte man nicht ihr einen Streich gespielt, sondern sie selbst etwas falsch gemacht. Als hätte man sie wieder mit Hausschuhen im Supermarkt erwischt, wie damals, als sie ein kleines Mädchen war und die Verkäuferinnen sich vor lauter Lachen nicht wieder einkriegen konnten.

Jetzt ist sie allerdings rot vor Wut. Bestimmt war das einer von den Punkern dort drüben. Wer denn sonst? Vielleicht der, der gerade an seinem Ohrring zupft? Arschloch.

Auf dem Display leuchtet immer noch:

Let there be rock.

BEFREIUNG

Vladimír steht in der Straßenbahn. Er ist in Dejvice zugestiegen. In diesem Viertel ist seine Frau aufgewachsen. Hier hat er sie immer abends von der Tanzschule, in der sie sich kennengelernt haben, nach Hause begleitet. Er mochte es gerne, wie sie tanzte. Die sanften Bewegungen ihrer langen Beine und schlanken Arme, das Wiegen ihrer Hüften. Eine stille Eleganz, die selbst dann nicht verloren ging, als sie von seinem Seitensprung erfuhr und ihn für einen Monat aus der gemeinsamen Wohnung verbannte. Sogar als das Leben ihren Körper verließ, behielt sie ihre Eleganz.

Vladimír begegnet ihr manchmal. Von Zeit zu Zeit huscht sie durch die Wohnung. Er sieht sie kurz in der Tür. In der Küche. Im Badezimmer. Gelegentlich sieht er sie auch auf der Straße. Und häufig hört er sie reden. Sie sagt ihm, was er tun und was er lassen, was er anziehen und was er lieber nicht tragen soll. Genauso wie sie es gemacht hat, als sie noch zusammen waren. Ist sie jetzt tot? Vladimír kann es nicht genau sagen. Aber ihm kommt es vor, als wäre sie ständig bei ihm. Er spürt sie. Er hört sie. Sie hat sich in seinem Kopf eingenistet.

Jetzt ist sie aber nicht da. Vladimír steht in einer Straßenbahn, die schaukelnd die Pulverbrücke hinauffährt.

Er hält sich an der Stange bei der Tür fest. Seine Finger, die in der Manteltasche stecken, umklammern eine kleine scharfe Schere. Zwei Meter vor ihm steht eine etwa dreißigjährige attraktive Frau mit Koffer und Handtasche. Bestimmt kommt sie vom Flughafen. Sie sieht etwas müde aus, starrt aus dem Fenster und summt vor sich hin. Aus der Tasche ihres gestreiften Jacketts läuft ein dünnes weißes Kabel. Unter ihrem Hals teilt es sich und seine beiden Enden verschwinden in den Ohren der Frau.

Vladimír überlegt, welche Musik wohl in ihren Kopf hineinströmt und was sie in ihr hervorrufen mag. Hört sie Disco, Rock, Folk oder Klassik? Weckt die Musik Freude, Trauer oder Nostalgie in ihr? Sie scheint eine gestandene Frau zu sein, gleichzeitig wirkt sie aber auch mädchenhaft verträumt. Für Disco zu alt, für Klassik zu jung, für Folk zu elegant. Also wird es wohl Rock sein. Sie versucht damit etwas längst Vergangenes in ihr Leben zurückzurufen, vermutet Vladimír.

Er hört angestrengt zu, aber die Kopfhörer lassen nicht mehr als ein schwaches Echo in die Straßenbahn hinein, nur Fetzen des Songs, ein paar hohe Töne und eine Andeutung von Rhythmus. Die Frau hat die Lautstärke nicht ganz aufgedreht, vielleicht ist sie noch nicht verloren, vielleicht wird sie sich noch finden.

Er schiebt sich langsam an den anderen Fahrgästen vorbei. Seine Finger schwitzen. Wie jedes Mal. Er stellt sich ganz dicht neben sie. Sie duftet nach Rosen. Sehr sexy. Vladimír mag den Duft von Blumen, am meisten den von Rosen, er erinnert ihn an seine Ehe. Als seine Frau im Sterben lag, hat er ihr jeden Tag frische Rosen auf den Tisch gestellt.

Jetzt ist er fast auf Tuchfühlung mit der Frau. Er könnte sie berühren, sie nimmt ihn aber nicht wahr. Er zieht die Schere aus der Tasche und schließt für eine Sekunde die Augen. Noch einmal atmet er ihren Duft ein. Noch näher darf er ihr nicht kommen. Sie ist schön. Betörend. Er hebt die Schere. Nicht einmal einen Sekundenbruchteil später hat er das Kabel an zwei Stellen durchtrennt.

Das lose Stück steckt er in seine Manteltasche. Dann dreht er sich schnell um und schlüpft zwischen zwei Frauen hindurch zur Tür, wo er sich an die Stange klammert und so tut, als studiere er eingehend das Verzeichnis der Haltestellen oder das Theaterprogramm, das über dem Fenster hängt. Das Kabel wird er mit nach Hause nehmen, genauso wie ihren Duft.

Er hat keinem wehgetan. Er wurde von keinem beobachtet. Keiner hat etwas mitbekommen. Das alles kommt erst später.

SCHNELLER ALS SONST

Bei Vater dauert es nie lange.

Vanda steht auf der Straße und lehnt an einer Hauswand. Der blaue BMW ihres Vaters schießt aus dem unterirdischen Parkhaus. Sie sieht das verängstigte Gesicht seiner Neuen. Das Gesicht ihrer einstigen besten Freundin. Lucie wendet sich Vanda zu und versucht zu lächeln.

Die kann mich mal.

Kennengelernt haben sich Vater und sie durch Vanda. Sie hat ihren siebzehnten Geburtstag gefeiert und ein paar Leute eingeladen. Zu sich nach Hause. Lucie war auch dabei.

Sie waren nicht gleich zusammengekommen. Erst vor einem Monat etwa. Da hat Lucie ihr erzählt, wie toll sie ihren Vater findet und dass sie schon immer auf ältere Typen gestanden hat. Vanda wusste nicht, was sie dazu sagen sollte. Seitdem reden sie nicht mehr miteinander.

Vater ist mit allem ratzfatz fertig.

Ihre Gespräche haben nie länger als eine halbe Stunde gedauert. Höchstens zu Weihnachten, da ist regelmäßig etwas in ihm weich geworden. Heiligabend sangen sie gemeinsam Weihnachtslieder und feierten nach alter Tradition, machten jedes Mal Bleigießen und schnitten Äpfel auf, um nach Sternchen oder Kreuzen im Kerngehäuse zu suchen. Als kleines Mädchen saß Vanda immer bei ihrem Vater auf dem Schoß. Er zog sie an den Haaren. Sie ihn an den Ohren. Und sie roch an seinem Hals.

Vielleicht sind das die schönsten Momente ihres Lebens gewesen. Noch heute, wenn die Erinnerung sie überkommt, fühlt sie genau, wie schön es damals war. Trauer überwältigt sie. Gott, wie peinlich. Fuck off. Auch er kann sie mal …

Am nächsten Tag war die Familienharmonie allerdings wieder vorbei. Das Leben kehrte in seine alten Bahnen zurück. Vater klappte sein Notebook auf und stellte sein Handy an. Nachmittags fuhr er meistens in die Stadt zu einem Termin. Mutter und Vanda ließen sich vor die Glotze fallen. Zum wiederholten Mal sahen sie sich Märchen an, die sie schon auswendig kannten. Dabei dösten sie immer wieder ein. Ihre Köpfe berührten sich leicht und Vanda kam es vor, als verschmelze sie mit ihrer Mutter. Vater kam meist gut gelaunt aus der Stadt zurück und brachte ihnen Speiseeis von der Tankstelle mit. Danach bereitete Mutter das Abendessen zu.

Die Treffen mit ihrem Vater dauerten nie lang, aber diesmal war es noch schneller gegangen als sonst. Vanda und er hatten sich mittags direkt neben seinem Büro in einem Thai-Restaurant getroffen.

Sie bestellte eine Cola mit Eis und Mangomilchreis. Die Hälfte ließ sie stehen. Vater bestellte sich ein alkoholfreies Bier, Lachssuppe und Bratnudeln mit Gemüse.

»Schmeckt's?«

»Zu süß.«

»Meins ist zu scharf. Vielleicht könnten wir es zusammen mischen.«

Sie hasste es, wenn er versuchte witzig zu sein.

»Heute hab ich ein Konzert. Das wird auch scharf.«

»Wie scharf?«

»Richtig scharf.«

»Aha. Wie heißt eure Band?«

»Meine Band. Das hab ich dir bestimmt schon tausendmal gesagt.«

»Ich weiß.«

Sie krempelte den Ärmel hoch und zeigte ihm ihre Schulter: »Kill the Barbie.«

»Das heißt ...?«

»Töte die Barbie.«

»Ich kann Englisch. Ich meinte, was das soll. Die Tätowierung.«

»Alles.«

»Wie alles?«

»Das bin ich.«

»Das gerötete Etwas auf deiner Schulter sollst du sein?«

»Lass mich in Ruhe. Das verstehst du sowieso nie.«

»Ich versuche es zu verstehen. Aber du willst nicht mal versuchen, es mir zu erklären.«

»Wahrscheinlich versuchen wir es halt jeder anders.«

»Eigentlich ist es hübsch. Romantisch. Ich hätte so was nie fertiggebracht. Du nimmst mir nicht übel, wenn ich heute Abend nicht komme, oder? Ich habe viel zu tun.«

»Nein.«

Ehrlich gesagt hat sie auch nichts anderes erwartet. Erleichterung machte sich breit in ihr. Vor dem eigenen Vater auftreten? Er würde bestimmt dieses schauderhafte Jackett anbehalten. Man würde ihm dort nur seine teure Brille von der Nase hauen. Dort gehen andere Leute hin.

»Wie geht es Mama?«

Vanda zuckte mit den Schultern.

»Geht sie zu ihrer Therapeutin?«

»Das schon…«

»Also geht es ihr etwas besser?«

»Woher soll ich das wissen?«

»Rede doch mit ihr.«

»Ich?«

»Wenn ich anrufe, geht sie nicht ran.«

»Wundert mich nicht.«

»Vanda… Meinst du, dass ich das toll finde?«

»Keine Ahnung, wie du was findest. Aber dir geht es offensichtlich besser als ihr.«

»Meinst du, dass mir das Ganze leichtfällt?«

»Null Ahnung, echt… Was soll ich sagen.«

Vanda blickte aus dem Fenster. Mit ihrer ganzen Kraft versuchte sie einen Tränenausbruch zu verhindern.

»Mit deiner Mutter ist es nie einfach gewesen. Lebt man zu lange mit jemandem zusammen, dann kann es eines Tages vorbei sein. Bei einer Trennung trägt nie nur einer die Schuld. Du bist ein großes Mädchen, du wirst damit schon fertig.«

»Magst du sie nicht mehr?«

»Schon. Aber...«

»Aber?«

»Es ging so einfach nicht weiter. Du kannst unmöglich mit jemandem leben, mit dem es keine Perspektive mehr gibt. Mit dem du dir nichts mehr zu sagen hast. Mit dem du mehr schweigst als redest... Wie läuft's in der Schule?«

Eine blödere Frage hätte ihm wirklich nicht einfallen können.

»Geht so.«

»Mathe?«

»Gut.«

»Also hat die Nachhilfe was gebracht.«

»Scheint so.«

»Und die Jungs?«

»Welche Jungs?«

»Na Jungs, die Männer. Wie läuft es mit denen...«

»Papa, bitte...«

»Ich wollte nur wissen, ob alles in Ordnung ist...«

»Ja. Alles super.«

»Freut mich.«

»So was hat dich doch noch nie interessiert.«

»Dann interessiert es mich eben jetzt.«

»Jungs prima. Reicht das?«

»Reicht. Entschuldige.«

Er tätschelte ihre Hand. Plötzlich hatte er einen traurigen Blick. Sah gerührt aus. Das könnte vielleicht der Moment sein. Jetzt sollte sie es versuchen. Vanda holte Luft.

»Papa, weißt du noch, dass du mir einen neuen Compi versprochen hast...«

»Fürs Abi.«

»Ich weiß, aber ich brauch das Ding jetzt schon. Wegen der Band, weißte?«

»Fürs Abi, Schätzchen.«

Sie hasste es, wenn er sie Schätzchen nannte.

»Papa, bis zum Abi ist das aber noch so irre lang.«

»Nur noch acht Monate. Du hast meinen alten Rechner, der ist doch zu Hause geblieben. Mit dem darfst du machen, was du willst.«

»Aber ich brauch einen Mac. Für Musik ist der am besten.«

»Wenn du dein Abi gemacht hast. So haben wir es abgemacht.«

»Und was für einen Unterschied macht das, verdammt noch mal, ob du ihn jetzt oder in acht Monaten kaufst? Versprochen ist versprochen, Scheiße Scheiße Scheiße...«

»Vanda?«

»Vanda Vanda Vanda? Was für einen Unterschied macht das, kannst du mir das sagen?«

»Warum schreist du mich so an? Was ist das für ein Ton?«

»Ich rede normal mit dir!«

»Ist das normal: Scheiße Scheiße Scheiße? Wir sind nicht zusammen in einer Band.«

»Tschuldige.«

»Mach dich sauber... Du hast Reis auf der Backe.«

»Ich will das so.«

Dann nahm sie aber doch eine Serviette und wischte sich die Wange ab.

Und startete einen zweiten Versuch. Ruhig. Ohne die Fassung zu verlieren. Sie bat außerdem um Geld für die Schuhe und Klamotten, die sie hatte zurücklegen lassen. Es klappte nicht. Sie versuchte es zum dritten Mal. Vater bestellte sich einen Ristretto. Einen richtig starken Kaffee. Der ihm mal das Herz in Stücke reißen wird.

»Für mich ist das wichtig, verstehst du?«

»Du musst dir das vorher verdient haben.«

»Klingt wie im Kommunismus.«

»Hast du 'ne Ahnung, wie das im Kommunismus gewesen ist? Was der mit den Menschen gemacht hat?«

»Ein Paradebeispiel dafür sitzt mir direkt gegenüber.«

»Schätzchen, darüber wollten wir nicht reden, oder?«

»Aber ich brauche das alles. Du hast es mir versprochen. Und hör auf mich Schätzchen zu nennen. Das habe ich dir schon tausendmal gesagt.«

»Du hast doch vor einer Woche Taschengeld bekommen, stimmt's?«

»Aber ich brauch das dringend ... Papa. Bitte.«

»Denkst du, ich hab 'ne Gelddruckerei im Keller?«

Er nahm drei Tausendkronenscheine und reichte sie ihr.

»Mit denen kann ich mir höchstens den Hintern ...«

Er beugte sich vor und knallte ihr eine. Ein paar Gäste hörten auf zu essen. In dem Moment tat es nicht weh. Aber schon eine Sekunde später schmerzte es ganz furchtbar.

Eine Weile war es still. Sie sahen sich nur an. In Vandas Augen standen Tränen. Eigentlich mochte sie ihn. Und sie wusste, dass ihre Freundinnen sie um einen Vater beneideten, der einen Gürtel von Einfamilienhäusern mit Minigärten und Grill um Prag geschwungen hatte. Um einen Vater, der gut aussah. Der alles konnte. Alles. Eigentlich mochte sie ihn. Und sie wusste, er würde alles für sie tun.

Sie sahen sich immer noch wortlos an. Sie spielte mit dem Salzstreuer. Dann mit dem Besteck. Überlegte, wie es wäre, wenn sie sich die Gabel in die Hand rammen würde. Wenn sie ihn mit dem Messer attackieren würde. Sie blickte ihn an. Ob es ihm leidtat, dass er ihr eine geknallt hatte. Ein wenig schon. Er sah überrascht aus. Traurig. Irgendwie verstimmt. Sein Gesicht war rot angelaufen. Er hatte sie nie geschlagen.

Eine ganz kleine Weile blieben sie noch still. Dann öffnete Vanda den Mund und sagte ihm alles. Sie sprudelte ihren Text wie einen heftigen Punksong heraus. Drei Akkorde. Voll intensiv. Und laut.

Vater wurde ganz steif. Und noch röter. Er sagte nur:»Vanda...«

Vanda sagte nichts mehr.

Es war Zeit zu gehen. Sie steckte sich die Kopfhörer in die Ohren, erhob sich und setzte sich die Brille auf.

»Schönen Tag noch«, sagte sie und marschierte auf die Tür zu. Wollte möglichst schnell nach draußen kommen. Am liebsten hätte sie die zehn Meter, die sie vom Ausgang trennten, mit einem Riesensprung hinter sich gebracht.

Vater stand auf und folgte ihr.

»Das wird sich wieder...«

Als wollte er sich bei den Restaurantbesuchern entschuldigen.

»Vanda...«

In der Tür stieß sie mit Lucie zusammen. Der eckige Armreifen aus Metall um Lucies Handgelenk zog Vandas Aufmerksamkeit auf sich. Hatte sie ihn von ihrem Vater für die erste oder erst für die zweite Nummer gekriegt? Oder dafür, dass sie ihm im Fahrstuhl einen geblasen hat? Lucie hat doch mal erzählt, wie scharf sie es fand, den Männern einen zu blasen. Sie war sich bloß noch unsicher, ob sie es richtig machte. Das wird er ihr wohl jetzt beigebracht haben.

Lucie hatte einen frischen Haarschnitt. Oder eher Verschnitt. Sie sah noch blöder aus, als sie in Wirklichkeit war. Bestimmt hatte sie sie bei den Schwuchteln in dem neuen Salon schneiden lassen. Das liebe Papilein hat ihr dort sicherlich ein Konto eröffnet.

»Vanda... Vanda, bleib doch stehen«, rief ihr Vater ihr hinterher.

Dann blökte er Lucie an:»Was machst du hier? Du solltest im Büro warten!« Die blöde Kuh war ganz schön neben der Spur.

»Ich wollte dich... Hi Vanda, bist du... kommst du morgen zur Schule?«

»Leck mich am Arsch.«

»Vanda, schwänzt du etwa die Schule?«

Vater pflanzte sich vor Vanda auf.

»Ich scheiß auf die Schule. Ich scheiß auf alles. Am meisten auf dich!«

Sie rannte hinaus.

Mit Vater ging es immer schnell.

Und jetzt steht Vanda auf der Straße, raucht und hört weiter *Placebo*. Am liebsten würde sie sofort etwas nehmen, wenn sie nur was dabeihätte. Sie lehnt gegen eine Hauswand, direkt gegenüber dem Büro von ihrem Vater, und wartet, ohne sagen zu können, worauf. Vielleicht möchte sie ihn noch einmal sehen.

Eine Straßenbahn rattert über die Straße, dann noch drei weitere. In keiner von ihnen sieht sie Petr oder Malmö, die Malmö, die beim Anblick von Frauen knurrt. Vielleicht würde sie ihn gern noch mal treffen. Möglicherweise heute Abend.

Sie starrt in das Schaufenster des Immobilienbüros, das Vaters Häuser anbietet. In dicken Lettern leuchtet dort die Inschrift *Wohnen im grünen Paradies der Stille*. Vanda hat dieses Paradies mal mit ihrem Papa besucht. Es befand sich noch im Bau. Das Grüne bestand aus einem kleinen Wäldchen, in dem bei weitem nicht so viele Bäume standen wie drum herum Häuser. Ruhig und still war es schon. Wenn man sich die Autobahn wegdachte.

»Die hört man ziemlich gut, oder?«, sagte Vanda damals.

»Ist nicht so schlimm.«

»Schon ziemlich schlimm.«

»Da kommt noch Lärmschutz hin. Damit macht man heute die besten Geschäfte. Lärmschutz ist die Musik der Zukunft.«

»Ne tolle Zukunft.«

»Die Menschen werden sich bald ein Leben ohne Lärm richtig viel kosten lassen.«

»Das ist doch total abgefahren, oder? Stille gegen Geld.«

»Das ist die Realität.«

Im Schaufenster hängt ein Plakat mit einer glücklichen Jungfamilie. Vater. Mutter. Zwei Kinder. Vier lächelnde Gesichter. Alle halten sich im Arm und sehen gerührt auf ein kleines Haus aus Legosteinen, das der Plakatvater auf der Handfläche hält. Als wäre das Haus vom Himmel gefallen und er hätte es nur auffangen müssen.

Vanda möchte keine Kinder. Auch keine Familie. Oder zumindest keine Familie, die wie die Zeugen Jehovas guckt und sich nach Häusern aus Plastik sehnt.

Auf einmal setzt sich das orangefarbene Licht über der Garageneinfahrt in Bewegung. Es blinkt. Das Tor fährt hoch. Vaters blauer BMW kommt hervorgeschossen, muss aber gleich wieder anhalten. Über den Gehsteig schleppt sich ein Typ in einem altmodischen braunen Mantel. Ein verwirrter Rentner. Ein Assi. Der kurz vorher Vanda angeglotzt hat. Nachdem er sich von dem Elektroladen da drüben losgerissen hatte. Dort hat er lange gestanden und die Bildschirme im Schaufenster angestarrt. Es liefen gerade Nachrichten, dabei hätte der wohl am liebsten 'nen Pornostreifen geguckt. Alter Perversling.

Der Wagen fährt wieder an. Auf dem Beifahrersitz sitzt Lucie. Wo machen die es wohl am liebsten?

Lucie bemerkt Vanda. Vater nicht. Er ist ziemlich durcheinander, das merkt Vanda sofort. Soll der ruhig einen Unfall bauen. Lucie kann gleich mit hopsgehen.

Vanda wählt die Nummer von Carlos.

Auf dem Flur vor Daves Büro trifft Wayne auf Clark. Wayne entschuldigt sich bei ihm, Clark nickt leicht mit dem Kopf, sagt aber kein Wort. Er trägt zwei Umzugskartons. Die werden nicht reichen.

Wayne checkt die Post. Ein paar Geschäftsmails, ansonsten nur Spam für Billigflüge und Penisverlängerungen. Erneut ruft er die Kleine an. Sie nimmt nicht ab. Vermutlich sitzt sie noch im Flugzeug.

Mit einem Mal wird ihm bewusst, dass er einen Riesenhunger hat. Er zieht sein Jackett an, steckt das Handy ein und verlässt das Haus. Hoffentlich gelingt es ihm, ein nettes Lokal zu finden. Wo man zum Essen auch einen für Prager Verhältnisse guten Wein bekommt. Und zum Abschluss guten Kaffee. Kein amerikanisches Menü, auf keinen Fall. Er wird einen Espresso bestellen. Nein. Einen Ristretto. Mittlerweile machen die den in Prag auch ganz gut.

Wayne läuft die Straße entlang, beobachtet den Verkehr. Die Autos, die Straßenbahnen, die Menschen. Vor der Metrostation I.P.Pavlova macht er einen Bogen um ein Grüppchen Punker, die mit ihren Hunden auf dem Gehsteig hocken und um Kleingeld betteln. Vielleicht könnte er ins *Radost* gehen. Was Vegetarisches essen. Er sieht das Logo von McDonald's. Mike hat erzählt, dass die Freude über die Eröffnung des ersten Burger King nach Saddams Sturz viel größer war als die über die Eroberung von Bagdad. Für unsere Jungs war das ein echtes Ereignis, sagte er. Ein paar seiner Kumpels hätten sogar geweint. Es war was ganz Besonderes, sagte Mike. Die Burger schienen jede Mühsal wettzumachen, die sie die zwei Wochen während der Belagerung ertragen mussten. Als Wayne gefragt hat, ob der Irak-Krieg also wegen Hamburger geführt wurde, verdüsterte sich Mikes Miene.

Mike ... Wo ist er jetzt bloß? Irgendwo zwischen Amerika und Irak. Er ist bestimmt nicht der Mann auf der Sanitätertrage gewesen. Warum sollte es ausgerechnet den eigenen Bruder erwischen.

Einen Burger King gibt es in Prag nicht. Noch nicht. Vielleicht nach einem Krieg. Vielleicht ist es bald so weit. Dave hat doch neulich bei einem Meeting erzählt, dass Burger King nach Osteuropa expandiert. Die Kette ist schon in Polen, im Baltikum und in Ungarn vertreten, also kann sich Prag langsam auf panierte Zwiebelringe freuen. Dave fände es natürlich am schönsten, wenn seine Kanzlei den Kings bei der Eroberung des tschechischen Marktes unter die Arme greifen dürfte.

Dave und Wayne haben früher häufig gestritten, was besser ist: Burger King oder McDonald's. Pepsi oder Coca-Cola. Solche Diskussionen haben sie von Anfang an geführt. Was ist besser: Volvo oder Saab? Puma oder Nike? Mac oder PC?

Es gibt keinen Burger King in Prag. Auf McDonald's hat Wayne keine Lust. Also wird es KFC sein müssen, denkt Wayne. Die Kleine hat mal gesagt, der Typ auf dem rotweißen Logo sähe wie Mengele nach einer Schönheits-OP aus. Vielleicht hat sie recht. Vielleicht ist er nach dem Krieg irgendwo in Kentucky untergetaucht. Dort kann man sich noch heute mir nichts dir nichts verlaufen.

Wayne ordert ein Crispy Strips Menü und dazu Hot Wings, Maiskolben und Salat. Die Cola light, die er zunächst haben wollte, bestellt er um. Eine normale Cola ohne Eis. Sein Tablett ist ganz voll. Er setzt sich ans Fenster, öffnet den Becher mit der Sauce und fühlt, wie Ruhe in ihn einkehrt. Er stürzt sich auf die Hühnerflügel. Seine Hände, sein Kinn und sein Mund triefen bald vor Fett – und weit und breit keine Kleine, die ihm eine Serviette reichen würde.

Wayne isst und sieht den Punkern zu, die ihren Hunden einen

abgenutzten Ball zuwerfen. Eine Straßenbahn rattert vorbei. Am Steuer sitzt ein großer weißer Hund. Was für ein Unsinn, denkt Wayne.

Er schluckt gierig große Bissen von Huhn und Pommes herunter und begießt sie mit Cola. Auf einmal passiert es. Als bliebe ihm etwas im Hals stecken. Er atmet schwer. Wird rot. Schwitzt. Sein Herz springt aus der Brust, kullert auf die Straße hinaus, die Punker spielen Fußball damit. Wayne bekommt keine Luft. Er ringt nach Atem, wird panisch, spürt keinen Boden unter den Füßen. Er löst sich auf. In der nächsten Sekunde ist er tot. Es fühlt sich an wie damals, als er und die Straßenlampe sich in die Quere kamen.

Wayne versucht sich zu beruhigen. Sich an etwas festzuhalten. Die Angst zu vertreiben. Er sieht sich um. Nach den Gästen. Nach den Frauen. Er liest die Speisekarte hoch und runter. Es hilft nichts. Er schließt die Augen. Das hat er doch schon einmal gehabt. Aber damals ist die Kleine bei ihm gewesen.

BLOSS KEIN MOOS ANSETZEN

Den Koffer stellt sie im Flur ab. Sie zieht ihre Pumps aus. Der Fußboden fühlt sich angenehm kühl an. Die Halle. Das Wohnzimmer. Ein langer Glastisch, den sie in einem italienischen Designerladen in der Altstadt ausgesucht haben. Sie legt ihren iPod mit den durchtrennten Kopfhörern darauf. Sie ist immer noch wütend.

Überraschung. Vor der Badewanne liegen keine Unterhosen und keine Socken. Dafür auf der Waschmaschine. Sie wirft sie in den Wäschekorb.

Nach einer schnellen Dusche macht sie einen kurzen Rundgang durch die Wohnung. Nackt. In der Küche steht eine offene

Milchflasche auf dem Tisch. Eine Müslipackung und ein Glas mit Resten von Fruchtsaft. Sie stellt es in den Geschirrspüler. Die Milch ist sauer, sie kippt sie weg.

Der Fußboden müsste dringend gescheuert werden. Er hat ja öfters vorgeschlagen, sie sollten sich eine Putzfrau nehmen. Aber Hana kann sich nicht vorstellen, dass eine fremde Person ihre Sachen anfasst. Sie blickt um sich. Die Küchenzeile aus Italien. Die Küchengeräte aus Deutschland. Die Kaffeemaschine aus Spanien. Sie denkt an ihr altes Zuhause. Eine Dreizimmerwohnung im Plattenbau in der Kleinstadt. Teppich, Linoleum, tropfender Wasserhahn. Die Wände waren hellhörig. Sie drückte sich jedes Mal ein Kissen gegen die Ohren, wenn ihre Eltern Liebe machten. Plötzlich überkommt Hana der Wunsch nach etwas Ähnlichem. Nach einer kleinen Wohnung nur für sie alleine.

Sie reißt das Fenster auf und lässt frische, kühle Luft hinein.

Den Kauf der Wohnung haben sie richtig gefeiert. Es waren irre viele Leute gekommen. Man hat getanzt, getrunken, vom Balkon in die Nacht geschrien. Zum Schluss hat die Polizei geklingelt. Ein Typ und eine Frau, beide nicht älter als zwanzig. Sie waren nett, haben sogar jeder ein Glas Wein getrunken und Parmaschinken mit Honigmelone probiert. Aber da war die Party schon zu Ende.

Alle gingen nach Hause und sie beide blieben allein zurück. In ihrer eigenen Wohnung. Draußen wurde es schon hell. Sie saßen im Wohnzimmer auf dem Fußboden. Sie umarmten sich. Küssten sich. Versuchten, Liebe zu machen, aber er schlief in ihren Armen ein. Sie streichelte ihm übers Haar.

Überall standen leere Weinflaschen, auf dem Tisch und auf dem Boden lagen Essensreste, zerknüllte Zigarettenschachteln, leere CD-Hüllen. In der Wohnung war es ganz still. Hana kam es vor, als füllte die Stille auch sie beide aus, ihre Beziehung, die nie besonders laut gewesen war. Wenn überhaupt, dann nur am Anfang. Vielleicht ist es das, was sie heute so vermisst: etwas Lärm. Sie hat es immer wieder versucht, ihn immer wieder zu irgendwelchen Veranstaltungen geschleppt, aber er fühlte sich in ihrer neuen gemeinsamen Wohnung am wohlsten. Wenn er nicht gerade bei der Arbeit war. Oder im Fitnessstudio. Vielleicht hatte sie genau in diesem Moment begriffen, denkt Hana, dass der Umzug etwas verändert, ein Ende in Sicht gebracht hatte. Die Möglichkeit einer Trennung durchschimmern ließ.

Dieser Tag ist heute gekommen.

Hana zieht ein grünes Top an und ihre alte, verwaschene Jeans, die sie nur noch zu Hause tragen wollte. In einem der Dachgeschosszimmer, die sie zu einem Lagerraum umfunktioniert haben, wühlt sie in den Kartons herum. Es dauert eine Weile, bis sie etwas findet. Es überrascht sie, wie viel Zeug sie noch hat. Alte Klamotten. Bücher, fast alle ausgelesen. Lehrbücher, die sie nicht in die Universitätsbibliothek zurückgebracht hat. Sogar die Vorhänge aus ihrer ersten Mietwohnung in Žižkov liegen da. Genauso wie der Kaffeebecher mit dem abgeschlagenen und dreimal angeklebten Henkel vom Genfer Flohmarkt.

Endlich findet sie ihre alten Adidas-Schuhe. Weiß und abgetreten. Von dem Ausverkauf auf der Schönhauser Allee, wo sie sich mit zwei Kommilitoninnen, der Polin Halina und der Deutschen Gudrun, eine Wohnung mit Kohleheizung teilte. Wann hat sie das letzte Mal von ihnen gehört?

Sie zieht die Schuhe an. Aus dem Schrank holt sie eine kurze braune Lederjacke mit Reißverschluss. Vor dem Spiegel im Flur hält sie inne. Gut sieht sie aus. Sie ist jung. Heute fallen ihr keine Augenringe auf.

Aus der Handtasche fischt sie ihr Handy heraus und macht es endlich an. Er hat angerufen. SMS geschickt. Der Herr Fürsorglich. Früher fand sie das toll, sie hatte sich immer einen aufmerksamen Mann gewünscht, der sich bereits bei einer zehnminütigen Verspätung Sorgen macht. Im Moment mag sie weder anrufen noch schreiben. Später.

Jetzt will sie in den Letná-Park. Sie hat den Pessoa dabei, *Das Buch der Unruhe.* Vielleicht wird sie lesen wollen. Vielleicht aber wird sie nur auf die Stadt herunterschauen und Kaffee und Weinschorle trinken. Vielleicht kauft sie sich sogar Zigaretten.

Hana zieht die Wohnungstür hinter sich zu. Auf der Straße fühlt sie sich für ein paar Sekunden von der Sonne geblendet. Es ist warm. Auf der Letná-Höhe ist der Sommer noch nicht vorüber.

DIE KABEL

Die Stadt braucht ihn, das weiß er. Diese Stadt, die sich jeden Morgen über ihm zusammenkrümmt und vor Schmerzen ins Gesicht stöhnt, dass er sich die Ohren zuhalten muss. Eine Stadt, die schon vor Europa existiert hat, die in Europa liegt und möglicherweise zusammen mit Europa untergehen wird, denn Europa beginnt allmählich, an allen Enden zu brennen.

Vladimír hört das. Er hört das Feuer kommen. Er hört, wie Streichhölzer angerissen werden, wie Benzin verschüttet wird und wie Sprengstoff am Körper von Selbstmordattentätern explodiert. Vor Europas Toren brennt es. Im Irak. Im Iran. In Afghanistan. Es lodert in Nordafrika. Es brennt in London, Paris, Berlin und anderen westeuropäischen Städten. Bald wird auch Mittel- und Osteuropa lichterloh brennen, überall wird es Brände geben, die ganze Welt wird bald Feuer fangen, um schließlich in stummem Entsetzen über die eigene Unfähigkeit in sich zusammenzubrechen. Wenn Europa nicht vorher aufwacht. Wenn Europa es nicht schafft, sich selbst zuzuhören.

Vladimír schlendert durch die Straßen.

Er passiert einen Elektrotechnikladen. Im Schaufenster laufen auf zehn Bildschirmen gleichzeitig die Nachrichten. Irak. Zwei amerikanische Soldaten schleppen auf einer Trage ihren verletzten Kumpel. Irak brennt. Europa brennt. Amerika brennt. Ein Flächenbrand, der gerade jetzt stattfindet, in direkter Übertragung und von allen unbemerkt, hier, direkt vor ihm, mitten in diesem romantischen, ruhigen und von Touristen heiß geliebten Prag brennt es auf zehn Bildschirmen gleichzeitig, auf Bildschirmen, die so flach sind wie Bilder in einer Galerie. Jeden der Fernseher kann man auf Raten kaufen. Zehn Prozent sind direkt im Laden zu zahlen, den Rest stottert man innerhalb von elf Monaten ab. Wie günstig. Eines Tages wird man auch Menschen auf Raten kaufen können, gut möglich, dass so etwas bereits jetzt möglich ist, dass Sie sich in Rumänien ein Kind auf Raten besorgen können, sollte es bei Ihnen und Ihrer Frau in London oder Paris nicht klappen.

Europas Ränder brennen und bald wird auch die Mitte der Welt Feuer fangen. Keiner sieht es, weil die Fernseher stumm bleiben, obwohl sie in voller Lautstärke schreien.

Es besteht Handlungsbedarf, denkt Vladimír. Er muss die Menschen wachrütteln. Sie von ihrer tödlichen Taubheit befreien. Einer Taubheit, die den Menschen sich selbst entfremdet. Er muss den Menschen das Hören beibringen. Die Fähigkeit, sich selbst zuzuhören.

Aber heutzutage will keiner etwas lernen. Alle haben Angst vor der Einsamkeit. Deswegen läuft überall Musik. Man steht zum Geplapper aus dem Radio auf und schläft mit seichtem Fernsehgeschwätz ein. Unterwegs zur Arbeit stöpselt man sich Musik in die Ohren. Die Menschen haben die Fähigkeit verloren, allein zu sein.

Vladimír sieht sich um. Auf der anderen Straßenseite sieht er eine zierliche junge Frau mit schwarzem Schopf. Sie lehnt an der Wand und hört Musik, die Kopfhörer stecken tief in ihren Ohren. Sie wirkt traurig, irgendwie verstört. Ihre Augen versteckt sie hinter einer schwarzen Brille, aber Vladimír weiß, dass sie ihn beobachtet. Vielleicht hätte auch sie seinen Erweckungsdienst nötig. Er geht weiter. An einem Büro vorbei, das für ein Leben im grünen Paradies der Stille wirbt. Aus einer unterirdischen Garage schießt ein Auto heraus, es fehlt nur wenig und der Wagen hätte Vladimír angefahren. An der Straßenecke dreht er sich um. Die junge Frau ist verschwunden.

Aus dem Thai-Restaurant neben ihm quillt Musik, eine verzweifelt synthetische Klimperei mit Ethno-Einschlag. Seelenlose Leere. Aus der Küche weht ihm ein süßlich-scharfer Geruch entgegen. Früher, als er mit dem Orchester auf Tournee war, mochte er es, die jeweils landesüblichen Speisen zu probieren.

In Thailand bescherte ihm diese Leidenschaft einen dreitägigen Durchfall, Reis mit rotem Curry war offensichtlich nicht das richtige Essen für ihn, aber bis zu dem Auftritt vor dem König war er wieder auf den Beinen. Der klebrige japanische Reis mit Fisch verursachte ihm eine dreitägige Verstopfung, aber die Konzerte in Tokio und Yokohama überstand er gut. Seine Frau und er haben später sehr darüber lachen müssen. Von jeder Tournee brachte er Kochbücher mit, doch besonders häufig hat er sie nicht benutzt. Seine Frau mochte keine ausländische Kost.

Vladimír tritt ein.

Er bestellt einen Espresso und ein Mineralwasser. Die Serviererin sieht nicht gerade freundlich aus. Vielleicht bezieht sich ihr sauertöpfischer Gesichtsausdruck auf Vladimírs altmodischen Mantel. Solche braunen Überzieher trägt man nicht mehr. Zumindest nicht in diesem Restaurant.

Er sitzt in der Ecke, um den ganzen Raum im Blick zu behalten. Direkt über ihm hängt ein kleiner schwarzer Lautsprecher. An der Wand gegenüber ein zweiter. Das Restaurant ist fast leer, die Mittagszeit ist vorbei, alle sitzen wieder in ihren Büros und werkeln an ihrer Karriere herum.

Die Servilererin sieht ihn noch einmal prüfend an. Vielleicht findet sie ihn alt und gammelig. Mag sein. Er weiß es nicht. Aber auch sie wird eines Tages alt sein. Jetzt ist sie um die zwanzig, genau wie seine Tochter, in fünf Jahren bekommt sie die ersten Falten im Gesicht und ihre Brüste fangen an zu welken.

Als die Frau in der Küche verschwindet, sieht Vladimír sich um. Die wenigen Gäste sind mit ihrem Essen beschäftigt, der Mann an der Theke poliert die Gläser und wendet Vladimír den Rücken zu. Perfekt. Vladimír tastet nach dem Brillenetui in seiner Manteltasche und holt das Skalpell hervor. Für dickere Kabel taugt es besser als die Schere. Er steigt auf den Stuhl. So kommt er wunderbar an den Lautsprecher heran. Er tastet nach dem Kabel und schneidet. Dreht sich um. Keiner hat ihn bemerkt. Er geht zu der gegenüberliegenden Wand. Stellt sich auf den Stuhl. Greift nach dem Kabel. Schneidet. Auf einmal ist es still. Als wäre die Zeit stehen geblieben. Wie schön. Vladimír erschauert vor Wonne.

Er blickt um sich. Der Barmann starrt ihn an, Glas und Geschirrtuch in der Hand. Auch für ihn scheint die Zeit stehen geblieben zu sein. Als wäre er kein lebendiger Mensch, sondern eine Schaufensterpuppe, die für ein glückliches Leben mit Geschirrtüchern und Gläsern wirbt. Genauso unecht sieht auch die Servilererin aus, die mit einem Tablett in der Hand im Türrahmen erstarrt ist. Erstarrt sind auch die Gäste. Sie glotzen Vladimír an, als sei er ein Monster, als befänden sie sich in einem Albtraum. Vladimír steckt das abgeschnittene Stück Kabel in die Tasche und steigt vom Stuhl.

»Mann, was soll das denn...«

Der Barmann ist endlich aufgewacht.

»Hey Mann, was soll der Scheiß, ey?«

Die Serviererin schüttelt den Kopf.

Die Gäste glotzen.

Vladimír rührt sich nicht.

Das Gesicht des Barmanns läuft rot an und wird immer größer, bald ähnelt sein Kopf einer geschälten Melone. Vladimírs Frau liebte Melonen. Zum Schluss waren sie das Einzige, was sie essen konnte.

Das orangefarbene Hemd spannt dem Barmann an der Brust, schon wieder einer von den überflüssigen Muskelprotzen, die am Wochenende am liebsten mit den Hanteln schmusen. Die Serviererin flüstert: »Ruhig bleiben, Tommi, nicht aufregen«, sie zupft an seinem Ärmel und fragt, ob sie die Polizei rufen solle.

Vladimír fühlt sich immer noch gut. Er sagt, das hätte er für sie alle gemacht. Für sie, für ihn selbst und für die Stadt.

»Wie für uns? Wie für dich selbst und für die Stadt? Was soll das Gequassel?«

Eines Tages würde der Barmann schon verstehen, erwidert Vladimír, alles brauche seine Zeit und er, Vladimír, komme natürlich für die Rechnung auf. Hauptsache, sie lassen ihn in Ruhe gehen.

»Du bist krank, weißt du das? Psychisch krank. Ab in die Klapse mit dir. Am besten gestern.«

Vladimír gibt ihm recht, gestern, womöglich auch vorgestern, jetzt sei es bereits zu spät, die Welt könne man nicht mehr retten, aber darüber möchte er mit dem Barmann nicht diskutieren, er, Vladimír, wisse schon, was er tue.

»Einen Scheißdreck weißt du! Du bist krank, Mann, einfach krank«, schreit der Barmann.

Vladimír zückt einen Tausender und legt ihn auf die Theke. Zeit zu gehen. In der Tür stößt er mit zwei Ausländern zusammen. Beide tragen kleine weiße Kopfhörer in den Ohren.

»Smokers or nonsmokers?«, hört er noch die Stimme der Serviererin, dann steht er schon auf der Straße.

Die erste Schlappe seit Jahren. Scheint ein Zeichen zu sein. Ausgerechnet am heutigen Tag, an dem er sowieso Schluss machen will. Ein Zeichen dafür, dass der Brand nicht mehr zu löschen ist, dass alles verloren ist. Die Stadt. Die Menschen. Ganz Europa. Die Welt. Das Universum. Alles geht dem Ende entgegen. Eigentlich müsste er sich aufregen oder wütend werden, doch auf einmal fühlt er eine sonderbare Ruhe.

Jetzt kann er umkehren, beim Vietnamesen in seiner Straße den Wodka holen, nach Hause gehen. Dann schneidet er sich von allen und von allem ab. Die Welt soll sich selbst helfen.

GEFÜHLE

Station I. P. Pavlova. Nirgendwo steigen so viele Leute aus und ein wie hier. Verschwitzt stolpern sie raus. Frisch klettern sie rein. Alles muss schnell gehen, bloß nicht grübeln. Die Straßenbahnen stehen dicht aneinandergepresst wie beim Gruppensex. Vielleicht ist es das, was Hrouda so anmacht. Auf jeden Fall nimmt ihn die tägliche Tramsession auf der I. P. Pavlova richtig mit. Petr hat einmal beobachtet, wie Hrouda hier einen ganzen Tag lang gestanden und fotografiert hat. Keine Frauen. Straßenbahnen.

Die Anzeigetafel springt um auf frei. Auf dieser Kreuzung leuchten die zwei weißen Punkte übereinander nie länger als eine Minute. Petr muss sich beeilen.

Er klingelt, löst die Bremse, tritt aufs Pedal und schießt mit seiner Zweiundzwanzig über den Schnellring. Die ununterbrochen mit Autos vollgestopfte Fahrbahn mit einem Schienenfahrzeug zu überqueren ist jedes Mal ein Glücksspiel. Mindestens einmal im Monat knallt ein nervöser Fahrer mit seinem aufgemotzten Riesenschlitten direkt in eine Straßenbahn. Oder ein Straßenbahner bremst nicht rechtzeitig ab und zerkratzt bei einem ungeduldigen Autofahrer den Lack an der Seite.

Petr verlangsamt. Er wird wieder ruhiger. Der wildeste Abschnitt der ganzen Strecke liegt hinter ihm. Der einzige wilde Abschnitt, könnte man fast sagen. Im Radio läuft schon wieder Fußball, Petr schaltet auf Musik um. *Joy Division.* Er raucht. Vielleicht ist er gerade glücklich, vielleicht sogar richtig glücklich. Vielleicht ist das Glück groß wie eine Filterzigarette und währt auch nur so lange, wie die Zigarette brennt und der Rauch den Mund, die Lunge und die Nase füllt.

Zumindest hat bisher kein Glücksgefühl länger als ein paar Minuten gedauert, das weiß Petr genau. Hat es länger gedauert, war es kein echtes Glück. Man redet sich gerne Glück ein, täuscht es vor, wartet ergeben, dass es auftaucht, und sieht ungläubig zu, wenn es wieder geht. Eine Zigarettenlänge. Vier Minuten. Das war's. Es ist nicht viel. Aber auch nicht wenig. In einer Schachtel sind allerdings nur zwanzig Zigaretten, man sollte sie sparsam einsetzen.

Das Glück stellt sich genau für diese vier Minuten ein, man muss aber auch nach ihm greifen. Unglück kommt schneller, da genügt manchmal eine einzige Sekunde, ohne dass man sich großartig bemühen müsste.

Petr raucht, hört Musik und tuckert langsam die Straße herunter, um die Vier vor ihm nicht anzufahren. Auf der Gegenfahrbahn staut sich der Verkehr. Er beobachtet die Frauen am Steuer. Eine reckt den Hals, um im Rückspiegel ihr Make-up zu überprüfen. Eine andere telefoniert und trommelt mit den Fingern ungeduldig auf das Lenkrad. Eine dritte hält lässig die Hand mit brennender Zigarette aus dem Fenster. Ihre Blicke begegnen sich kurz. Ob auch sie in dieser Sekunde glücklich ist?

Ein Plakat auf der Litfaßsäule lädt zu einem Konzert ein: U-BAHN. KILL THE BARBIE. AKROPOLIS PALAIS

Vielleicht sollte er dort heute Abend vorbeischauen, auf ein Bierchen oder zwei. Martin und Egon sind bestimmt da, die lassen kaum ein Konzert ausfallen. Sie haben sich seit einer Woche nicht gesehen, da gibt es bestimmt ein paar Neuigkeiten auszutauschen. Vielleicht laufen ihm da auch ein paar nette Weiber über den Weg.

Er denkt an Vanda. Sie wird auch da sein. Im Bett war sie etwas steif, wie die meisten jungen Mädchen. Ganz begierig auf eine neue Erfahrung, gehen sie anfangs wie 'ne Rakete ab, um sich später mühsam und mit geschlossenen Augen dem Ende entgegenzuquälen. Da hat Petr bereits das Bild von einer anderen bemühen müssen. Von einer, mit der es immer ganz toll geklappt hat. Aber auch so ist es mit Vanda schön gewesen, sie schien einen Song in sich zu tragen, ein Lied, das in ihr zu spielen anfing. Dann hörte sie endlich auf, an seinem Ohr zu nuckeln. Und seufzte nicht mehr.

Petr steuert die Straßenbahn und küsst erneut das Muttermal zwischen Vandas Brüsten. Für einen Moment muss er an die Frau denken, die an der gleichen Stelle auch ein Muttermal hatte.

Petr sitzt am Steuer der Straßenbahn und ist traurig, als er an Klára denkt, an die ihn Vanda erinnerte. Er lässt in Gedanken die gestrige Nacht Revue passieren. Sie haben gemeinsam einen Joint geraucht und vom Fensterbrett aus den blau-weiß-rot leuchtenden Fernsehturm beobachtet, der in den nächtlichen Himmel ragte. Sie haben sich geküsst. Sich aufs Bett fallen lassen. Davor hat er allerdings noch Musik aufgelegt. Oder nicht? Petr weiß es nicht mehr.

Er raucht und die Fahrerkabine versinkt in einer Wolke uferloser Traurigkeit. Er denkt an Klára, die ihm so nah war, dass sie die Nähe nach kurzer Zeit nicht mehr ertragen konnte. Er denkt an Klára und sein gestriges Ich, streichelt dabei die kleine Delle auf dem Rücken der kleinen scharfen Vanda, sie war mal auf einem Spielplatz vom Klettergerüst heruntergefallen. Von Neuem liegt er mit ihr im Bett und liebkost ihre Schulter. Sie sagt, dass es kitzelt. Er mustert ihre frische Tätowierung. Kill the Barbie. Es kommt ihm immer noch etwas kindisch vor. Er legt seinen Kopf auf ihre Brust und lauscht ihrem Herzschlag. Dann liegen sie nebeneinander, rauchen gemeinsam eine Zigarette, pusten die Rauchkringel gegen die Decke und überlegen, welches Lied sie sich für den Tag wünschen, an dem es sie nicht mehr geben wird.

Er denkt an Vanda und ihr Muttermal lässt seine Gedanken zu Klára schweifen und dann denkt er nur noch an Klára und die Muttermale, mit denen ihr Körper geradezu übersät war. Er drückt die Zigarette aus, ein neues vierminütiges Glück ist verraucht. Petr pustet den Rauch aus dem offenen Fenster. Die Straßenbahn nähert sich dem Karlsplatz. Malmö wedelt mit dem Schwanz und *Joy Division* singen:

And we're changing our ways

Taking different roads

Then love, love will tear us apart again

Natürlich, der Song ist es. Genau der. Den würde er gerne bei seiner Beerdigung hören. Eines der wenigen Dinge, die ihm von Klára geblieben sind. Ansonsten hatte er kaum noch etwas. Ein paar gemeinsame Fotos. Bücher. CDs. Und Malmö.

Er dachte, die Geschichte sei längst abgeschlossen. Klára war doch schon so lange weg. Er wusste nicht einmal, wo er sie sich vorstellen sollte, vielleicht in Schweden irgendwo. Und Vanda? Zum Teufel auch mit den Gefühlen.

Wayne starrt in den Himmel, wahrscheinlich schon seit geraumer Zeit, er kann sich aber an nichts erinnern. Er sieht vereinzelte Wolken und lange, dünne weiße Flugzeugstreifen. Im National Geographic hat er mal gelesen, dass zehn Prozent der Bewölkung von den Kondensierungsdämpfen verursacht werden. Eines Tages werden womöglich alle Wolken von Flugzeugen herrühren.

Jetzt aber noch nicht.

Die Sonne brennt auf sein Gesicht. Wayne liegt auf einer Parkbank, die mit Graffiti besprüht ist. Irgendwo in der Nähe hört er den Schnellring dröhnen. Und ihm dröhnt der Kopf. Seit wann liegt er schon da? Er muss eingenickt sein. Von Mike hat er geträumt. Hat sein zerschossenes Gesicht gesehen. Dann hat ihm Mike zum Abschied gewunken, sein Gesicht entfernte sich immer mehr und löste sich schließlich auf. Im Traum hat Wayne geweint.

Jetzt setzt er sich auf. Und sieht sich um.

Er sitzt in dem kleinen Park neben dem Nationalmuseum, in dem er sich einmal fast zu Tode gelangweilt hat. Solche Institutionen, in denen alte Knochen, Steine und zerfallene Trachten aufbewahrt und ausgestellt werden, brauchen nur Nationen mit ramponiertem Selbstbewusstsein, hat er damals zu der Kleinen gesagt. In dem Museum ist er also schon einmal gewesen, aber in diesem Park? Vielleicht hat er ihn mal durchquert, hingesetzt hat er sich hier bestimmt noch nie.

Er sieht einen älteren Mann in braunem Mantel, der zum Wenzelsplatz hinuntergeht und von zwei Junkies um Kleingeld angehauen wird. Eine Rentnerin mit Hackenporsche schleppt sich schnaufend den asphaltierten Weg hinauf. Bei Wayne bleibt sie stehen und fragt, ob alles in Ordnung sei. Wayne nickt. Er hat sich nur ausruhen müssen.

Er fingert in seiner Jackentasche nach dem Handy. Keine Nachricht von der Kleinen. Das Portemonnaie ist auch da. Mit allem Drum und Dran: Seine Karten und sein Geld sind drin. Auch ihr Foto.

Aus der Brusttasche zieht er eine Serviette aus dem KFC. Der zerknitterte Mengele mit Fettspuren im Gesicht grinst ihn an. Da hat ihn dieser Fastfoodnazi also wieder rumgekriegt. Wayne hat Sodbrennen, er bräuchte eine Tablette. Oder lieber gleich zwei.

Der Schnellring dröhnt.

Er entscheidet sich, nicht mehr ins Büro zurückzukehren, sondern nach Hause zu gehen. Das wird ihm guttun. Von dort aus wird er eine SMS an Dave schicken, dass er recht habe, Wayne bräuchte ein paar Tage frei. Dann wird er den Termin im Fitnessstudio absagen und sich bei einem guten Porno auf dem Sofa entspannen. Danach wird er endlich die Eltern anrufen und fragen, wie es Mike geht. Die Antwort wird bestimmt positiv ausfallen, er muss ihn vorhin einfach verwechselt haben, aus der Entfernung sehen alle Soldaten gleich aus. Es war nicht Mike. Das weiß Wayne genau.

Schon fühlt er sich besser. Er war einfach nur ein wenig müde. Heute will er keinen Menschen mehr sehen. Nur die Kleine. Wo die bloß steckt?

Wayne wirft einen letzten Blick auf sein Handy. Keine Nachricht. Auch gut. Er entscheidet sich, zu Fuß zu gehen. Er überquert den Wenzelsplatz und schlendert durch die Altstadt bis zur Moldau. Dort bleibt er stehen, beobachtet ein junges Paar, das am gegenüberliegenden Sandufer sitzt und sich küsst. Sein Kopf dröhnt noch immer.

Und dann stellt er sich vor, wie es wohl wäre, wenn er zurück in die Staaten ginge. Vielleicht könnte er dort eine Kanzlei eröffnen. Vielleicht hätte die Kleine Lust, mitzukommen. Zurück nach Delaware.

DIE LANGFINGEROPER

Sie steigt am Karlsplatz zu. Mit ihr zwei Typen in verwaschenen Möchtegern-Adidas-Shorts und mit schwarz glänzender Sonnenbrille auf der Nase, die man im Kaufhaus Tesco für fünfzig Kronen bekommt. Auf dem Kopf tragen die beiden eine Baseballkappe. Wie jedes Mal nehmen sie direkt vor der mittleren Tür Platz. Inzwischen ist Petr das Prozedere vertraut. Bald wird es losgehen. Sie werden sich anschreien. Sich anrempeln. Sich mit Schimpfworten überschütten. Die anderen Fahrgäste werden fassungslos gaffen und sich derweil beklauen lassen.

Petr greift nach dem Mikrofon und macht eine Langfingeransage, einmal auf Tschechisch und einmal auf Englisch. Laut Anweisung sollte er auch noch die Polizei verständigen, aber bis die kommt, ist es ohnehin zu spät. Vielleicht will er sie gar nicht dabeihaben. Irgendwie macht ihm der Langfingerauftritt Spaß, egal wie schräg das klingen mag. Wobei ihm natürlich die kleine Rumänin mit den braunen Locken und der weißen Schleife im Haar das größte Vergnügen bereitet, solche Schleifen hatten in grauer Vorzeit alle Mädchen in seiner Grundschule getragen.

Er fährt los. Langsam biegt er nach rechts zur Nationalstraße ab. Bei dieser Kurve muss man besonders aufpassen. Neulich hat er beobachtet, wie an dieser Stelle der Schleppwagen einer Tram ausgeschert ist, auf der anderen Straßenseite die Verkehrsinsel wegwischte, auf die Seite kippte und zwei Leute unter sich begrub. Die es nicht überlebten. Hrouda hat es fotografiert.

Das ramponierte Geländer an der Haltestelle ist bis heute nicht repariert worden.

Petr wirft einen Blick in den Seitenspiegel. Die Rumänen sind ganz still, sie starren mit solcher Hingabe aus dem Fenster, dass man meinen könnte, die jungen Leute hätten ihr Leben lang keine schönere Stadt gesehen. Eine ruhige Ouvertüre. Keine schlechte Inszenierung. Sie hat was.

Auf der Nationalstraße füllt sich die Straßenbahn mit Touristen, an der Haltestelle vor dem Café Slavia springen im letzten Moment noch zwei korpulente Deutsche in kurzer Hose und Anglerweste hinein.

Der erste Akt spielt sich gleich auf der Kreuzung vor dem Nationaltheater ab. Die Baseballer rempeln sich an und schreien dabei. Offensichtlich haben sie ein Problem. Das Mädchen mit der Schleife sieht ihnen kurz zu, dann wirft sie einen Blick zu Petr und lächelt ihn wie jedes Mal an. Er beobachtet, wie sie einem der beiden Deutschen das Handy und die Geldbörse aus der Gesäßtasche seiner Shorts herausfischt. Dann steckt sie die Beute unauffällig in die Stofftüte, die einer der Baseballer lässig über die Schulter trägt.

Der zweite Akt. Die Baseballer brüllen sich weiterhin an, der Deutsche greift nach seiner Hosentasche und merkt, dass ihm etwas fehlt. Er gerät in Panik. Stürzt sich auf die Baseballer, die verständnislos mit den Armen fuchteln. Finale. Der Applaus fällt allerdings aus.

Die Baseballer und die beiden Deutschen steigen an Újezd aus, das Mädchen bleibt. Wie jedes Mal nimmt sie gleich an der Tür Platz. Vielleicht fährt sie diesmal bis zur Endhaltestelle mit. Petr würde sie dann auf eine Zigarette einladen. Malmö knurrt. Klar, Petr kennt das Spiel inzwischen gut. Spätestens in Pohořelec wird sie herausspringen, ihm zum Abschied winken und in die Zweiundzwanzig umsteigen, die aus der Gegenrichtung kommt.

Auf dem Kleinstädter Ring steigen zwei Kontrollettis ein. Petr bemerkt sie gar nicht, die Rumänin offensichtlich auch nicht. Die Straßenbahn tuckert in die eingleisige Unterführung und die Kontrollettis fangen mit der Fahrkartenkontrolle an. Das gehört nicht zur Inszenierung. Sie umringen die Rumänin und wollen ihre Fahrkarte sehen. Personalausweis oder Reisepass. Sie drohen mit der Polizei. Das Mädchen schnellt hoch, zieht die Falttür auseinander und hüpft hinaus.

Draußen hört man das Quietschen von Bremsen. Etwas prallt gegen die Straßenbahn. Der Waggon gerät ins Wanken, entgleist aber nicht. Petr hält an.

Die Touristen drücken sich die Nasen an den Fensterscheiben platt, ein paar Japaner fotografieren wie wild das Geschehen.

Malmö bellt. Petr läuft es kalt den Rücken herunter. Er macht die Musik aus und starrt vor sich. Die Haltestelle, an der er hätte halten sollen, ist nicht weit, die Leute, die dort warten, glotzen ihn an, als wäre er es, der den Unfall verursacht hat. Er muss aussteigen und nachsehen, was passiert ist. Aber er kann nicht. Drei lange Sekunden kann Petr sich nicht rühren.

DIE LETNÁ-HÖHE

Ich muss dir was erzählen.«

»Alles in Ordnung, meine Süße?«

»Nein. Ja. Schon.«

»Was Schlimmes?«

»Etwas aus Lissabon. Hast du Zeit heute?«

»Ja. Hab übrigens auch was zu erzählen. Wann machst du Feierabend?«

»Hab heute frei.«

»Um sechs?«

»Bei unserem Thai?«

»Warum nicht, was Scharfes tut gut.«

»Klasse.«

»Tschüss.«

»Tschüss, meine Süße. Ich freu mich.«

»Ich mich auch. Total.«

Meine Süße. Seit wann reden sie sich so an? Hana und Milena, die beiden Süßen. Seit der gemeinsamen Zeit im Wohnheim, ja, also seit zehn Jahren etwa. Damals kam es ihnen oberwitzig vor. Mittlerweile dürfte es etwas infantil klingen – bei zwei dreißigjährigen Frauen. Fast dreißigjährigen.

Hana fröstelt. Sie macht ihre Jacke zu. Sie steht auf der steinernen Terrasse der Letná und beobachtet die weißen Wolkenberge, die der Wind über die Stadt jagt. Der Himmel ist zwar blau, aber der Sommer geht heute zu Ende. Der Herbst zieht ein. Auch wenn von ihm bis jetzt noch nichts zu sehen ist, spüren kann man ihn schon. Alles ist langsamer und müder als noch vor ein paar Wochen. Das Gras ist von der Sonne verbrannt. Und neues wächst nicht mehr.

Sie überlegt, ob sie im Büro anrufen soll, dann schickt sie ihrem Kollegen nur eine SMS. Bin morgen wieder da. Alles in Ordnung. Lissabon Ende September super.

Er antwortet mit der originellsten und aufrichtigsten Nachricht des SMS-Zeitalters: OK. Kein Interesse. Keine Emotionen. Kein Smiley. Einfach nur OK. Aber immerhin eine Antwort. Hana hasst es, wenn ihre Grüße oder SMS unbeantwortet bleiben. Sie würde gerne KO antworten, mit einem Smiley dahinter, lässt es aber lieber sein. Der Kollege mag keine Spielchen. Er ist jung. Ganze drei Jahre jünger als Hana. Und er ist karrieregeil. Seine hübsche Freundin und er haben sich neulich eine kleine Wohnung am Stadtrand von Prag gekauft. Womöglich ist er auf Hanas Stelle scharf. Die kann er gerne haben, denkt Hana. Warum sollte nicht auch er reisen und das Leben genießen können. *La petite mort.* Wer weiß, ob seiner Freundin und ihm noch Zeit für so etwas bleibt. Manchmal verbringt er das ganze Wochenende im Büro.

Hana schaltet ihr Handy aus und verstaut es in der Tasche.

Vor dem Kiosk stehen nur ein paar Leute. Eine kleine Gruppe Studenten. Drei Skater. Ein verliebtes Paar, das sich aus einem Büro hierher geflüchtet hat, um übers Privatleben zu reden. Er streichelt unauffällig ihren Oberschenkel unter dem Tisch, während sie scheinbar ihre ganze Aufmerksamkeit der unter ihnen liegenden Stadt widmet.

Hana kauft einen Hotdog, Wein und ein Mineralwasser. Sie lässt sich auf einer Bank nieder und legt die Füße auf die steinerne Brüstung. Lehnt sich zurück, trinkt einen Schluck Wein und kaut an dem gummiartigen Brötchen, in dem ein Würstchen steckt. Ein richtiger Hotdog ist das nicht, frisch schon gar nicht, aber okay. Die ganze Stadt ist doch von gestern, deswegen kommen auch so viele Touristen mit ihren Digitalkameras hierher, deswegen macht es Hana auch nichts aus, ihr den Rücken zuzukehren.

Sie schlägt die Seite auf, die sie zuletzt im Flugzeug gelesen hat. *Letztlich bleibt vom Heute, was vom Gestern blieb und vom Morgen bleiben wird: das unstillbare, grenzenlose Verlangen, allzeit derselbe und zugleich ein anderer zu sein.*

Genauso fühlt sie sich auch. Im Zwiespalt gefangen. Als wäre sie ruhig und unruhig auf einmal. Stark und schwach. Zufrieden und unglücklich. Aber immer noch wild entschlossen, aus dieser Situation herauszukommen, sich zu befreien, den Knoten zu durchtrennen. Pessoas Sätze zu löschen.

Vielleicht sollte sie mehr lesen und weniger Musik hören. Es ist überraschend, wie viel man ohne Kopfhörer hört. Das Klingeln der Straßenbahnen, den Wind in den Baumkronen, das Schnattern der Menschen am Kiosk und der Vögel in der Luft, die Sirenen der Krankenwagen. Früher hätte sie sich in einem solchen Moment an *Radiohead* oder *Sigur Rós* angestöpselt und sich hinter den Gefühlen, Texten und der Musik von jemand anderem versteckt, hinter der betörenden, sich langsam aufbauenden Melancholie, von der sie sich jedes Mal so gerne einfangen ließ.

Sie will sich nicht mehr verstecken.

DER STOFF

Die Bar ist leer, trotzdem verschwinden sie lieber auf die Toilette.

Er gibt ihr Rabatt. Wo sie doch heute ihr erstes Konzert gibt. Carlos weiß, wie man anderen eine Freude macht. Er selbst ist mal Junkie gewesen. Ein richtiger Fixer. Jetzt ist er clean. Er dealt nur noch. Keine großen Sachen. Nur für Freunde. Man erzählt, dass er mal richtig tief in der Scheiße gesteckt hat, aber von alleine rausgekommen ist. Durch Wandern. Ein Jahr lang ist er weg gewesen, ist durch die Berge gelaufen und gereinigt wieder zurückgekommen. Aber vielleicht ist das auch Blödsinn. Du sollst nie einem Junkie glauben. Nicht mal einem ehemaligen. Never ever. Vielleicht lag er ein Jahr lang in einer Entziehungsanstalt ans Bett gefesselt und spielt sich jetzt als der große Macker auf. Von damals hat er noch die schwarzen Zähne behalten, einen Tick im linken Auge und gepiercte Augenbrauen. Außerdem sieht er zehn Jahre älter aus als er ist.

Vanda zieht ihr Geld hervor.

»Wie alt bist du eigentlich?«

»Sechsundzwanzig. Warum?«

»Hat mich nur interessiert.«

»Ich schau heute vorbei.«

Carlos reicht ihr eine kleine Plastiktüte.

»Setzt du mich auf die Guestlist?«

»Bist schon drauf.«

Am liebsten hätte sie es sofort genommen. Sich in eine Kabine verkrochen, das süßliche weiße Pulver auf den Handtaschenspiegel geschüttet und alles eingesaugt. Sie spürt beinahe, wie sich ihre Nasenlöcher weiten, wie sich die Welt um sie herum ausdehnt, bis alles endlos weit und herrlich ist. Aber sie hält sich bis heute Abend zurück. Kill the Barbie, tonight.

DER LUFTZUG

Kleine?«

In der Wohnung ist es still. Nur Waynes Kopf hört nicht auf zu dröhnen. Als sei er undicht, als ob der Wind durch ihn hindurchpfeift, durch ihn hindurchfegt.

»Hana?«

Sie ist nicht da. Aber im Flur steht ihr Koffer. Das überrascht ihn, meistens räumt sie sofort alles aus und weg. Auf dem Esstisch liegt die Post und ihr iPod mit durchtrennten Kopfhörern. Sein Geburtstagsgeschenk vom Vorjahr. Wayne nimmt das durchtrennte Kabel in die Hand. Merkwürdig.

Das Dröhnen in seinem Kopf lässt nicht nach. Vielleicht ist es die Stadt, die von draußen in die Wohnung eindringt. Er schließt die Fenster. Nimmt eine Tablette. Dann noch eine.

Wayne geht die Post durch. Rechnungen für Telefon und Kabelfernsehen. Ansonsten nur Werbung. Rosen-, Tulpen- und Narzissenzwiebeln aus einer großen Gärtnerei. Ein supergünstiges Kredit-Angebot. Wir kennen ihre Probleme, steht dort geschrieben. Erschwingliches Eigenheim am Stadtrand von Prag, eine Wohnoase im grünen Paradies der Stille. Kleine Häuser wie aus Plastik gepresst. Die Kleine und er haben sich häufig über Geschmack gestritten. Sie hat recht, die Tschechen haben keinen. Die Amerikaner schneiden da allerdings auch nicht viel besser ab.

Er schaltet den Fernseher ein. Mit der Fernbedienung zappt er durch die Pay-TV-Sender, für die sie zwar zahlen, die sie aber kaum gucken. HBO. HBO 2. Hustler TV. Zwei Frauen liebkosen sich unter der Dusche. Wayne sieht ihnen eine Weile zu und überlegt, ob ihm ein bisschen Erotik im Moment guttäte. Er lässt sich darauf ein und holt sich einen runter.

Dann switcht er zu CNN. Irak hat es schon wieder in die Nachrichten geschafft, von Mike aber kein Wort. In Bagdad hat sich einer auf dem Markt in die Luft gesprengt. Dabei sind sieben Menschen umgekommen. Wayne sieht schreiende Mütter, weinende Väter und tote Kinder. Jemand zerreißt die amerikanische Flagge, ein anderer steckt sie an. Als wären es die Amerikaner, die sich mit Sprengstoff umgürten und an der Zündschnur ziehen.

Wayne steht auf und holt sich ein Bier aus dem Kühlschrank. Er schaltet zurück zum Hustler TV. Die Frauen sind inzwischen von der Dusche ins Schlafzimmer umgezogen. Im Spiegel des Wandschranks ist kurz der fette Kameramann in Shorts und Hawaii-Hemd zu sehen.

Dave hat mal erzählt, er und seine Frau hätten ein Homeporno gedreht. Nicht mit Selbstauslöser. Sie haben dafür ein Pärchen angeheuert als Kamerateam. Dave sagte, dass sie den Film noch nicht gesehen haben, das Aufregende sei sowieso das Filmen an sich gewesen. Die Tatsache, dass ihnen jemand dabei zusah.

Wayne kann sich nicht vorstellen, sich mit der Kleinen im Bett filmen zu lassen. Mit ihr auf keinen Fall. Mit einer anderen vielleicht. Mit Julia? Warum nicht.

Er macht den Reißverschluss auf. Eine Weile spielt er mit sich. Dann stellt er den Ton ab, schließt die Augen und überlegt, wo die Kleine stecken mag. Vielleicht ist sie einkaufen gegangen. Vielleicht musste sie noch ins Büro. Sie ist bestimmt bald wieder da und wird ihn in die Arme schließen.

In seinem Kopf dröhnt es unerträglich. Die Tabletten helfen nicht.

DIE KLEINE RUMÄNIN

Sie ist nicht tot. Nur ihr Knie blutet. Dem Tod nah ist eher der Typ im Anzug, der die Straßenbahn mit seinem Auto geschrammt hat.

»Ich hätte dich überfahren können! Du hättest tot sein können!«

Er läuft um seinen blank geputzten blauen Wagen herum. Ein BMW. Muss mindestens anderthalb Mille gekostet haben. Er schreit sie an. Er schreit jeden an. Sich selbst auch. Auf dem Rücksitz seines Schlittens liegen irgendwelche Flyer verstreut.

»Ich hätte dich überfahren können! Verstehst du das überhaupt?«

Seine Beifahrerin, ein junges Mädchen, lehnt sich gegen den zerbeulten Wagen. Im Gesicht ist sie ganz blass. Steht wohl unter Schock. Seine Tochter? Sie kratzt sich nervös an den Armen. Mal links, mal rechts, immer wieder. Ihre Fingernägel hinterlassen lange rote Spuren. An ihrem Handgelenk prangt ein eckiges Armband.

»Ich kann nicht mehr, ich kann heute einfach nicht mehr ...«

Der Typ pest weiterhin um seinen BMW herum.

»Die kleine Langfingerbraut wird sich über die Rechnung freuen«, sagt einer der Kontrolleure.

»Bin gespannt, wovon sie das zahlen will.«

»Haltet doch die Klappe«, sagt Petr barsch.

»Ist sie schwarzgefahren oder nicht?«

Malmö knurrt.

»Wieso hat der Hund keinen Maulkorb? Laut Vorschrift haben

Hunde in der Straßenbahn einen Maulkorb zu tragen. Wer hat dir erlaubt, ihn in der Fahrerkabine mitzunehmen?«

»Malmö, Ruhe. Fuß!«

»Hat schon jemand die Polizei gerufen?«, schreit der Typ von seinem Auto aus.

Petr beugt sich über die Rumänin. Sie ist mit einem Schrecken davongekommen. Ihr Knie ist aufgeschürft. Nichts Schlimmes. Sie hat echt Glück gehabt.

»Hat jemand den Arzt gerufen?«

»Kannst du den Fuß bewegen? Das Bein? Tut das weh?«, fragt Petr.

»Dute-n pizda matii!«

Petr holt rasch den Verbandskasten aus der Kabine.

»Was soll der ganze Aufstand, Freundchen?«, sagt einer der Kontrollettis. »Hier sind Gottes Mühlen am Werk, mein Lieber. Der nächste Schritt ist die polizeidienstliche Erkennung und die Kleine sitzt bald in einer Maschine nach Ulaanbaatar.«

»Regt euch ab, ja?«, erwidert Petr.

»Die Polizei ist gleich da.«

»Kannst du dein Bein bewegen?«

»Dute-n pizda matii!«

Um ihn und die Rumänin herum sammeln sich bereits ganze Grüppchen von Menschen. Lauter Klugscheißer, Touristen und schweigsame Gaffer. Das sind die Schlimmsten, die helfen nie, sind nur auf die Aufregung scharf, die man in der Glotze nicht kriegen kann.

Die nächste Zweiundzwanzig hält an. Hrouda am Steuer.

Auf einmal springt die Rumänin hoch.

»Zigeuner haben sieben Leben, wie Katzen«, verkündet einer der blau uniformierten Fahrkartenprüfer.

»Halt endlich die Klappe, hab ich gesagt«, fährt Petr ihn an.

»Fuck you!«, schreit die Rumänin wütend. Sie hüpft hin und

her und zeigt mit gestrecktem Daumen und gespreiztem Zeige-finger ihrer Rechten auf die schaulustige Meute, als hätte sie eine Waffe in der Hand: »Fuck you! Fuck you! Fuck you!«

»Hey, beruhige dich. Setz dich hin. Vielleicht ist dein Bein ge-brochen.«

Petr fasst nach ihrer Hand.

»Alles wird gut.«

Sie reißt sich los. Rempelt ihn an, Petr verliert beinah das Gleichgewicht. Sie schreit noch einmal »Fuck you!« und rennt zum Metroeingang. Sie humpelt auf einem Bein. Keiner ver-sucht sie aufzuhalten. Auf der Brücke hört man bereits das Tatü-tata des Krankenwagens.

»Nicht jede Liebesmüh wird mit Dank entlohnt, nicht wahr«, grinst einer der Blauen.

»Ne tolle Leistung«, Hrouda inspiziert den Wagen, der in der Straßenbahn steckt.

»Ist nicht meine Schuld.«

Petrs Augen folgen der kleinen Rumänin.

»Ich hab doch auch gar nichts gesagt… Bestimmt kannst du nichts für. Es kommt nur drauf an, wie das die Bullen sehen.«

»Fuck off, Straßenbahner!«

Petr greift nach seiner Jacke und steckt den CD-Player und die Zigaretten in die Tasche. »Malmö, lass uns gehen.«

»Wo willst du hin? Was soll das denn? Hast du zu viel Sonne abgekriegt oder was?«, hört er Hrouda in seinem Rücken blö-ken. »Du fliegst raus.«

»Will ich auch.«

»Du hast wirklich 'nen Knall. Lauf ihr doch nach«, sagt ein Kontrolletti.

»Wie lange dauert's noch?«, fragt der BMW-Fahrer.

Seine junge Begleiterin lehnt nach wie vor am Wagen und wartet. Ihr Gesicht ist noch immer aschfahl, sie hört nicht auf, ihre geröteten Arme zu kratzen. Das metallene Armband glänzt in der Sonne, es ist zu groß für ihr schmales Handgelenk.

Endlich mal auf alles pfeifen.

Petr geht mit großen Schritten auf die Brücke zu und Malmö trottet neben ihm her. Auf der Brücke steht der Verkehr, es geht weder vor noch zurück. Petr geht langsamer. Jemand hupt.

»Wissen Sie, was passiert ist?«, fragt der Fahrer eines Ford Transit mit der Aufschrift BÄCKEREI NUSLE.

»So ein junger Idiot wurde von 'ner Straßenbahn erwischt.«

»Ist der hin, ja?«

»Sofort tot.«

Petr zieht die Zigarettenschachtel und sein Feuerzeug heraus. Leben heißt warten, auf dass einem jemand Feuer gibt, denkt Petr, Leben heißt warten, dass jemand mit dem Finger schnippt und dich ein paar Schritte nach vorne schiebt. Wenn es keinen um einen herum gibt, muss man es allein versuchen. Petr ist allein.

Höchste Zeit aufzuhören, Frauen aus ihren Problemen herauszuhelfen. Aufzuhören, sich als Retter aufzuspielen. Der vor Peinlichkeit strotzende Erlöser. Keiner Frau mehr Feuer zu geben. Sich nie wieder von einer verlassen zu lassen.

Auf alle und auf alles pfeifen.

»Malmö, wir gehen dann mal«, er krault sie hinter den Ohren.

Auf alles pfeifen.

Als er bei seiner Straßenbahn auftaucht, starren ihn die Blauuniformierten an wie eine Erscheinung. Hrouda auch. Nur der BMW-Typ und seine Kleine nehmen ihn gar nicht wahr. Die Bullen haben Fotos gemacht und die Gaffer weggeschickt. Die Untersuchung ist noch nicht zu Ende. Aber bald wird das Auto in die Garage abgeschleppt und die zerbeulte Straßenbahn im Schritttempo ins Depot gebracht.

Diesen Dienst will ihr Petr noch erweisen.

»Unsere letzte Fahrt, Malmö.«

Vladimír betritt den Vietnamesenladen. An der Kasse stehen ein paar Kunden, in der Ecke flimmert ein Fernsehbildschirm, es läuft eine asiatische Telenovela.

Vladimír bemerkt die Frau aus der Nachbarwohnung, sie hält Bananen und Tomaten in der Hand. Sie begrüßen sich. Ihr Blick bleibt etwas länger an Vladimír hängen als üblich. Sie ist nur ein paar Jahre älter als er und ebenfalls verwitwet. Sie geht keiner Arbeit nach. Von morgens bis abends lärmt in ihrer Wohnung der Fernseher, das Placebo gegen die Einsamkeit. Nachdem Vladimírs Frau für immer gegangen war, hat sie versucht, ihn aufzumuntern. Immer wieder hat sie ihn auf einen Kaffee eingeladen und ihm selbstgemachten Apfelstrudel gebracht. Gerne hätte sie das Kochen, Wäschewaschen und Bügeln für ihn übernommen. Sie war erpicht darauf, seine Wohnung zu sehen, ob sie sonniger sei als die ihre, die ja nach Norden rausgeht. Er hat sie nie reingelassen. Jedes Mal hat er eine andere Ausrede erfunden: Unordnung, Kopfschmerzen, Magenverstimmung, ein imaginärer Besuch. Schließlich hat sie aufgegeben. Vladimír wollte kein Mitleid. Mitleid ist nur ein Placebo, ein Liebesersatz.

Die Nachbarin duzt die Vietnamesen. Das kann Vladimír nicht ausstehen. Sein Vater hat erzählt, wie deutsche Offiziere ihn im Krieg in der Schneiderwerkstatt geduzt haben. Und Vladimír selbst weiß noch zu gut, wie russische Offiziere und ihre Frauen während der sowjetischen Okkupation alle Tschechen mit Du angeredet haben. Vielleicht wähnt sich die Nachbarin auch in einem Krieg, in dem sie sich wie die Siegerin vorkommt, obwohl ihre Beine wie Kannen aussehen und ihr Bauch einem Riesenkürbis gleicht. Vladimír kann hören, wie sich eine Krankheit in ihrem Körper einnistet, die ihr in ein paar Jahren das Herz in Stücke reißen wird.

Was wird die Nachbarin wohl sagen, wenn eines Tages Prag von bärtigen Männern mit Sprengstoffgürteln überflutet wird? Im Moment fühlt sie sich in Sicherheit. Sie hat bestimmt noch nie über so etwas nachgedacht. Für sie ist der Krieg weit weg, irgendwo am Ende der Welt, verborgen am Rande der Fernsehnachrichten. Aber Vladimír hört, wie er immer näher rückt.

Er steht vor dem Regal mit Spirituosen. Welchen Wodka soll er bloß nehmen? Er entscheidet sich für den einheimischen aus Prag. Die feingliedrige Verkäuferin gibt ihm mit einer Hand das Restgeld raus, mit der anderen tippt sie eine Textnachricht nach der anderen.

Er zahlt und verstaut die Flasche in seiner Manteltasche. Die Nachbarin wird vermutlich denken, er sei Alkoholiker geworden. Womöglich fängt sie wieder mit ihrer Mitleidstour an. Vladimír braucht aber kein Mitleid.

ESPRESSO

Sie liest das *Buch der Unruhe* und wird immer ruhiger. Ob es am blauen Himmel und am Sonnenschein liegt? Der Sommer ist offensichtlich noch nicht zu Ende und wird sich noch für ein paar Tage behaupten können. Zudem heizt die Weinschorle herrlich das sommerliche Lebensgefühl an. Ebenso der Instantkaffee, den sie aus einem Pappbecher schlürft. So etwas würde Wayne nie im Leben zu sich nehmen. Lauter Chemie, würde er sagen. Wayne ist auf einem Bio-Trip.

Ein etwa fünfzigjähriger Typ in enganliegendem Sportdress rennt an Hanas Parkbank vorbei. Auch der ist ziemlich Öko. Hana steckt sich eine Zigarette an. Die erste seit Jahren. Das Rauchen hat sie in Genf gelernt. Dort war sie die ganze Zeit allein, anders als in Berlin, wo sie schnell neue Leute kennenlernte. In Genf wollte das Kennenlernen irgendwie nicht so recht klappen, vielleicht war es damals auch gar nicht möglich, weil ihre Gedanken noch zu stark um eine einzige Person kreisten und es Hana nicht erlaubten, sich mit anderen Menschen zu beschäftigen.Vielleicht wollte sie in Wirklichkeit keine neuen Freunde haben. Auf jeden Fall hat sie dort das Rauchen angefangen. Jetzt schmeckt es ihr nicht. Sie drückt die Zigarette auf der Bank aus.

Ich empfinde die Zeit als etwas überaus Schmerzliches. Was auch immer ich verlasse, ich verlasse es mit übertriebener Rührung … Zeit! Vergangenheit! … Das, was ich war und nie wieder sein werde! …, liest sie leise. *Freiheit ist die Möglichkeit zur Isolation.*

Zu ihren Füßen liegt die unruhige Stadt im Würgegriff von Autokolonnen, die Dächer glänzen golden in der Nachmittagssonne und Hana wird klar, dass sie sich hier auf der Letná zu Hause fühlt. Dass sie hier leben könnte. Die muffige Stadt kann man hier oben zwar sehen und hören, aber riechen kann man sie nicht. Hier weht ein Wind, der Hanas Haare zerzaust. Auf einmal verspürt sie einen Stich, als schösse eine dünne Nadel durch ihren Körper. Sie empfindet keinen Schmerz. Im Gegenteil. Von unten nach oben breitet sich in Hana die Erinnerung an Lissabon aus.

Das Hotelzimmer. Hana sieht sich im Spiegel dabei zu. Sie beobachtet ihren nackten Körper und fühlt sich erregt. Thomas hält ihre Hüften und besorgt es ihr von hinten. Heftig. Mit Ausdauer. Sie stöhnen beide. Schwitzen. Schreien. Thomas ruft die Erinnerung an jemanden in ihr wach. An eine frühe Liebe von ihr, die längst aus ihrem Leben verschwunden ist. Zum Glück. Sonst wäre vermutlich sie selbst nicht mehr am Leben.

Hana schreit. Er dringt noch einmal tief ein. Dann spürt sie sein Sperma ihren Oberschenkel herunterlaufen. *La petite mort.*

Thomas. Was er wohl macht? Ob er sich gerade in Barce-

Iona einen Nachmittagsespresso genehmigt? Hat er sich dort auch eine Frau angelacht und läuft jetzt mit ihr durch die Stadt? Fahren sie ebenfalls zusammen Straßenbahn, vielleicht sogar die Strecke, auf der Gaudí von einer Tram erfasst wurde?

Nevermind. Diese Platte von *Nirvana* gefällt Hana ganz gut.

Sie hat nicht die Wahrheit gesagt, als sie ihm erzählte, er wäre ihr gleich bei der Eröffnung der Konferenz aufgefallen, jener Konferenz, für die mit dem Antlitz von Fernando Pessoa und seinem Zitat *Ob es nun Götter gibt oder nicht, wir sind ihre Knechte* geworben wurde. Wer sollte hier Gott sein? Die Europäische Union? Und die EU-Beamten die Knechte? Wenn das stimmt, dann gibt es keinen Grund zur Freude. Europa wird von einer geschlechtslosen Einheit der Kostüme, Anzüge und Gedanken regiert, alles von der Stange, bequem, vertraut und öde.

Sie wollte Thomas nicht sagen, dass sie anfangs ein Auge auf seinen jüngeren belgischen Kollegen geworfen hatte. Auch er hat eine Brille getragen. Und auch er hat sie angelächelt.

Thomas und sie haben sich in der Schlange vor dem Kaffee-ausschank kennengelernt. Sie standen beide an der langen Theke. Die Maschine setzte für einen Moment aus. Thomas, der vor ihr an der Reihe war, bot Hana galant seinen Espresso an. Sie lehnte ab, um im gleichen Augenblick doch nach ihm zu greifen. Genauso wie Thomas. Die Tasse kippte um. Ein paar Minuten später dampfte aber ein neuer Espresso vor ihnen. Stark. Kurz. Mit einem kleinen Würfel Zucker, der sich langsam auflöste.

Sie hatten ihren Kaffee längst ausgetrunken und die Konferenz über das gemeinsame Kulturerbe von Europa war längst im Gange. Und sie standen immer noch an dem großen Fenster mit Blick in einen gepflegten Garten voller bizarr zugeschnittener Büsche und unterhielten sich. Thomas war gerade in Prag gewesen. Hana hatte in Berlin studiert. Thomas arbeitete dort. Hana hatte am Prenzlauer Berg gewohnt. Thomas wohnte in der Nähe vom Kollwitzplatz. Dort hatte Hana ein halbes Jahr schwarz als Bedienung gearbeitet. Im Café *Sowohl als auch*. Hundertmal am Tag Einen Milchkaffee, bitte!

Thomas hat noch nie schwarz gearbeitet.

Sie blickten aus dem Fenster, der Himmel war stechend blau, und Hana kam es vor, als führe das Fenster nicht in einen Garten, sondern in eine Unterwasserwelt, auf den Grund des Ozeans, wo absolute Stille und Friede herrscht. Einer der Büsche sah wie ein Seeigel mit Punkfrisur aus. Ein anderer wie eine dicke Qualle aus einer alten Jules Verne Verfilmung.

Thomas schlug vor, die Biege zu machen. Dabei legte er ihr den Arm um die Schulter. Er sah sie nicht an. Hana war unsicher, vielleicht sollten sie doch bleiben. Thomas sagte, er wisse ganz genau, dass sie gehen sollten. Und zwar sie beide und jetzt sofort.

»Gut.«

Sie huschten schnell an der Tür vorbei, hinter der eine Stimme über die christlichen Fundamente des vereinten Europa dozierte, die uns seit über tausend Jahren zusammenhielten. Beim Vorbeigehen konnte sie noch einzelne Worte ausmachen: europäische Verfassung, kulturelle Wurzeln, die Identität, die Türkei, die Einheit, das Gegengewicht zu Amerika...

Armer Pessoa.

Es war unverkennbar, dass es Europa auch ohne sie aushielt. Zumindest die nächsten paar Stunden. Thomas und sie holten ihre Jacken aus der Garderobe und liefen durch den Park in die Innenstadt.

Es ist nicht der erste Unfall, in den Petr verwickelt ist. Sein erster hat sich auf der Strecke Prag-Malmö-Lissabon abgespielt. Das war die Tour, auf die sich Klára und er begeben hatten. Sie hatte auf dem Basar in Letňany einen alten kantigen Volvo gekauft, mit zerkratzten Türen, rostigen Trittbretthaltern und einem Elchaufkleber auf dem Kofferraumdeckel. Er seinerseits hatte seinen Bausparvertrag aufgelöst, damit sie unterwegs genug Geld hätten. Sie stopften das Auto mit Getränken, Essen, Zigaretten und Musik voll. Ihrer Lieblingsmusik. Sie packten noch Malmö ein und fuhren los.

Klára war fünf Jahre älter als Petr. Kennengelernt hatten sie sich im Akropolis bei einem Konzert. *Priessnitz*. Sie wollte hin – *Priessnitz* war seit Jahren ihre Lieblingsband –, verbrachte dann aber doch das ganze Konzert mit Petr auf der Eingangstreppe. Petr mochte die Musik nicht besonders, er sprach abfällig von Holzfällerromantik, da lachte sie aber laut auf, sie mochte die Band schon, seit sie eine kleine Gymnasiastin war.

Zu Kláras Füßen hockte ein großer weißer Hund. Konzertbesucher liefen die Treppe hoch und runter, Petr und Klára tranken warmes, schäumendes Bier aus 0,3l-Flaschen und plauderten über die besten Konzerte, die sie besucht hatten.

New Order.

Afghan Whigs.

Red Hot Chili Peppers.

David Bowie.

The Young Gods.

Sonic Youth.

Klára trug ein T-Shirt mit britischer Flagge und eine verwaschene Jeans. Sie hatte keinen BH an. Groß und schlaksig wie sie war, sah sie von Weitem eher wie ein Junge aus. Außerdem hatte sie eine Glatze. Vielleicht war es das, was Petr so angezogen hatte. Ihn erregt hatte. Bestimmt.

»Du hast schöne Augen.«

»Schöne?«

»Irgendwie ... so bläulich blaue, finde ich.«

»Wusst' ich gar nicht. Malmö, mach dich bekannt, das ist Herr Dermerktaberauchalles«, sie kraulte ihren Hund hinter den Ohren.

»Petr.«

»Klára ... Also wie war das mit meinen Augen?«

»Sagen wir mal: richtige Nimm-mich-ins-Bett-Augen.«

»Trägst du vielleicht ein wenig zu dick auf?«

»Bin bloß ehrlich.«

»Ne Nummer zu schnell.«

»Nee. Ich doch nicht.«

»Wer denn sonst?«

»Du.«

»Hör mal, ich hab mir grad wegen so einem Plappermaul die Haare abrasiert. Der hat mir auch ständig damit in den Ohren gelegen, was für schöne Augen ich hab. Keep cool, ja? Leg ruhig den Rückwärtsgang ein.«

»Kein Problem ... So schön sind deine Augen auch wieder nicht.«

»Blödmann.«

»Hm.«

»Dummkopf.«

Petr stand auf und reckte sich.

»Tut das Kahlscheren weh?«

»Man wird kahl rasiert, nicht kahl geschoren, Mann.«

»Also hat es wehgetan, dacht ich's mir ... Mach's gut.«

»Warte ...«

Sie sah ihn an. Ziemlich lange.

»Ist was?«

»Ich denke nach.«

»Willst du mir vielleicht verraten, worüber?«

»Wie es mit dir im Bett ist.«

»Trägst du nicht ein wenig zu dick auf?«

»Bin bloß ehrlich… Bring mir noch eins.«

Sie reichte ihm die leere Flasche. »Wir lassen uns überraschen.«

Petr zögerte kurz, dann nahm er die Flasche und nickte.

»Hätte dir auch wehgetan, das Kahlmachen, du Dummkopf.«

Klára hatte das Gymnasium abgeschlossen und jobbte in einem Secondhandladen mit englischen Klamotten. Sie brauchte sich keine Anziehsachen zu kaufen, sie nahm sie sich einfach. Nachts versuchte sie Bilder zu malen. Ansonsten hatte sie gerade einen Riesenflop erlebt, eine Schicksalsbeziehung, die mit einem lauten Knall zu Ende gegangen war. So drückte sie sich zumindest aus.

»Jede Beziehung ist 'ne Schicksalsbeziehung, findest du nicht? Jedenfalls in der allerersten Minute.«

»Kann sein. Aber die hier war richtig schicksalhaft. Schicksalhafter geht's gar nicht. Und nicht nur in der allerersten Minute, sie war es auch noch in den folgenden zehn.«

»Was immer noch keine volle Stunde ausmacht, oder?«

»Da hast du recht.«

Klára war vorübergehend in einer kleinen Wohnung bei einer Freundin irgendwo in Břevnov untergekommen. Ein Bett. Zwei Frauen. Und mittendrin die Hündin Malmö.

In jener Nacht landete sie aber bei Petr, in seiner Wohnung, die ihm seine Oma vermacht hatte. Sie lasen sich gegenseitig aus Marx, Gottwald und Zápotocký vor, aus den nach Staub und alten Zeiten riechenden Schriften vergangener Kommunistenführer, die noch von Petrs Oma im Regal stehen geblieben waren und die Petr nicht wegwerfen konnte, weil sie auf eine sonderbare Art zu dieser Wohnung gehörten.

Alle drei saßen sie auf der Fensterbank, Petr, Klára und Malmö, sie lehnten sich in die Nacht hinaus und beobachteten Flugzeuge, die wie leuchtende Hummeln um den weiß angestrahlten Stängel des Fernsehturms kreisten. Wenn Betrunkene unter ihnen auf der Straße nach Hause wankten und laut herumgrölten, bellte Malmö sie an. Dann fielen Petr und Klára ins Bett. Lang und langsam schliefen sie miteinander, so langsam, als sollte es nie ein Ende nehmen.

Klára gefiel die Wohnung. Am meisten aber mochte sie das Aquarium mit Nestor, das Petr zusammen mit den roten Schriften, der Topfblume und der Wohnung von seiner Oma geerbt hatte. Gegen Morgen hatte Klára sogar lange mit Nestor geredet. Oder hatte Petr das nur geträumt?

Noch am gleichen Tag zog sie ein. Er hatte es selbst vorgeschlagen. Er wollte ihr helfen. Er wollte mit ihr zusammen sein. Wollte, dass sie ihn liebte. Wollte, dass sie mit ihm schlief. Jede Nacht und jeden Morgen. Sie kam mit einem Taxi, das randvoll mit Büchern, CDs, Skiern und Klamotten beladen war. Sie brachte auch Berge von Unterwäsche und Malmö mit.

Damals stand Petr kurz vor dem Abschluss seines Studiums, in einem Monat hätte er fertig sein sollen, er war gerade dabei, seine Diplomarbeit zu beenden.

Klára beschwatzte ihn, mit ihr auf Reisen zu gehen. Er ließ sich gerne überreden. Das Studium hatte ihm von Anfang an keinen Spaß gemacht. Er wusste eigentlich selber nicht, warum er sich für Elektrotechnik entschieden hatte. Weil er gut in Mathe und Physik war? Genauso gut war er aber auch in Deutsch, Englisch, Geschichte, Landeskunde und Geographie. Am meisten hatte er eigentlich immer auf Landkarten gestanden. Ob er nur deswegen Elektrotechnik angefangen hatte zu studieren, weil man ohne Aufnahmeprüfungen zugelassen wurde?

Und Klára? Auf die stand er wie noch nie auf eine Frau zuvor.

Sie machten sich auf den Weg. Er musste nur noch irgendwo das Aquarium und die Pflanze unterbringen.

»Schön brav bleiben«, sagte er zu Nestor und überreichte ihn gemeinsam mit einer Tüte Fischfutter, einer Dose Kaffee und einer Schachtel Pralinen namens Nougatwunder seiner Nachbarin. »In einem Monat hole ich ihn wieder ab. Danke.« Die Pralinen werden wohl den Vorspann der ersten Abendserie nicht überleben, dachte er und musste innerlich grinsen.

Schon eine Stunde später waren Klára, er und Malmö auf der Autobahn. Zuerst ging es Richtung Norden. Dresden. Berlin. Sassnitz. Malmö.

Sie redeten ununterbrochen. Erzählten die Lieblingsszenen aus ihren Lieblingsfilmen nach. *Lola rennt. Die zwei Leben der Veronika. Fargo. Pulp Fiction.* Und die Lieblingsszenen aus ihren Lieblingsbüchern. Petr zitierte aus *Die Entdeckung der Langsamkeit.* Klára aus *Das Buch der lächerlichen Liebe.* Petr *Ich habe den englischen König bedient.* Klára *Die Unsterblichkeit.*

Immer wieder entdeckten sie neue Gemeinsamkeiten, immer weiter redeten sie und hörten Musik, Unmengen von Musik, vor allem die aus den 80ern und aus der ersten Hälfte der 90er. Klára liebte diese Zeit, sie sagte, damals hätte die Musik noch Gefühle vermittelt. Einen Reiz gehabt. Eine Botschaft. Das alles wurde später von Techno erstickt, sagte sie, und auch wenn heutzutage von Techno – Gott sei Dank – kaum noch was zu spüren ist, sind all die neuen Songs und neuen Bands nur ein schwacher Abklatsch des Vorangegangenen. Ausgelutscht wie ein zwanzigmal benutzter Teebeutel. Petr stimmte ihr zu.

Immer wieder legten sie *Massive Attack* ein. *New Order. The Cure. Joy Division. Jesus and Mary Chain. The Smiths. Radiohead. Suede. Blur.* Manche der Bands hörten sich leicht lustig an, manche einen Tick zu pathetisch, einige klangen immer noch perfekt.

Sie rauchten eine nach der anderen, hielten auf Rastplätzen an, um dort zu essen oder sich auf den zurückgeklappten Sitzen zu lieben. Malmö sah ihnen die ganze Zeit zu.

»Ich will mit dir reden. Ich will alles von dir wissen. Wirklich alles«, sagte sie gleich vor Dresden. »Ich will dir sechzigtausend Stunden zuhören.«

»Du wirst vor Langeweile umkommen.«

»An etwas muss man sterben.«

»Ein langweiliges tschechisches Leben liegt hinter mir. Vor mir sieht es vermutlich nicht anders aus.«

»In Böhmen kann man auch kein anderes Leben haben.«

»Vielleicht ist das immer so.«

»Was?«

»Dass man das Gefühl hat, das echte Leben findet irgendwo anders statt, da das eigene Leben leer und langweilig ist. Und dabei finden andere es womöglich irre spannend.«

»In meinem ist die Spannung wohl eher unsichtbar.«

»In meinem ist noch keine reingekommen.«

»Fang endlich an. Erzähl.«

»Aber wir wechseln uns nach einer Stunde ab.«

»Beim Fahren?«

»Dabei auch. Ready to go?«

»Ja. Nein. Warte …«

Sie zog sich die Schuhe aus, stützte ihre nackten Füße auf dem Armaturenbrett ab und drehte die Musik etwas leiser. *Sigur Rós*. Ihre Wahl. Die Einzige von den neuen Bands, die noch was draufhat, wie sie sagte. Immer wieder ließ sie den siebten Song mit Klavier und Gitarre laufen, der langsam und gemächlich wie die nächtliche Ostsee in die Gänge kam, zum Schluss aber anschwoll und sich lautstark mit der Nordsee vereinte.

»Jetzt.«

»Als ich auf die Welt kommen sollte, wollte es bei Mutter

irgendwie nicht klappen. Dann aber wurde die Tschechoslowakei von einem kleinen Erdbeben erschüttert und als alles
zu zittern anfing, fiel ich aus ihr raus. Ich öffnete die Augen
und machte sie gleich wieder zu, weil keiner eine Band mit mir
gründen wollte.«

»Soll das ein Witz sein? Hast du wirklich mal 'ne Band gründen wollen?«

»Ich kann kein Instrument spielen.«

»Ich auch nicht. Aber das ist egal. Hauptsache, du weißt, dass
du es willst. Dass du es machen musst. Dass du ein Ziel hast.«

»Hast du 'ne Band?«

»Bei mir hat's auch nicht geklappt. An dem Tag, als ich geboren wurde, hat die Tschechoslowakei beim Eishockey den Sow-
jets den Hintern versohlt. Mein Vater musste das unbedingt be-
gießen, er fasste es als Widerstand auf. Er kam erst drei Tage
später nach Hause, total blau. Und er hatte einen absoluten Film-
riss, er wusste nicht mal, dass seine Frau in der Geburtsklinik lag.
Als er das erfuhr, war meine Geburt ein göttliches Zeichen für
ihn. Ein Wunder. Er wollte, dass der Kleine Hockey spielt.«

»Die Kleine, meinst du.«

»Nein, der Kleine. Vater war sicher, einen Sohn bekommen zu
haben, obwohl man ihm gesagt hatte, dass ich ein Mädchen war.«

»Hast du dann wirklich Eishockey gespielt?«

»Nein. Aber Fußball. Ich habe sowieso nur mit Jungs gespielt,
ich wollte keine Mädchen als Freundinnen haben. Auch auf dem
Gymnasium nicht. Die heulten doch alle nur ständig, das machte
mich wahnsinnig. Damals hab ich mir zum ersten Mal wegen
eines Typen die Haare abrasiert. Meine Mutter hat beinah der
Schlag getroffen.«

»Ich hab wiederum immer nur mit Mädchen spielen wollen,
die wollten aber nicht, also musste ich mit Jungs vorlieb nehmen.«

»Und jetzt?«

»Jetzt, wie jetzt? Wie es sich ergibt.«

»Hast du Fußball gespielt?«

»Nein, aber getaucht bin ich.«

»Getaucht? Du meinst im Meer oder was?«

»Nein, auf dem Berg, du Dummi... Ja, ich wollte Taucher werden. Die Rätsel der Ozeane ergründen, am Meeresgrund nach Schätzen suchen und so 'n Quatsch.«

»Das kannst du doch immer noch, oder?«

»Vielleicht... Wahrscheinlich nicht mehr.«

»Wenn wir da sind, bringst du mir das Tauchen bei. Dort, wo ich hinwill, ist eine Klippe, an der hört Europa auf. Darunter liegt das Meer. Tief und endlos.«

»Ich angle uns dann einen Fisch.«

»Ich brate ihn.«

»Ich esse ihn auf.«

»Dann esse ich dich auf.«

»Abgemacht.«

»Dummkopf.«

»Selber Dummkopf.«

»Du noch mehr.«

FÜNFUNDFÜNFZIG SEKUNDEN RUHM

Vladimír geht nach Hause. Er steigt langsam die Treppe hinauf, einmal muss er stehen bleiben und Luft holen. Es gibt zwar auch einen Aufzug im Haus, aber in dem engen Raum ohne jegliche Fluchtmöglichkeit hat er sich noch nie wohl gefühlt.

Er schließt die Tür auf. Sie ist groß, braun und schalldicht. Er betritt die Wohnung, zieht die Tür hinter sich zu und schließt ab.

Die ganze Welt hat er bereist, um schließlich in der elterlichen Wohnung auf Žižkov zu landen. In einer Wohnung, in der außer ihm keiner mehr leben wollte. Alle sind gegangen oder ausgezogen.

Seine Frau. Ihre gemeinsamen Kinder, Helena und Martin. Die beiden machen sich Sorgen um ihn. Sie glauben ihm nicht, dass sie in tödlicher Gefahr sind, dass sie dringend nach Stille suchen müssten, dass der Lärm sie allmählich umbringen wird. Sie haben ihm einen Arztbesuch vorgeschlagen. Er hat sie rausgeworfen. Helena hat wieder angerufen und angeboten, gemeinsam mit ihm zum Psychiater zu gehen. Hat ihn besuchen, mit ihm reden wollen. Zum Schluss hat er das Telefonkabel aus der Wand herausgerissen und sich in seinem Labor eingeschlossen. In seiner Einsamkeit.

Vladimír blättert durch die Prospekte, die er aus dem Briefkasten herausgefischt hat. Zum zweiten Mal an diesem Tag begegnet ihm die Werbung für ein Leben im grünen Paradies der Stille. Sie landet im Papierkorb.

Auf dem Küchentisch stapelt sich sein Testament. Hunderte herausgeschnittene Kabelstücke, Kabel von Kopfhörern der Menschen, die taub waren für die Welt um sie herum und die er wieder zum Leben hatte erwecken wollen. Es liegen auch Kabel hier, die er aus sprechenden Werbevitrinen in Geschäften und an Straßenbahnhaltestellen herausgerissen hat. Vladimír legt die neuen von heute dazu, dort abgeschnitten, wo Stille vom Lärm vergiftet wurde. Akustischer Smog. Bis auf einen Fall hat ihn nie jemand dabei erwischt.

Er lässt alles hier liegen. Warum sollte er es verstecken? Das wird als sein Vermächtnis gelten. Genauso wie das Heft mit den Notizen, wann und wo er wen vom Lärm abgeschnitten und in die Stille geleitet hat. Seine Rettungsversuche.

Insgesamt hat er vierhundertfünfzig Menschen befreit. Davon zwei Drittel Frauen. Er hat sechzig Restaurants vom Lärm abgeschnitten. Und dreißig quatschende Schaufenster und Vitrinen. Dabei hat er fünf Glasscheiben zerschlagen müssen.

In seinem Heft befinden sich auch Zeitungsausschnitte. Darüber, wie die Polizei ratlos nach einem Phantom sucht, der aus unbekannten Gründen Kopfhörer zerschneidet und Werbung demoliert. Insgesamt achtundzwanzig Artikel. Sie stammen meist aus Boulevardzeitungen, es sind aber auch seriöse Blätter darunter. Er selbst hat bei Zeitungen zwanzig Briefe eingereicht, in denen er die Notwendigkeit von Lärmbekämpfung schilderte. Sie wurden nie abgedruckt. Aber die Kopien befinden sich ebenfalls in seinem Heft.

Einmal hat er sogar fünfundfünfzig Sekunden lang die Fernsehnachrichten bestritten, als er die Eingangstür eines Privatsenders mit großen weißen Buchstaben besprüht hatte: STILLE-STILLE. Für eine kurze Zeit war er zum echten Medienobjekt geworden. Und zum Albtraum der Prager Polizei.

In der Tischschublade angelt Vladimír nach den unter den Partituren versteckten Medikamentenschachteln. Er bringt sie in die Küche und öffnet sie. Schüttet die Glasröhrchen und Plättchen aus den Schachteln, pult die einzelnen Tabletten heraus. Xanax. Valium. Rohypnol. Diazepam. Die Verpackungen wirft er in den Mülleimer. Vladimír nimmt einen Mörser vom Regal, füllt die Tabletten hinein und stampft sie mit dem Stößel klein.

DAS LAUB

Sie duscht. Dann rasiert sie sich. Am ganzen Körper.

Einen Augenblick lang streckt sie sich noch auf dem Bett aus. Am liebsten mag sie ihr Zimmer nachts. Es ist immer so still, dass sie Musik hören muss, um einschlafen zu können. An der Decke leuchtet ein Himmel voller Sterne. Den hat sie bei IKEA gekauft.

Als Tapete. Harry findet das kindisch, vielleicht stimmt es auch. Aber nun geht ihn das nichts mehr an.

Vanda zieht sich um. Schwarze Unterwäsche. Schwarze Leggins. Das rote Minikleid mit dem kleinen schwarzen Schädel auf der Brust, das Mama ihr letzte Woche gekauft hat. Die kurze schwarze Lederjacke. Rote Ballerinas. Die glänzende schwarze Röhrenjeans fürs Konzert packt sie in die Tasche. Und noch ein frisches T-Shirt und ein zweites Paar Schuhe.

Sie holt ihren Lippenstift hervor und schminkt sich die Lippen rot. Kontrolliert die Tätowierung im Spiegel. Sie juckt immer noch. Die Haut drum herum sieht rot aus. Aber das wird im Publikum keiner bemerken. Sie nimmt den Gitarrenkoffer, stellt ihn an die Tür und geht in die Küche.

Ihre Mutter sitzt am Tisch und löst Kreuzworträtsel. Neben ihr auf dem Stuhl liegt ein Berg mit Heften, die sie bereits gelöst hat. Es könnten gut und gerne an die fünfzig Hefte sein. Das Radio spielt leise.

Vanda nimmt sich einen großen Pfirsich aus der Schale auf dem Tisch. Sie pult den Aufkleber *Product of Portugal* ab und klebt ihn an die Tischkante. Sie beißt hinein. Süß ist der Pfirsich wirklich nicht.

»Nimm dir was Ordentliches. Im Ofen gibt's Lasagne.«

»Ich habe keinen Hunger.«

»Du musst aber etwas essen.«

»Du auch, Mami.«

Ihre Mutter lächelt traurig. Sie hat tiefe Ringe unter den Augen. Bestimmt hat sie schon wieder die ganze Nacht nicht geschlafen und wird bald wieder ihre Ärztin aufsuchen und sich etwas noch Stärkeres verschreiben lassen. Vanda ist froh, dass sie es Vater gesagt hat, dass sie sich gerächt hat. Dafür, dass sie von ihm nicht gekriegt hatte, was sie haben wollte? Nein. Für sich selbst. Für Mama. Vor allem für Mama.

»Wo warst du heute Nacht?«

»Mama... Ich bin kein kleines Mädchen mehr.«

»Wo warst du?«

»Draußen.«

»Ich hab dich angerufen.«

»Ich weiß... Ich war... bei Karla, du weißt ja, wir sind ja... wir waren doch früher immer zusammen skaten, weißt du noch? Sie hat sich von ihrem Typen getrennt und brauchte jemanden zum Reden. Das muss ein totaler Idiot gewesen sein... Sie hat bemerkt, dass er fremdging. Hat ihn dabei erwischt.«

»Du hättest mir eine Nachricht schicken können.«

»Der Akku war alle. Tschuldigung.«

Vanda holt eine Flasche Cola aus dem Kühlschrank. Schenkt sich ein Glas ein und wirft eine Scheibe Zitrone hinterher. Kleine Luftblasen perlen ihr auf der Zunge. Das mag sie gerne.

»Hab heute Papa gesehen.«

»Hm.«

»Wir waren Mittagessen.«

»Wie geht es ihm?«

»Gut... Eigentlich weiß ich es nicht... Mama, ich hab ihm gesagt, dass er nicht mein Vater ist.«

»Was?«

»Ich hab ihm gesagt, dass er nicht mein Vater ist.«

»Was meinst du mit: er ist nicht dein Vater?«

»Ist er einfach nicht. Das hat ihn ganz schön mitgenommen. Du hättest sehen sollen, wie er zusammenzuckte.«

»Und wer sollte dann dein Vater sein?«

»Keine Ahnung. Bloß nicht er.«

»Warum hast du das gemacht?«

»Ich wollte Rache. Für dich. Für uns.«

»Vandi, Schatz, das hättest du nicht...«

»Was hab ich schon wieder falsch gemacht, verdammt?«

»Das hättest du nicht sagen dürfen.«

»Ich hätte ihm noch eine knallen sollen, das hätte ich machen sollen.«

Mutter schaltet das Radio aus und öffnet das Fenster. Sie fährt sich mit der Hand durchs Haar.

»Der Herbst fängt an. Schau dir das Laub an. Bald werden die Blätter fallen.«

Man hört einen Presslufthammer von der Straße. Die gegenüberstehende Villa wird renoviert.

»Kommst du heute Abend zu meinem Konzert?«

»Sie sind schon gelb geworden. In einem Monat ist alles weg.«

»Kommst du?«

»Weiß ich nicht.«

»Du stehst auf der Gästeliste. Du brauchst nur am Eingang deinen Namen zu sagen und kommst umsonst rein. Wenn es Probleme gibt, rufst du mich an.«

Mutter nickt. Sie hält sich eine Hand vor die Augen.

»Die Sonne ist aber noch stark.«

»Mama ... sag mal, kannst du mir einen Tausender leihen? Kriegst du gleich nach dem Konzert zurück.«

»Du hättest das nicht machen dürfen, Schatz.«

»Ich muss los. Wir haben gleich Soundcheck.«

»Ich weiß.«

Mutter dreht sich um und nimmt vom Kühlschrank ihr kleines braunes Portemonnaie. Sie zieht einen Schein heraus. Ihre Augen glänzen feucht. Wie an jedem anderen Tag auch. Vanda weiß, dass Mutter gleich eine Flasche Weißwein aufmachen wird. Und dass sie abends zu keinem Konzert mehr geht.

»Ich hab dich lieb, ja?«

»Ich dich auch.«

Jetzt oder nie. Wayne nimmt den Hörer und tippt 001 ein, dann die direkte Nummer von Delaware.

Die Mutter ist am Telefon. Ihre Stimme klingt immer noch genauso jung und sanft wie in Waynes Kindheit.

Sie ist überrascht, ihn zu hören. Er sagt, ihm und der Kleinen gehe es gut, und erzählt dann, was er heute auf CNN gesehen hat. Was er glaubt, gesehen zu haben. Wen er gesehen haben will. Mutter hat nichts von Mike gehört. Vor gut zwei Wochen sei er auf die Basis zurück, sagt sie. Gut möglich, dass er sich schon längst im Irak befindet. Wayne hört, wie sich in Mutters Stimme ein leichtes Zittern breitmacht. Er versucht sie zu beruhigen. Sich selbst zu beruhigen. Es ist bestimmt nicht Mike gewesen. Sicher nicht. An so einem Kontrollpunkt habe Mike doch nichts zu suchen, schon gar nicht, wenn sich dort irgendwelche bescheuerten Idioten in die Luft jagen. Mama, Mike ist doch bei den Fernmeldern. Ein IT-Fachmann. Spezialist.

Wayne hört im Hintergrund seinen Vater fragen, was los sei.

Mutter antwortet, Wayne habe angerufen, und reicht den Hörer an den Vater weiter. Wayne wiederholt, was er vorhin der Mutter erzählt hat. Vater sagt kein Wort. Wayne schießt durch den Kopf, sein Vater sei ein harter Kerl, der nur harte Männer mag. Dieser Vorliebe seines Vaters für echte Kerle hat Wayne schließlich auch seinen Namen zu verdanken. Wayne nach John Wayne aus dem bescheuerten Film *Die grünen Teufel* (und anderen, noch schlimmeren Cowboyfilmen). Seine Mutter hat den Namen aber auch gemocht. Damals war es ja schick, die Kinder nach Hollywoodstars zu benennen. Wobei sich Vater vermutlich gewünscht hätte, dass aus Wayne ein Cowboy wird. Ein echter Cowboy. Vermutlich hat Waynes Bruder Mike Vaters Vorstellungen besser entsprochen, jener Mike, über den sie nun quer über den Atlantik schweigen, verbunden durch ein Telefonkabel, das auf dem Meeresgrund liegt.

Wayne bittet seinen Vater, ihm sofort Bescheid zu geben, sobald sie etwas Neues wissen. Auch nachts. Und zu jeder anderen Tageszeit. Sein Handy sei immer an.

AUF TUCHFÜHLUNG

Hana sieht auf die still daliegende Moldau mit den Touristendampfern. Sie liest: *Sanftes Rauschen eines breiten Flusses, unbestimmte Frische des Wassers, hörbar verborgener Glanz, totes Gelb der Bewegung.*

Eine Windböe weht ein Stückchen Lissabon heran, auch wenn der Wind, der Hanas Haare zerzaust, von der Nordsee und nicht vom Südatlantik kommt.

Hana denkt daran, wie Thomas und sie mit einem Fahrstuhl über die Dächer von Lissabon gefahren sind. Von der Terrasse haben sie aufs Meer heruntergesehen und auf die Burg, die zum Schutz vor Piraten errichtet wurde. Es waren dann aber doch nicht die Seeräuber gewesen, sondern ein Erdbeben und eine mächtige Flutwelle, die Lissabon den Todesstoß versetzt haben.

Hana und Thomas erzählten sich von ihren Reisen und von Städten, in denen sie nie länger als drei Tage geblieben waren und trotzdem das Gefühl hatten, sie gut zu kennen. Sie sprachen über sterile Hotelzimmer mit Bädern, in denen es nach künstlichen Pfirsichen roch. Sie redeten über Ruhe und das gleichzeitige Bedürfnis nach Unruhe und Bewegung. Sie tauschten sich über Musik und Bücher aus, stritten sich über tschechische Filme aus den Sechzigern, die Thomas gerne mochte und Hana langweilig fand, und über deutsche Filme der Gegenwart, die Hana gefielen und die Thomas gar nicht kannte, weil er zum letzten

Mal mit dreißig im Kino war. Vielleicht sei er dafür schon zu alt, sagte sie. Thomas widersprach, vielleicht sei Hana eher zu jung, um mit Kino Schluss zu machen.

Vielleicht stimmt das auch. Vielleicht ist sie noch zu jung und unreif, wenn sie sich gerne rühren und mitnehmen lässt von fremden Gefühlen und Geschichten. Wenn es ihr Spaß macht, in Büchern, Filmen und Popsongs nach sich selbst zu suchen.

Unter ihnen wimmelte Lissabon wie ein Ameisenhaufen, hupende Autos hielten an Kreuzungen an und fuhren hupend wieder los, aus dem Hafen hörte man das Horn eines Überseedampfers tuten. Dann fasste Thomas nach Hanas Hand und sie fuhren wieder hinunter. Der Fahrstuhl war voll, lauter deutsche und englische Touristen. Hana und Thomas mussten sich ganz eng aneinanderschmiegen.

Er zeigte ihr das Café A Brasileira, in dem Pessoa häufig Gast gewesen war. Vor dem Café hatte man ihm ein Denkmal errichtet, der Dichter aus Bronze saß nonchalant an einem Cafétisch, an dem Kaugummis klebten. Speichelbenetzte Nachrichten ins Jenseits. Hana und Thomas bestellten pastéis de Belém, die süße Vanillecreme floss ihnen das Kinn herunter.

Hana kam es vor, als würden alle Portugiesen ständig lächeln, nicht wie in Prag, wo man nur dann lächelt, wenn man etwas braucht oder jemanden anbaggern will.

Im Marinemuseum haben sie sich alte Seekarten angesehen, nach denen Fernão de Magalhães Südamerika und John Franklin Nordamerika umsegelt haben. Das Museum zeigte die beiden Seefahrer wie zwei aus Plastik gestanzte Zwillinge nebeneinander, obwohl in Wahrheit einige Jahrhunderte zwischen ihnen lagen. Beide standen klein, nach vorne gebeugt und fest entschlossen da, bereit, die Welt zu entdecken.

Es gab dort außerdem Tintenfische, Seesterne und glänzende weiße Haie, bei denen eine Gruppe japanischer Touristen gleich für mehrere Stunden hängen geblieben war. Zu den Exponaten gehörte auch der Bathyscaphe Trieste, mit dem in grauer Vorzeit jemand bis auf den Meeresgrund hinabgestiegen war, um festzustellen, dass es dort außer absoluter Dunkelheit auch Leben gab.

Später liefen Hana und Thomas durch die schmalen und holprigen Gassen der Altstadt, über ihnen flatterte frisch gewaschene Wäsche an den Wäscheleinen und aus den Fenstern hörte man die Fernseher lärmen. Manchmal berührten sich ihre Hände flüchtig. Bei Anbruch der Dämmerung erreichten sie eine Straßenbahnhaltestelle.

Sie stiegen in den winzig gelben Wagen Nr. 28 ein. Der Fahrer klingelte, fuhr polternd los und die Straßenbahn kämpfte sich wankend durch die Straßen wie ein Schiff durch die Stromschnellen. In atemberaubender Geschwindigkeit sauste die Tram hinunter, um gleich darauf von einer steilen Straßenwelle hinaufgetrieben zu werden. Hana hatte das Gefühl, sie könnten jeden Moment entgleisen und in einem der nebenstehenden Häuser in der Küche landen. Sie hielt sich an Thomas fest. An einer Haltestelle stieg ein Kollege ein, der es wohl bei der Konferenz über europäische Identität und Kultur auch nicht mehr ausgehalten hatte. Er winkte ihnen zu. Hana war froh, dass er sich nicht zu ihnen setzen wollte.

Sie stiegen auf einem großen Platz mit Palmen aus. Vor den Kneipen saßen Menschen an Tischen und tranken Bier. Hana und Thomas suchten sich auf einer Terrasse eine Bank, von der aus man über die Stadt blicken konnte. Frischer Wind vom Atlantik blies ihnen ins Gesicht. Dreißig Kilometer weiter gibt es ein Felsenriff, sagte Thomas, an dem Europa zu Ende ist. Dahinter fängt der Ozean an. Er sei schon mal da gewesen. Das nächste Mal könnten sie vielleicht gemeinsam hin. Klar, das machen sie. Das nächste Mal bleiben sie eine ganze Woche hier. Vielleicht.

Er legte ihr einen Arm um die Schulter. Hana gefiel das. Er

streichelte ihren Hals, ihre Arme. Sie küssten sich nicht. Noch nicht. Die Küsse kamen später, erst nachdem sie in einem kleinen Bistro mit blau gekachelten Wänden zu Abend gegessen hatten, in einem Bistro, in dem es leicht nach Toilette roch und wo der Fernseher grölte, dort haben sie den schweren Hauswein getrunken und die ersten Küsse getauscht, während die Aufmerksamkeit der Bedienung voll dem Fußball auf dem Fernsehbildschirm galt. Benfica Lissabon gegen wen auch immer.

Jetzt sitzt Hana auf der Letná-Höhe und sieht auf Prag herunter, über das sich die träge Nachmittagssonne ergießt. Eine angenehme Faulheit breitet sich in Hana aus. Inlineskater mit Kopfhörern rasen an ihr vorbei. Sie nippt an ihrer Weinschorle und liest weiter: *Schatten, so leicht und sanft.*

Eine junge Frau mit gepiercter Nase bittet Hana um eine Zigarette. Sie schenkt ihr die ganze Schachtel. Auch wenn sie alles in ihrem Leben auf den Kopf stellen will, das Rauchen wird sie sich wohl nicht noch einmal angewöhnen. Da fängt sie lieber an, mehr Wein zu trinken.

Hana überlegt, ob der Müll aus den portugiesischen Flugzeugen über Prag ausgekippt wird oder zurück nach Lissabon geht. Oder unauffällig über den Alpen entsorgt wird. Vielleicht hätte sie Thomas' Visitenkarte nicht wegwerfen sollen. Dann fällt ihr ein, dass seine Telefonnummer in ihrem Handy gespeichert sein müsste, er hat ihr doch heute früh eine SMS geschickt.

Jetzt will sie ihr Telefon nicht einschalten. Aber sie ruft ihn vielleicht an. Irgendwann. Vielleicht treffen sie sich. Irgendwo. *La petite mort.* See you somehow, somewhere.

Petr saß am Steuer und Klára rauchte eine Zigarette nach der anderen. Die Musik lief, auf *Sigur Rós* folgte *Massive Attack*. Immer wieder die ersten zwei Songs aus dem zweiten Album. Das erste voller Schwermut, das zweite sehr traurig.

Malmö schlief auf dem Rücksitz, die Sonne neigte sich zum Horizont und die Autobahn rollte nur langsam nach hinten. Auf einem Rastplatz im Spreewald tauschten sie die Plätze. Die Luft war kalt und die Wolken am Himmel bewegten sich nicht.

»Du willst barfuß fahren?«

»Macht dir das was aus?«

»Irgendwie finde ich es schön.«

»Na super.«

»Aber vielleicht ist es auch gefährlich.«

»Alles Schöne ist gefährlich.«

Über Deutschland legte sich die Nacht wie eine Decke. Auf dem Autobahnring rauschten sie an Berlin vorbei. Für einen kurzen Moment sahen sie den angestrahlten Fernsehturm. Er sah wie die Diamantnadel auf einem Plattenspieler aus. *Massive Attack* gab müde und langgezogene Beats vor, und sie wurden auf einer Schallplatte aus Asphalt nach vorne getragen, immer weiter und immer weiter.

Im Morgengrauen erreichten sie das Meer. Sassnitz auf Rügen. Im Hafen kauften sie sich Heringsbrötchen, mussten zuerst aber eine halbe Stunde warten, bis die alte Frau ihren Stand geöffnet hatte. Sie waren nicht nur ihre ersten Kunden an dem Tag, sondern auch die ersten Tschechen, die sie seit langer Zeit sah.

Sie schifften sich ein. Außer ihnen gab es kaum andere Gäste auf der Fähre. Der Himmel sah grau aus, das Meer auch. Sie standen Arm in Arm am Achterdeck. Gemeinsam mit Malmö sahen sie zu, wie der Hafen dahinschwand, sie lauschten dem morgendlichen Konzert der Schiffskräne. Später war nur noch die Ostsee da. Eine lange, verwischte Linie, die wie eine aufgewühlte, unlesbare Unterschrift hinter dem Schiff zurückblieb und sich irgendwo ganz weit weg auflöste. Erst der Regen trieb sie wieder ins Schiffsinnere. Sie waren müde und suchten sich einen Sitzplatz, vor einem Laden mit deutschem Bier und schwedischen Lakritzbonbons schliefen sie aneinandergelehnt auf einer Bank ein.

Als sie in Malmö ankamen, regnete es immer noch, und Malmö bellte im Hafen alle Hunde an.

Klára streichelte sie: »Sieh dir das mal an, das ist deine Stadt.«

Drei Tage lang kurvten sie durch Südschweden. Der Regen wollte nicht aufhören, aber das störte sie nicht. Im Auto war es kalt, die Heizung funktionierte nicht. Die Scheibenwischer zum Glück schon. Sie brachen in den Süden auf. Kopenhagen, Odense, Hamburg. Danach ging es weiter in den Westen. Bremen. Amsterdam.

Sie schwammen in der kalten Nordsee. Aßen Fisch. In Amsterdam am Stand mit Seemannskram kauften sie ein kleines Modell vom Bathyscaphe Trieste mit aufklappbarem Bauch, gleich daneben bei einem Marokkaner besorgten sie sich etwas Shit. Den stopften sie in den Bathyscaphe hinein. Es passte eine ziemliche Menge rein.

»Damit tauchen wir gemeinsam bis auf den Grund.«

»Ich bringe dir bei, wie man unter Wasser atmet.«

»Das können nur Fische.«

»Ich bin ein Fisch.«

»Was für einer?«

»Ein Plattfisch.«

»Warum ausgerechnet ein Plattfisch?«

»Die können auch in großer Tiefe leben. Man kann sie kaum fangen. Sie sind fast unsichtbar. Man sieht nur ihre Augen in der Dunkelheit leuchten.«

»Was für ein Fisch bin ich?«

»Eine Zahnbrasse. Du hast Dornen auf den Flossen. Und lässt dich nicht so einfach fangen.«

»Gut. Dann bin ich eine Zahnbrasse, wie du meinst. Du bist echt ein bisschen doof.«

»Nein, du.«

»Du mehr.«

»Küss mich.«

Holland. Belgien. Frankreich. Abends steuerten sie jedes Mal den Strand an. Nachts lagen sie im Auto und sahen den dunklen Wolken zu, die der Wind vom Ozean aufs Land trieb. Sie hielten sich an der Hand. Beim Fahren schnallten sie sich nicht mehr an.

Sie trug einen roten Rock und ein hellblaues Top, das durch zwei dünne, hinten am Hals zusammengebundene Bändchen hielt. Petr mochte es, die Bändchen während der Fahrt aufzumachen. Und das Salz von Kláras Schultern abzulecken. Das kitzelte und erregte sie gleichzeitig. Sie kringelte sich wie Zigarettenrauch.

»Hör damit auf, du Dummi.«

Sie bohrte die Augen in die Fahrbahn hinein.

»Selber Dummi. Mein Dummi.«

»Hör auf, Mann. Wirklich. Sonst bauen wir einen Unfall.«

»Na und.«

»Wie: na und?«

»Dann sind wir tot. Das geht schnell. Wie wenn man eine Lampe ausmacht. Oder anknipst. Eine Zigarette löscht. Oder 'ne neue anmacht. Aber wir wären zusammen, für immer und ewig vereint.«

»Ich will aber nicht tot mit dir zusammen sein.«

»Bist du auch nicht.«

»Sag Bescheid, wenn es so weit ist.«

»Ja.«

»Vergiss das nicht.«

Er küsste ihren Hals. Seine Finger fuhren streichelnd um ihre Brüste herum. Sie glitten tiefer. Sie ließ es zu. Das erregte ihn. Sie auch. Er konnte nicht aufhören, an ihr zu riechen.

»Du riechst irre.«

»Irre?«

»Irre gut.«

»Und weiter?«

»Irgendwie salzig.«

»Das ist Schweiß.«

»Ich rieche das Meer an dir.«

»Ein Meer aus Schweiß.«

»Mein Meer.«

Sie hielten an einem Rastplatz an. Ließen Malmö raus. Klappten die Sitze nach hinten und drehten die Musik lauter.

Später fuhren sie weiter.

Wie viele Stunden Klára und er miteinander geredet haben, das weiß Petr nicht mehr, sechzigtausend waren es bestimmt nicht. Womöglich nicht einmal fünfzigtausend. Es hätten aber gut an die dreißigtausend Stunden sein können. Sie haben über alles und über nichts geredet. Er erzählte von seiner Plattenbaukindheit, direkt an der Busendhaltestelle. Jeden Morgen genau um fünf Uhr null null wurde er von einem Bus geweckt. Es waren lange Jahre im Plattenbau, hinter dem pausenlos die Autobahn nach Brünn rauschte. Nicht einmal nach zwanzig Jahren hat er sich daran gewöhnt, bis zum Schluss brauchte er Ohrstöpsel zum Schlafen. Der Plattenbau war riesig, er hatte mehrere Eingänge, in denen handgeschriebene und sorgfältig aufgestellte Putzpläne hingen. Als kleiner Knirps hat er sie oft gemeinsam mit seinen Kumpels gegen die Aufstellungen der anderen Hauseingänge vertauscht. Seine Eltern wohnen bis heute dort. Wenn

Petr einmal im Monat zum sonntäglichen Mittagessen einkehrt, ist er froh, sich gleich nach dem Nachtisch wieder unter den Fernsehturm nach Žižkov verziehen zu können. Noch mehr aber freut ihn, nicht mehr lügen zu müssen, sein Studium lediglich vorübergehend unterbrochen zu haben.

Damals erzählte er Klára, dass seine Eltern ihn am liebsten zu Hause behalten hätten. Für immer. Vermutlich weil er ein Einzelkind war.

Sie saßen im Auto, rauchten, schlängelten sich zwischen Lastwagen durch, bestellten sich kleine starke Kaffees auf Tankstellen, hörten Musik, spielten mit Malmö, plauderten und kamen sich immer näher, bis sie ineinanderflossen wie Autobahnstreifen ganz weit vorne am Horizont.

Malmö.

Den Hund hat Klára vom Schweden geschenkt bekommen.

Petr kannte ihn nicht, wusste aber, dass er kein Schwede war, sondern irgendwo in Vinohrady lebte, Schriftsteller werden wollte, es aber nicht weiter gebracht hatte als bis zur Werbung für Joghurts, Kaugummis und Windeln für Kinder und alte Leute. Er war mit Klára zusammen gewesen. Sie hatten zusammengelebt. Dann zerbrach ihre Beziehung, weil der Schwede auf den schwedischen Dreier stand. Bloß ohne Klára.

Seinetwegen hatte sie sich die Haare abrasiert. Kurz bevor Petr und sie sich im Akropolis-Club begegnet waren.

»Ein ziemlicher Idiot.«

»Mag sein.«

»Mag sein?«

»Ich weiß es nicht.«

»Wie: du weißt es nicht?«

»Vielleicht hab ich einen Fehler gemacht. Weil ich ihn ständig bedrängt hab, ständig mit ihm zusammen sein wollte. Immer. Überall. Ununterbrochen. Weil ich Kinder mit ihm haben wollte. Liebe bis über den Tod hinaus. Vielleicht hat er mir deswegen aus dem Weg gehen müssen. Und sich jemand anders gesucht. Mit der hat er dann geschlafen und mit mir nicht mehr. Und dann reichte ihm eine Frau nicht und er brauchte zwei. Ist jetzt vorbei. Du hast recht, er war ein Idiot. Ein Arschloch. Er kann mich mal.«

»Das ist gut.«

»Mir bleibt keine andere Wahl.«

»Ich will auch für immer bei dir bleiben.«

»Ich weiß.«

»Gut, dass du das weißt.«

»Das macht mir aber Angst.«

»Angst?«

»Ja, Angst. Genau in diesem Moment, dreiunddreißig Kilometer von Paris entfernt, genau in diesem Moment macht es mir Angst.«

Sie zeigte auf das Verkehrsschild, an dem sie vorbeirasten.

»Wenn es dir nur in dieser Sekunde Angst macht, dann spielt es keine Rolle.«

Sie streichelte seine Hand, sah ihn aber nicht an.

»Ein Gewitter zieht auf.«

»Ein ordentliches Gewitter.«

»Ich liebe Gewitter. Als kleines Mädchen hatte ich immer Angst, dass es uns alle wegpustet. Dass der Wind unser Haus ans andere Ende der Welt trägt.«

»Vielleicht passiert es jetzt. Wir fahren in die Wolken hinein und tauchen am Ende der Welt auf.«

»Wie sieht es dort aus?«

»Die portugiesischen Klippen. Meer. Wind. Mehr nicht.«

»Perfekt.«

»Nur wir beide stehen da. Leicht bekifft. Inmitten einer riesigen Graswolke.«

»Dummkopf.«

Sie fassten sich an der Hand. Küssten sich. Fast zum letzten Mal.

DAS ARSCHLOCH HARRY

Als Vanda am Žižkover Krankenhaus zum Akropolis-Club abbiegt, sieht sie Harry auf der Straße stehen. Er lehnt an der Wand und raucht.

Er wartet auf sie, das ist klar.

Sie lässt einen Krankenwagen vorbei, überquert die Straße und schlendert langsam auf ihn zu. Sie stellt sich vor, wie Harry in ein paar Jahren aussehen wird. Wenn ihm kein schwarz gefärbter Pony mehr in die Augen fällt, sondern eine Glatze seinen Kopf ziert. Wenn er statt seines Waschbrettbauchs, auf den Vanda gerne ihre Bierdosen stellt, eine fette Wampe vor sich herschiebt. Und wenn statt seiner sexy Arschbacken, die Vanda gerne knetet, wenn er es ihr besorgt, in seiner ausgeleierten Hose ein herunterhängender Po schwabbelt. So wird er eines Tages nämlich aussehen. Vanda weiß das. Sie hat einmal seinen Vater gesehen. Die Söhne geraten nach ihren Vätern, das haben ihre Freundinnen und sie mal festgestellt.

Wird Vanda auch mal tiefliegende Augen mit schwarzen Ringen haben, zerknitterte Falten im Gesicht, Hängebusen und einen krummen Rücken wie ihre Mutter? Wird sie auch nicht ohne Tabletten einschlafen können, trotzdem alle drei Stunden aufwachen und mit Zigarette in der Hand durch die Wohnung schlendern? Gut möglich. Vielleicht sollte sie jetzt schon etwas dagegen unternehmen und zum Beispiel mit Körperübungen anfangen. Oder sie gönnt sich später einfach eine Schönheits-OP. Wenn sie so weit ist, gibt es sicherlich bessere Schlaftabletten, die einen vielleicht auch noch high machen. Auf diese Dinger würde sie dann richtig abfahren. Jetzt aber sieht Harry noch gut aus. Der Sack. Nein, sie verzeiht ihm nicht.

Beim Anblick von Vanda drückt er die Zigarette mit dem Absatz aus, als wäre ihm peinlich, beim Rauchen erwischt worden zu sein. Wie ein kleiner Junge. Dabei ist er älter als sie.

»Vanda... wir warten auf dich, wo warst du denn? Wir hatten Angst, dass... dass dir ein Flugzeug auf den Kopf gefallen ist oder so.«

Scherzkeks.

»Ist aber nicht.«

»Gib mal dein Zeugs her.«

Er greift nach Vandas Gitarrenkoffer und nach ihrer Tasche.

»Wie fürsorglich. Vielen Dank.«

»Du warst shoppen, ja?«

»Darf ich das denn nicht?«

»Nein. Ich meine, klar, in bestimmten Situationen... soll das helfen... wenn man sich Klamotten kauft.«

»Du tickst doch nicht richtig.«

»Ich hab gedacht, dass du schon da bist, wenn ich komme. Das ist alles.«

Er neigt sich zu ihr, will ihr einen Kuss geben. Sie wendet sich ab.

»Vanda... alles wird wieder gut. Ich sag's noch einmal: Tut mir leid.«

»Was wird wieder gut?«

»Alles.«

»Da musst du dir ziemlich sicher sein, wenn du solche Sprüche auch für mich ablässt.«

»Vielleicht hast du recht.«

»Du bist echt ein Arschloch.«

»Vanda...«

»Vielleicht wird nichts wieder gut.«

»Vanda, alles was du willst…«

»Ich will ein gutes Konzert.«

»Eben. Mein ich doch. Das Konzert. Gib mir einen Kuss und alles ist gut.«

»Du bist ein Arsch, Harry.«

Schließlich gibt sie sich einen Ruck und küsst ihn auf die Wange.

»Na, siehst du.«

»Was soll ich sehen? Nichts sehe ich. Aber ich habe einen neuen Song mit. Den spielen wir heute.«

»So schnell schaffen wir das nicht.«

»Doch, das schaffen wir.«

»Diese Deutschen benehmen sich, als wären sie echte Stars. Allein für den Soundcheck von ihrem Schlagzeug haben sie 'ne volle Stunde gebraucht. Für uns bleiben höchstens zwanzig Minuten. Für alles.«

»Wir müssen das schaffen.«

»Was ist das für ein Song? Worum geht's da?«

Vanda liegt auf der Zunge zu sagen, dass es in dem Lied um sie geht. Aber dann überlegt sie es sich anders.

»Um eine kleine traurige Frau.«

»Das bist du ja nicht.«

»Nee, das bin ich nicht.«

Sie betreten den Club. Vanda checkt die Gästeliste und ihr Handy. Der Straßenbahner hat sich gemeldet. Wie schön. Er kommt zusammen mit Malmö.

Im Halbliterglas wirbelt eine trübe, milchige Flüssigkeit. So muss es ausgesehen haben, als der Bathyscaphe Trieste am Grund des Marianengrabens im Schlamm gelandet war. Aufgewirbelter Schlick, der in dem langen Tunnel des Scheinwerferlichts rotierte.

Kleine und noch kleinere weiße Teilchen. Sie drehen sich im Kreis. Steigen auf und sinken. Ihre Ecken und Kanten werden rund, sie lösen sich auf. Tabletten, die Vladimír seit zwei Jahren verschrieben bekommt. Sie wirbeln in einem Strudel von Wodka. Die langsam sich auflösenden Medikamente gegen Einsamkeit, Schmerz und Schlaflosigkeit spiegeln Vladimírs Leben wider, das sich nun vor seinen Augen auflöst, durch jede Drehung wird es matter und schwindet ins Unwiederbringliche dahin.

Vladimír rührt mit einem Löffel in der Brühe herum. Es beruhigt ihn. In jedem kleinen weißen Tablettenbrösel sieht er eine Erinnerung aufblitzen, einen sofort wieder verschwindenden Augenblick.

Es ist nicht aufzuhalten.

Er hat nicht vor, es aufzuhalten.

Vladimír sieht hinein in den milchigweißen Strudel in seinem Glas. Er sieht sein Abitur und den Moment, als er seine Frau kennengelernt hat, er sieht sie und sich selbst, wie sie zum ersten und dann zum letzten Mal Liebe machen, er sieht sein erstes Konzert mit der Philharmonie und die Beerdigung seiner Eltern. Dazwischen flimmert eine ganze Reihe gewöhnlicher, längst vergessener Bilder, Farben, Düfte und Gerüche, wie durch einen Zufallsgenerator ausgewählt, erscheinen sie vor ihm auf der Küchenwand. Der Eisladen mit dem lila Eis auf dem Wenzelsplatz zum Beispiel. Die Schlange vor den Buchhandlungen, wenn am Donnerstag neue Bücher geliefert wurden. Der ruckelnde Paternosteraufzug im Rundfunkgebäude, den er nehmen musste, wenn er mit der

Philharmonie Aufnahmen fürs Radio machte. Die zerbrochenen Wimpel mit Friedenstauben und Pappteller mit Senfresten, die jeden Frühling nach der 1. Mai-Parade auf der Letná-Höhe auf dem Boden lagen. Auch die echten Tauben, die die Reste von Brot und Würstchen pickten. Die Schlange vor der Telefonzelle, als er seine Frau von einem Kuraufenthalt anrufen wollte. Den Erdbeercocktail im Milchladen auf der Vinohradská, den ihm einmal die Woche seine Mutter spendierte.

Vladimír sitzt am Küchentisch. Er starrt die abgeschnittenen Kabelreste an, die abgetrennten Teile fremder Leben. Oder war es nur sein Leben gewesen?

Die Lust, die Welt zu verändern, schwindet dahin. Die Hoffnungslosigkeit, der er sich ausgesetzt fühlt, verströmt auf einmal eine angenehme Ruhe.

Er rührt weiter sein Getränk um. Schöpft ein wenig von der Flüssigkeit mit dem Löffel ab und steckt seine Zungenspitze hinein. Es schmeckt eklig. Aber das war nicht anders zu erwarten. Die letzten weißen Brösel haben sich aufgelöst, aus dem klaren Wodka ist ein Milchgetränk geworden. Die Wasseroberfläche hält für einen Moment inne.

Vladimír nimmt den Mülleimer und stellt ihn vor die Wohnungstür. Er spült den Löffel und den Kaffeebecher ab, reibt sie mit dem Geschirrtuch trocken und stellt sie in den Schrank. Das Geschirrtuch legt er über die Heizung.

Ein letztes Mal geht er durch seine Wohnung.

Er ist ruhig.

Im Badezimmer wirft er die restliche Zahnpasta, seine Zahnbürste und seinen Kamm in den Mülleimer unter dem Waschbecken. Er sieht sich kurz im Spiegel an. Ein alter magerer und abgekämpfter Mann. Dass er sich seit einer Woche nicht rasiert und kaum etwas Ordentliches gegessen hat, trägt nur noch mehr zu seinem schlechten Aussehen bei.

Er öffnet den Kleiderschrank im Flur. Ein kurzes Sommerkleid. Eine lange Abendrobe. Er riecht an ihnen. Durch jeden Atemzug fühlt er noch mehr Ruhe in sich aufsteigen. Gleich ist alles vorbei. Im Wohnzimmer berührt er die Lärmzerstörungsmaschine. Sie ist immer noch an. Ob überhaupt einer herausfindet, wozu er sie konstruiert hat?

Für eine Weile legt er sich im Schlafzimmer aufs Bett und starrt die weiße Decke an. Damals beim Streichen hat er eine hohe Leiter benutzt, seine Frau hat sie festhalten müssen, damit er nicht herunterfiel. Damals stellte er sich kurz vor, wie er herunterfällt und sie ihn auffängt. Er wünschte sich, sie würden beide auf das mit einer Plastikplane zugedeckte Bett fallen und Liebe machen.

Vladimír steht wieder auf und macht das Bett. Dann wirft er noch einen Blick in das Zimmer seiner Frau. Vielleicht hört er sie. Oder sieht etwas von ihr. Aber das Zimmer ist leer, nur ihr Pullover hängt über der Stuhllehne. Ein paar Bücher. Ein Wecker. Wie in dem Moment, als es bei ihr so weit war.

Damals hat es geregnet. Erneut hört er die Regentropfen auf den Fenstersims herunterprasseln, dieses eindringliche Trommeln, das seine Frau aus dem Bett weggelockt hatte, sie herausholte aus der gemeinsamen Wohnung, aus Vladimírs Leben.

Er steht am Fenster und sieht zum Fernsehturm hinauf, dessen Spitze sich in den Himmel hineinbohrt. Die schwarzen Babys turnen auf ihm herum. Nie fallen sie herunter, nie werden sie groß. Er hebt das schwere Glas hoch. Nimmt einen Schluck, bewegt den Cocktail im Mund hin und her, will ihn herunterschlucken, schafft es aber nicht. Etwas in ihm zieht sich zusammen. Etwas hält den milchigen Tablettensud zurück. Etwas macht die Ecken und Kanten der Tabletten wieder scharf und groß. Ihre aufgelösten und verlassenen Leben melden sich zurück.

Vladimírs Leben meldet sich zurück.

Er kann nicht einfach aufhören.

Er wird bleiben müssen.

Er kann nicht weggehen.

Er schafft es nicht, sich selbst gehen zu lassen.

Vladimír öffnet das Fenster und spuckt alles hinaus. Dann kippt er das Glas aus. Er hört die Flüssigkeit auf den Gehsteig schwappen. Es klatscht, dann ist es still. Eine Weile horcht er, dann schmeißt er das Glas im hohen Bogen hinterher. Die Scherben zerbersten. Vladimír schließt das Fenster.

Er muss bleiben.

Und resignieren.

Warten.

Sich ergeben.

Kapitulieren.

Zuhören, wie der große Brand näher kommt. Ihn erleben. Erst dann wird er gehen dürfen.

Er setzt sich auf den Fußboden. Lehnt sich gegen die Wand, blickt aus dem Fenster in den Himmel, beobachtet die weißen schwarzbäuchigen Wolken und den blauen Horizont, der sich unter ihnen wölbt, er hört sein Herz schlagen, hört sich selbst atmen, hört erneut die Symphonie seines Körpers, sie ist so laut, wie seit Jahren nicht mehr. In Vladimírs Nase dringt der Geruch von Rosen.

Im Flur hört er seine Frau.

PRAG – MALMÖ – LISSABON

Rückblickend weiß er ganz genau, wann es mit Klára zu Ende war. Ein Stück vor Tours hielten sie an einer Tankstelle. Beim Bezahlen kaufte Petr Vanilleeis. Klára stand gegen das Auto gelehnt und schrieb eine SMS. Sie trug eine Sonnenbrille, man konnte aber trotzdem ihre Augen sehen. Sie wirkten traurig und ein wenig überrascht. Sie lächelte Petr an, aber das Lächeln wollte ihr nicht so recht gelingen.

Genau in dem Moment, an jenem heißen Mittag unter der flachen Überdachung einer Tankstelle mit weißer Muschel als Logo ging etwas zwischen ihnen in die Brüche. Petr kam auf den Wagen zu, aus den Lautsprechern donnerte französischer Hip Hop, das aufgeweichte Vanilleeis floss seine Hand herunter und tropfte auf den Boden. Das Eis klebte ihm an den Fingern. Er musste sich die Hände waschen.

Tours. Poitiers. Saintes.

In Bordeaux redeten sie noch miteinander, wurden aber immer schweigsamer. Von Kilometer zu Kilometer, von Geschichte zur Geschichte, von Satz zum Satz wurde ihre Kommunikation sparsamer. Schließlich rangen sie nur noch um einzelne Worte. Aber die Musik lief noch und die Zigaretten waren noch nicht alle.

New Order.

Zwischen San Sebastian und Bilbao trudelten SMS in Hülle und Fülle ein. Zunächst fiel es ihm gar nicht auf. Er wollte es auch nicht wahrhaben. Sie sagte, ihre Mama mache sich Sorgen, wo sie sei. Dann redete sie sich mit einer Freundin heraus. Dann mit einer anderen, die sich soeben von ihrem Freund getrennt habe und Beistand brauche.

Zuerst wandte sie ihren Blick ab, später wandte auch er seinen Blick ab.

Vor Madrid sagten sie beide kein Wort mehr. Klára war geradezu auf ihr Handy fixiert. Bei der Autobahnausfahrt piepte es wieder. Petr bremste nicht rechtzeitig ab und fuhr dem vorausfahrenden Wagen gegen die Stoßstange. Es war nichts Ernstes. Der Fahrer wollte nicht einmal die Polizei rufen. Er wollte auch kein Geld haben. Vielleicht waren sie die ersten Tschechen, die er je gesehen hatte.

Eigentlich war nichts passiert. Aber irgendwie doch. Klára raffte ein paar Sachen zusammen und bat den Mann, sie nach Madrid mitzunehmen.

Er sah sie etwas überrascht an und sagte dann: »No problem.«

Klára stieg bei ihm ein.

Petr stand auf der Autobahn. Es war heiß, die am Asphalt klebende Luft bewegte sich keinen Millimeter. Der Himmel war von sattem Blau, keine Spur einer Wolke, die das Blau vielleicht weniger blau machen, diese unglaubliche Ruhe stören könnte. Der Wagen fuhr los und hielt sofort wieder an.

Klára stieg aus.

Sie umarmte ihn.

»Sei mir nicht böse. Ich kann nicht mehr.«

Petr schob sie von sich.

Sie standen einen halben Meter voneinander entfernt.

Klára nahm ihre Brille ab.

Sie sahen sich in die Augen. Eine Minute lang.

»Machst du das immer so?«

»Danke, dass du mir geholfen hast.«

»Ist das alles, was du zu sagen hast?«

»Vorher hätte ich es nicht sagen können, weil ich es nicht gewusst habe.«

»Du bist ein Arsch, weißt du das?«

»Mag sein.«

»Aber ich liebe dich.«

»Ich dich auch … Irgendwie.«

»Was heißt hier irgendwie, verdammt noch mal?«

»Ich mag dich. Aber etwas fehlt.«

»Und das wäre?«

»Weiß ich nicht.«

»Ziemlich beschissen, jemanden auf diese Art zu lieben.«

»Mehr ist einfach nicht drin.«

»Wie: ist nicht drin?«

»Ist einfach nicht drin.«

»Hast du das nicht vorher gewusst?«

»Schon. Es geht einfach nicht. Punkt. Sei mir nicht böse.«

»Nein, ich bin dir nicht böse... Warum auch? Wenn du wieder mal Probleme hast und dir 'ne Glatze rasierst, sag Bescheid. Meine Nummer hast du ja. Ich bau dich wieder auf. Werd wohl 'ne Agentur für solche Dinge gründen. Ich zieh gerne Leute aus dem Schlamassel raus, tut nicht mal weh. Höchstens mir.«

»Du bist sauer.«

»Verschwinde.«

»Sei nicht böse.«

»Hör auf mit dem Gequassel.«

»Entschuldige.«

»Du liebst ihn nicht.«

»Woher willst du das wissen?«

»Ich spüre es.«

»Das geht dich nichts an.«

»Nein... Aber du weißt es selber... Er hat dich betrogen. Lüg dir doch nichts vor...«

Ihr Blick schweifte eine Weile über den gleißenden Asphalt. Sie suchte nach einem Punkt, der sie stützen, der sie wegtragen würde, sie fand aber keinen. Ohne es zu wollen, musste sie Petr wieder in die Augen sehen. Sie setzte die Brille auf.

»Du kannst dir doch unmöglich was Festes erhofft haben.«

»Man kann keinem vorschreiben, was er sich erhoffen darf. Ich fand es wunderbar mit dir. Und ich habe mir schon was erhofft.«

»Mach's gut.«

Klára beugte sich zu Malmö, die mit ausgestreckter Zunge zwischen ihnen stand. Kraulte sie hinter den Ohren.

»Tschüsschen, Malmö. Ich komm dich mal holen.«

»Kommt nicht in Frage, du nimmst sie mit. Ich will sie nicht.«

»Malmö, das geht nicht, du darfst gar nicht ins Flugzeug rein, mein Schatz…«

»Was soll ich mit ihr machen?«

»Sie liebt dich.«

Klára wandte sich ab und stieg in das fremde Auto. Sie fuhren weg.

Petr setzte sich auf die Leitplanke. Blickte in die Landschaft. Ein paar Bäume. Sand. Als fange hier die Wüste an. Als wäre er nicht mitten in Spanien, sondern in der Sahara.

Er setzte sich ins Auto. Mit der Hand am Steuer überlegte er, ob die ganze Reise vielleicht nur ein Traum war. Er schloss die Augen. Vielleicht war es nur ein misslungener Trip gewesen, wie damals im Roxy, als er dann noch drei Tage lang in Omas Wohnung Marx und Engels begegnete.

Er zündete sich eine an. Der Himmel in seinem Kopf zog sich zu und aus den Wolken seiner Augen goss es Tränen.

»Scheiße. Scheiße. Scheiße.«

Fremde Autos fuhren gleichgültig an ihm vorbei. Im Volvo herrschte eine unerträgliche Hitze, in Petr machte sich eine unerträgliche Traurigkeit breit. Nur sehr langsam floss die Trauer aus ihm heraus. Er spürte Salz auf seiner Wange. Er dachte an Klára und an den salzigen Geschmack ihrer Achselhöhlen.

Er drehte den Zündschlüssel um. Startete. Der Wagen stand am Seitenstreifen, er konnte sich überlegen, welche Richtung er jetzt nehmen würde.

Nach Lissabon wollte er nicht. Also drehte er um. Und fuhr zurück in den Osten.

Klára.

Die Heimreise war lang. Vielleicht lag es an Klára. Vielleicht aber auch daran, weil eine Heimfahrt immer länger dauert als die Hinfahrt, die ja ins Unbekannte führt. Vielleicht, weil eine Heimfahrt kaum mehr ist als ein Trip in die Gegenrichtung. Alle hundert Kilometer überlegte Petr, wie sich das anfühlen würde, wenn er mit hundertfünfzig Sachen die Leitplanke rammt. Würde es schnell gehen? Würde es ihn frei machen? Gut möglich. Zum Schluss machte er es aber doch nicht. Vielleicht aus Angst. Oder wegen seiner Eltern… Keine Ahnung. Malmö auf der Rückbank lächelte unschuldig. Im Auto war es still.

Kein einziges Mal während der ganzen Rückfahrt hat Petr Musik aufgelegt.

DREI GLEICHE HÄUFCHEN

Der neue Song ist blitzschnell einstudiert. Sie machen den Soundcheck, spielen den Song noch einmal auf dem Podium und verziehen sich dann in den Backstage-Bereich. War doch klar, dass der Song funktionieren würde, schließlich handelt er von ihr, denkt Vanda. Man muss einfach den eigenen Fähigkeiten vertrauen.

Die Berliner reden echt nicht viel. Das Einzige, was sie interessiert, ist tschechisches Bier und ihre Lieblingsbands. Sie sind heute zum ersten – und vielleicht auch zum letzten – Mal in Prag. Der Bassgitarrist wurde hier zwar geboren, aber wenn er tschechisch reden will, fallen ihm nur deutsche Wörter ein. Er labert was von Berlin und darüber, wie steif sich Prag anfühlt. Vielleicht stimmt das auch. Aber das, was Harry gesagt hat, stimmt auch: Aufgeblasene Idioten sind das.

Backstage. Die Neonröhre unter der Decke dröhnt, aber das kommt Vanda vielleicht nur so vor. Harry schaltet den Fernseher ein. Nachrichten. Demonstrationen irgendwo in der Ukraine. Oder in Russland. Irak. Von Bomben zerfetzte Zivilisten und amerikanische Soldaten. Überall, wo man hinsieht, nur Blut.

»Fuck off Bush.«

Harry steckt sich eine an.

»Behalte deine Peinlichkeiten für dich«, fährt Vanda ihn an.

»Was?«

»Du weißt doch gar nicht, wie es dort aussieht.«

»Schlag du dich jetzt bloß auf die Seite der Amis.«

»Hast keine Ahnung vom Sterben.«

»Du wohl schon.«

»Ich kann es mir zumindest vorstellen.«

»Die wollen doch nur, dass ihnen alle in den Arsch kriechen.«

»Halt die Klappe.«

»Ich kann sagen, was ich will.«

»Tust du offensichtlich auch.«

»Vanda, ich habe mich doch entschuldigt, oder nicht?«

Toni mischt sich ein: »Hört endlich auf.«

Vanda zieht Carlos' Briefchen hervor und lächelt.

»Ein Geschenk.«

»Ein Hoch auf unsere Sponsoren!«

»Anfang gut, Ende gut.«

Sie teilen den Stoff in drei gleiche Häufchen.

PRAG - MALMÖ - LISSABON

Die junge Grenzpolizistin reichte Petr seinen Reisepass zurück, lächelte Malmö an und fragte, ob der Hund ihm gehöre.

»Ja. Nein. Doch«, sagte er auf Deutsch.

Sie erwiderte, weiße Labradore seien selten. Wunderbare Hunde, sagte sie, sie können Ertrinkende retten. Von sich aus. Ohne dass es ihnen jemand beibringen müsste. Angeborene Instinkte.

Dann kam ihr Kollege und bat Petr, den Wagen zur Seite zu fahren und auszusteigen. Das Auto wurde durchsucht. Man fand nichts. Nur das Amsterdamer Modell vom Bathyscaphe Trieste. Und das Gras. Als man Petr in die U-Haft brachte, lief im Polizeiwagen Musik. Trauriger deutscher Rock. Er fragte nach dem Namen der Band.

»Tocotronic.«

Eine schlimmere Gruppe hatte er noch nie gehört. Am nächsten Morgen wurden er und Malmö nach Tschechien abgeschoben.

Klára.

Als Erinnerung ist ihm der alte Volvo mit abgelaufenen Papieren geblieben. Der Wagen steht mit platten Reifen und abgebrochenem Seitenspiegel vor dem Haus. Auf der Vorderscheibe verkündet ein gelber Zettel der städtischen Polizei, dass solche Wracks auf Parkplätzen nichts verloren haben und kostenpflichtig abgeschleppt werden.

Noch irgendwelche Spuren von Klára? Fotos auf der Speicherkarte in Petrs Kamera. CDs aus den Achtzigern und den frühen Neunzigern. Ein paar Bücher. Skier. Kláras Wäsche, die Petr am liebsten in die Mülltonne befördert hätte, sie fürs Erste aber in eine Tasche gestopft hat und unten im Schrank aufbewahrt. Das leere Bathyscaphe-Modell, das er in Nestors Aquarium versenkte. Erinnerungen. Der Geruch von Meersalz auf ihrer Haut. Eine nicht abgeschlossene Reise. Und Malmö.

Klára.

Für das Gras gab es ein halbes Jahr auf Bewährung. Er pfefferte die angefangene Diplomarbeit in die Ecke und meldete sich exakt einen Tag früher von der Uni ab, als man ihn exmatrikuliert hätte. Hörte auf zu qualmen und fing an zu trinken. Dann hörte er mit dem Trinken auf und fing wieder an zu rauchen. Später kombinierte er beides und fand es ganz prima.

Er hing in Kneipen herum, ab und zu landete er in fremden Betten. Eines Tages wachte er auf und stellte fest, dass es so nicht weiterging. Dass er einen Schlussstrich machen musste. Alles vergessen und neu anfangen.

Die Bewährung wurde in gemeinnützige Arbeit umgewandelt. Er durfte frei wählen: Kinderheim. Stadtreinigung. Oder Städtischer Verkehrsverbund.

Petr entschied sich für das Letztere. Zuerst putzte er nachts im Straßenbahndepot. Dann strich er die Wagen an. Schließlich durfte er sich ans Steuer setzen, es gibt immer Mangel an Straßenbahnfahrern, sagte man ihm. Er blieb dort allerdings länger hängen, als er ursprünglich wollte. Petr hasste die Arbeit – wusste aber nicht, was er sonst hätte machen sollen. Er war wütend auf sich. Wollte er immer so weitermachen? Oder einen Schlussstrich ziehen?

Klára.

Seit ihrer Reise hat er sie noch zweimal gesehen. Einmal aus der Straßenbahn vor dem Café Slavia. Malmö hatte sie als Erste bemerkt und bellte sie an. Von alleine hätte Petr sie nicht erkannt. Klára hatte ihre Haare wieder. Und den Schweden. Er hielt sie im Arm. Es muss er gewesen sein.

Das zweite Mal war noch gar nicht so lange her. Petr wollte ins Akropolis zu einem Konzert. Klára saß auf der Treppe mit einer Flasche Bier in der Hand. Ihr Schädel war wieder kahl. Er drehte um.

DIE NACHRICHT DES JAHRES

Meistens läuft es genau umgekehrt und Hana ist vor Milena da. Diesmal sieht Hana schon von draußen Milena am Fenstertisch sitzen. Sie sieht, wie sich Milena mit der Hand durch die Haare fährt und dann ihr rechtes Ohrläppchen massiert. Ein untrügliches Zeichen, dass sie sich langweilt.

Wie lange kennen sie sich jetzt schon? Sie sind beide in der gleichen Stadt mitten in den Bergen aufgewachsen, nur ein paar Schritte von der polnischen Grenze entfernt. Hana wohnte in einer sechsstöckigen Plattenbausiedlung direkt in der Stadtmitte, die an einer Stelle errichtet worden war, wo früher die alten, in die Luft gesprengten Häuser der Deutschen standen. Milena wuchs in einer kleinen Villa in der Nähe des Bahnhofs auf, für die das Dynamit nicht mehr gereicht hatte.

Auf dem Gymnasium haben sie nebeneinander in einer Bank gesessen. Später sind sie beide nach Prag zum Studieren gegangen. Dort teilten sie sich ein Zimmer im Studentenheim. Da sich in der Nähe ein Motodrom befand, war es draußen ziemlich laut. Also blieb das Fenster meist zu, dafür sammelten sie alle Weinflaschen darunter, die sie geleert hatten. Es waren so viele, dass sie jährlich zwei Mülltonnen voll bekamen. Hana und Milena waren ein unzertrennliches Paar. Sie gingen gemeinsam zu Konzerten und in Bars. Wenn sie spätabends mit der Straßenbahn zurück ins Wohnheim fuhren, beobachteten sie immer wieder gerne aus dem Fenster, wie Flugzeuge zur Landung auf dem unweit gelegenen Ruzyně-Flughafen ansetzten, und redeten dann über junge Frauen, die an der Uni starteten, nur um am Herd zu landen, und sie malten sich aus, wie der Mann aussehen sollte, auf den sie bereit wären, sich einzulassen. Gefühlsbetont, tolerant und mächtig charismatisch müsste er sein, als bedrohte Gattung hierzulande also nur mit Riesenlupe zu finden. Wenn überhaupt.

Sie diskutierten geschlechtsspezifische Fragen und Empfindlichkeiten. Gendermäßig unberührt kam ihnen die gesamte Tschechische Republik von der Burg bis zur letzten Grenzspelunke vor, all die aufgeblähten Knacker mit Riesenwampe in speckigem Unterhemd und Shorts, die offensichtlich in dieser Kleidung bereits zur Welt gekommen waren. Sie sehnten sich nach einer anderen Sorte Mann und schliefen eine Zeitlang mit demselben gefühlsbetonten, toleranten und charismatischen Typen, bis sie eines Tages herausfanden, dass er es ihnen beiden besorgte. Eine kurze Zeit konnten sie sich deswegen nicht riechen. Dann haben sie sich gemeinsam volllaufen lassen, ihm einen gendermäßig unkorrekten Brief geschrieben und alles war wieder gut.

Hana hat Kulturwissenschaften studiert, Milena Deutsch und Geschichte, um dolmetschen und reisen zu können. Jetzt unterrichtet sie auf einem Privatgymnasium. Hana wusste lange nicht, was sie mit ihrem Abschluss anfangen sollte. Jetzt reist sie herum und bringt Europa näher zusammen.

Sie tritt ein. Im Raum ist es still. Keine Musik. Das fällt richtig auf. Restaurants ohne Musikkulisse sind fast von der Erdoberfläche verschwunden. Eine angenehme Abwechslung.

»Ahoi.«

Milena steht auf. Sie umarmen sich. Küssen sich auf die Wange. Wie seit Jahren. Wie es immer sein wird.

»Hallo, meine Süße.«

»Wie läuft's?«

»Gut. Und selbst?«

»Ein schöner Tag heute.«

»Hauptsache, wir beide sind schön.«

»Und werden's noch lange bleiben.«

Sie grinsen sich an. Diese Sätze haben sie zum ersten Mal mit achtzehn gesagt. Ob ihnen damals zum ersten Mal in den Sinn kam, dass sie altern würden?

»Ich liebe es, wenn der Sommer zu Ende geht«, sagt Milena.

»Ich weiß.«

»Heute ganz sportlich, ja?«

»Hab den Sporttag wieder eingeführt, wie früher in der Schule.«

»Den hab ich so was von gehasst.«

»Das weiß ich noch … Was liest du da?« Hana deutet mit dem Kinn auf die Prospekte, die auf dem Tisch liegen. *Das Wohnen im grünen Paradies der Stille.* Sie kann sich nicht vorstellen, jemals in etwas Ähnliches einzuziehen. Ein handtuchschmaler Garten mit einem Grill in der Ecke. Rotes Dach, ein paar Blumentöpfe auf dem Balkon und ein kleiner geleaster Škoda unterm Carport.

»Wir wollen uns ein Haus kaufen. Milan und ich.«

»Aha?«

»Wir heiraten.«

»Das geht ja schnell.«

»Angemessen schnell, finde ich.«

»Wie lange kennt ihr euch?«

»Seit vier Monaten. Ich will nicht mehr warten. Habe genug gewartet.«

»Das verstehe ich …«

»Die Entscheidung ist richtig, das weiß ich genau.«

»Natürlich …«

»Ich weiß, es sind echte Puppenhäuser, aber immer noch besser als Untermiete. Hast du 'ne Ahnung, wie oft ich in meinem Leben umgezogen bin?«

»Fünfmal.«

»Woher weißt du das?«

»Bis jetzt hab ich bei jedem deiner Umzüge geholfen.«

»Stimmt … Tschuldige.«

»Und das werde ich auch diesmal tun. Falls du magst.«

Milena lächelt Hana an. Dabei taucht eine kleine feine Falte unter ihrer Nase auf. Wie ein feiner, hübscher Damenbart.

Sie bestellen. Hana nimmt ein rotes Gemüsecurry und eine Weißweinschorle, Milena entscheidet sich für ein stilles Wasser, eine Kokosmilchsuppe und Milchreis mit Mango. Sie war schon immer auf Süßes aus, erinnert sich Hana. Jeden Sonntag Abend hat sie sich auf dem Bahnsteig Windbeutel mit Sahne gekauft und sie in einem solchen Affenzahn verputzt, dass der Zug es noch nicht einmal auf den Bergsattel über der Stadt hinaufgeschafft hatte, von dem er dann gemächlich in den böhmischen Kessel hinunterrutschte. Aber dick ist Milena nie gewesen.

»Trinkst du heute keinen Wein?«

»Nein. Irgendwie keinen Appetit... Und du? Wo hast du schon wieder Europa geflickt?«

»In Lissabon.«

»Gut gelaufen?«

»Alle Teile zusammen. Alles perfekt. Die Zukunft rosig.«

»In Lissabon bin ich nie gewesen. Ich bin eigentlich nie irgendwo gewesen.«

»Machst du noch...«

»Schön wär's. Ich werde auf dem Hintern hocken und ein langweiliges tschechisches Leben mit einem Orgasmus pro Woche führen.«

»Unter Umständen gar nicht so übel.«

»Ein Orgasmus pro Woche?«

»Das ist natürlich nicht besonders viel, aber wenn du den richtigen Typen gefunden hast... Wenn du dir bei dem sicher bist... Ein ruhiger Familientyp. Das hast du dir doch immer gewünscht, oder?«

»Das schon. Aber allzu ruhig muss es auch nicht sein.«

»Ja, zu viel Ruhe ist die Hölle.«

»Du führst doch kein ruhiges Leben, oder? Du bist ja ständig in Bewegung. Das stell ich mir ganz toll vor.«

»Du bleibst überall so kurz, als wärst du letztendlich gar nicht da gewesen. Ankunft, Meeting, Abflug. Lissabon war eine Ausnahme. Das war ein Meeting mit Übernachtung. Dort hatte ich Zeit.«

»Wie sieht es dort aus?«

»Herrlich. Angenehm luftig, der Wind kommt vom Meer, so was kennt man hier nicht, hier steht die Luft. Und außerdem weht der Wind alle möglichen Gerüche heran. Ich muss dir was sagen...«

»Ich dir auch.«

»Wer fängt an?«

»Du.«

Hana trinkt einen Schluck. Sie holt Luft.

»Ich habe dort mit jemandem geschlafen.«

»Aha?«

»Mit einem Typen.«

»Das habe ich mir fast gedacht. War's gut?«

»Gut hoch drei.«

»Na dann muss es wirklich gut gewesen sein.«

»Wayne und ich werden uns trennen. Also, ich trenne mich.«

»Wegen dem Typen aus Lissabon?«

»Nein, wegen mir.«

»Ihr habt euch doch eine Wohnung gekauft, oder? Und ihr wolltet heiraten. Du wolltest das.«

»War mal.«

»Ihr seid das ideale Paar.«

»Zu ideal. Es gibt keine Bewegung. Wir treten auf der Stelle. Wir sind zusammen, aber ich fühle mich allein.«

»Das kommt wahrscheinlich immer mal vor.«

»Ich fühle mich allein, auch wenn er mich in die Arme schließt. Übrigens ist er nie gut gewesen.«

»Wirklich nicht?«

»Nur ein bisschen. Am Anfang. Ich brauch eine Veränderung. Ich will eine haben.«

»Wie stellst du dir die vor?«

»Tapetenwechsel. Anderer Ort, anderer Job. Ich bleibe 'ne Weile allein, damit ich mich wieder auf jemanden einlassen kann.

Auf jemand Neuen. Und dann werde ich mir die Seele aus dem Leib ficken lassen. Mich verlieben. Ein neues Leben ohne Wenn und Aber anfangen. Verstehst du? Das will ich.«

»Ohne Wenn und Aber.«

»Genau.«

»Und Wayne?«

»Keine Ahnung. Ich empfinde im Moment nichts für ihn.«

»Ich dachte, du wüsstest schon lange, was du willst. Im Gegensatz zu mir...«

»Das habe ich auch immer gedacht.«

»Weiß er Bescheid?«

»Ich werde es ihm heute Abend sagen.«

»Bist du sicher, dass es die richtige Entscheidung ist?«

»Ich weiß es. Ich weiß es genau.«

»Warte noch ein paar Tage.«

»Geht nicht. Ich muss es gleich machen.«

Das Essen kommt. Das rote Curry ist scharf. Hana hätte es gerne noch schärfer, damit ihr die Tränen in die Augen schießen, damit ihr Schweißperlen auf der Stirn glänzen.

»Ich muss dir auch was sagen.«

»Ihr kauft euch ein Haus. Und ein Auto.«

»Woher weißt du das?«

»Einen Škoda.«

»Ford.«

»Toll.«

»Aber ich freue mich wirklich.«

»Ich weiß. Ich gönne es dir wirklich, meine Süße.«

»Wenn wir es nicht gleich tun, tun wir es vielleicht nie. Das weiß ich. Und dann trenne ich mich wieder und muss wieder einen Neuen kennenlernen und mühsam rausfinden, ob er ins Waschbecken pinkelt und ob er sich die Nasenhaare trimmt. Mir macht das echt keinen Spaß mehr. Ich will nicht wieder einen

Neuen kennenlernen müssen. Weißt du, wie oft ich das schon gemacht habe?«

»Zwölfmal.«

»Eben. Also muss die Dreizehn meine Glückszahl sein.«

»Dann nichts wie los.«

»Da ist noch was ...«

»Ihr kauft euch einen Gartengrill.«

»Du bist blöd ...«

»Nein, nur neidisch.«

Hana blickt aus dem Fenster. Eine leere Straßenbahn donnert vorbei und lässt die Gläser auf dem Tisch erzittern. Sie bestellt einen Espresso. Trinkt einen Schluck Wein. Sie fühlt sich leicht berauscht.

»Wollen wir heute Abend ausgehen? So wie früher?«, fragt Milena.

»Du meinst, wie früher, als wir jung waren? Aber wir sind doch noch nicht alt.«

»Na, ein bisschen alt sind wir schon.«

»Solange man Sportschuhe trägt, bleibt man jung.«

»Ich trage keine Sportschuhe.«

»Trink ein Weinchen mit mir und du wirst gleich sehen, wie jung du noch bist.«

»Kann ich nicht.«

»Dann bist du wohl doch etwas alt geworden.«

»Vor allem etwas schwanger bin ich geworden.«

»Wie: etwas?«

»Im dritten Monat.«

»Das ist die Nachricht des Jahres! Das schönste und klügste Kind in dieser blöden stinkenden Republik ist auf dem Weg. Der erste Versuch?«

»Kann man so sagen.«

»Die werdende Mutter okay?«

»Ja.«

»Willst du wirklich ausgehen? In deinem Zustand?«

»Jaa. Lass uns mal gucken, was läuft.«

Milena holt aus der Handtasche eine Zeitung und blättert im Kulturteil. Früher haben sie sich oft die Nächte um die Ohren geschlagen. In Bars. In Kneipen und diversen Clubs und auf diversen Partys. Milena liest vor: Roxy. Die Disco in Újezd. Akropolis.

»Irgendeine Band aus Berlin. Wenn der Deutsche rockt, sprießt bei ihm automatisch der Schnauzer«, lacht Milena.

»Die Tschechen kriegen vom Rock wiederum 'ne Wampe. Von dem vielen Bier. Und eh man sich umsieht, stecken ihre Füße in Frotteesocken und Sandalen.«

»Lieber 'ne Bierwampe als 'nen Schnauzer. Wenn er es dir mit dem Mund macht, kratzt das total.«

»Ich mag das, wenn man ihn dabei spürt. Ich muss wissen, dass ich einen echten Kerl im Bett hab und kein Rehkitz, das sich nicht mal traut, meinen Hintern anzufassen.«

»Ein Rehkitz ist aber auch ganz süß.«

»Ich bevorzuge es, etwas härter rangenommen zu werden.«

»Nicht gerade gendermäßig korrekt.«

»Aber es ist gut. Und so will ich es auch. Seine Pranken auf meinem Hintern. Seine knackigen Arschbacken und meine Hände drauf. Das ist die Basis. So 'ne Art Faustregel.«

»Schlaffe Arschbacken kommen nicht in Frage.«

»Schlaff bleibt einfach schlaff.«

»Was schlaff ist, bleibt für immer schlaff.«

»Amen.«

Sie lachen beide.

»Also, wer spielt heute Abend im Akropolis?«

»Na, diese *U-Bahn* aus Berlin. Als Vorband haben sie *Kill the Barbie*.«

»Hätt ich Lust zu.«

»Weißt du was? Ich liebe ihn vielleicht schon.«

»Wen? Wayne?«

»Den aus Lissabon. Ich ruf ihn an.«

»Mach keinen Blödsinn ...«

»Ist kein Blödsinn. Ich bin total okay.«

»Klar. Nur ein ganz kleines bisschen angetüdelt ...«

»Nach einem Glas Wein?«

»Naja, eher nach einer Flasche Wein.«

»Ist doch nicht schlimm, oder?«

NESTOR

Die Telefonnummer auf dem Aquarium fällt ihm nicht gleich auf. Dafür sieht er sofort, dass Nestor zwischen den Luftblasen auf der Wasseroberfläche herumwirbelt. Sein Bauch ist weiß und ganz dick. Petr zieht ihn heraus.

Eine Weile läuft er verwirrt mit Nestor in der Hand durch die Wohnung. Klebrige Wassertropfen fließen seinen Arm herunter. Sie fallen auf den Boden. Wie er es schon einmal erlebt hat. Tours. Klára. Das schmelzende Vanilleeis.

Er könnte ihn im Blumentopf vergraben. In den Lichtschacht werfen. Oder im Klo herunterspülen.

Zum Schluss landet Nestor im Mülleimer.

Erst dann bemerkt Petr die Telefonnummer auf der gläsernen Wand.

Das Wasser aus dem Aquarium kippt er in die Badewanne. Sand, Steine und Pflanzen kommen in den Müll, der gelbe Bathyscaphe Trieste auf den Kühlschrank. Wenn er nach draußen geht, nimmt er die Mülltüte mit Nestor mit.

Er schreibt Vanda eine SMS, dass er zu ihrem Konzert kommt.

Und löscht sie wieder. Er starrt den Fernsehturm vor seinem Fenster an und denkt an Nestor, der nun im Himmel zu Petrs Oma segelt, falls es im Himmel überhaupt Kommunistinnen gibt, denn seine Oma hat an das Jenseits der Christen nicht geglaubt. Eine Minute später schreibt er die SMS noch mal und fügt hinzu, er bringe Malmö mit. Er schickt sie ab. Die Antwort kommt sofort. Für die Guestlist sei es schon zu spät, sie freue sich aber, dass er kommen will. Es wird richtig punkig werden.

»Freust du dich, Malmö?« Petr legt Musik auf und geht ins Badezimmer, begleitet von *New Order*:

Up, down, turn around
Please don't let me hit the ground
Tonight I think I'll walk alone
I'll find my soul as I go home

Heute war also seine letzte Fahrt. Zum letzten Mal hat er am Steuer gesessen und eine leere Straßenbahn durch Prag gelotst. Ohne Menschen. Wie ein U-Boot voller Licht, Musik und Zigarettenqualm. Er musste ganz langsam fahren, wie immer, wenn eine ramponierte Straßenbahn ins Depot gebracht wurde. Sie behinderten den Verkehr. Die Autos hupten. Petr war das egal. Er sah sich die Straßen genau an, prägte sie sich ein. Betrachtete sein Leben, das auf einmal langsamer wurde. Als er später seine Papiere abgab, wusste er schon, dass er sie nie abholen kommen würde. Seine Aushilfstätigkeit war vorbei.

Vielleicht fängt er wieder etwas Ordentliches an. Vielleicht lässt er sich wieder immatrikulieren. Vielleicht verliebt er sich. Vielleicht beides zusammen.

Am 23. Januar 1960 gab sich die See vor der Insel Guam stürmisch. Seit einer ganzen Woche schon wurde sie vom Wind gepeitscht und türmte sich zu riesigen, bis an die acht Meter hohen Wellen auf.

Auf der Wasseroberfläche krängten und ächzten der Schlepper USS Wandank und der Torpedobootzerstörer Lewis. Zwischen ihnen lag der Bathyscaphe Trieste. Unter ihnen der Marianengraben. Wegen der schlechten Witterung war bis zum letzten Moment unklar, ob der Versuch überhaupt angegangen würde.

Kurz nach dem Frühstück (genau um 08:23) setzten sich der Schweizer Ozeanologe Jacques Piccard und der amerikanische Marineoffizier Donald Walsh in den Bathyscaphe und begannen mit dem Abstieg. Mit der Geschwindigkeit von einem Meter pro Sekunde glitten sie nach unten und sahen durch die Fensterluke zu, wie Planktonschleier an die Oberfläche hinaufstiegen. Alle zehn Minuten hielt Piccard den Verlauf des Abstiegs im Logbuch fest. Alle tausend Meter notierte er: *Well done.* Die Losung kam von Walsh, er liebte seine Steaks well done.

Piccard aß selten Fleisch, eher noch Fisch. Aber Walshs Losung gefiel ihm. Er war fest davon überzeugt, dass die teure und laut einiger Kollegen zu abenteuerlich angelegte Aktion, deren Vorbereitungen bereits seit Jahren liefen, auch als well done zu Ende gehen würde.

In der Tiefe von 730 Metern umgab den Bathyscaphe bereits absolute Dunkelheit. Dann tauchte ein Problem auf. Wasser sickerte in die Kabine. Durch den enormen Druck von außen verdichteten sich die Ritzen allerdings von alleine.

Immer wieder kontrollierten Piccard und Walsh das Echolot, den Wassertiefenzähler und den Sauerstoffstand. Sie warteten auf den Moment, wenn die unerträgliche Schwere des Wassers, der enorme Druck, dem sie ausgesetzt waren, die äußere Hülle des Bathyscaphes verbiegen und platt drücken würde. Für diesen Fall hatten sie sogar Ohrenschützer dabei. Ein solcher Moment kam auch. Und nicht nur einmal, vor allem zwischen fünf- und achttausend Metern. Dann aber hörte der Lärm von alleine auf und Stille breitete sich aus. Eine absolute Stille.

Nach knapp fünf Stunden fand der Abstieg ein Ende. Sie landeten auf dem weichen und schlammigen Grund des Marianengrabens. Piccards Armbanduhr, die er von seinem Vater zur Hochzeit geschenkt bekommen hatte, zeigte auf die Minute 13:06 an. Sie waren am Grund. 10 916 Meter unter der Meeresoberfläche. Noch nie ist jemand tiefer gewesen. Tiefer ging es nicht. Sie befanden sich auf der letzten Kellerstiege der Welt. Diese Formulierung kam von Piccard.

Sie linsten durch die winzige Fensterluke nach draußen und sahen nichts. Sie dachten, dass sie das Leben auf dem Weg nach unten hinter sich gelassen hatten, dann bereitete es ihnen aber eine Überraschung. Zwei leuchtende Äuglein klebten am Fenster, ein Körper gehörte auch dazu. Ein Plattfisch. Er schwang die Schwanzflosse und weg war er. Ein anderer kam nicht.

Einen Moment lang war sich Piccard nicht sicher, ob er ihn wirklich gesehen hatte, ob es nicht eine Untersee-Fata Morgana war, eine Halluzination elf Kilometer unter der Oberfläche des Ozeans, aber er war nicht allein in der Kabine. Und Walsh hatte den Plattfisch auch gesehen.

Die Strahlen der Reflektoren bohrten meterlange Lichttunnel in die unsichtbare Ferne hinein, das mit aufgewirbeltem Schlamm vermischte Wasser bildete ein strähniges Spinnennetz, das wie ein veränderbares abstraktes Gebilde vor den Augen der beiden Abenteurer rotierte. Mehr gab es nicht um sie herum. Nur den dunklen Ozean. Und die gewaltige, unendliche Stille, die in den ersten paar Minuten nur von Walsh gestört wurde, der herzhaft in ein knuspriges Baguette mit Hühnerfleisch, Salat und Mayonnaise hineinbiss. Piccard hatte nur Schokolade dabei, Walshs Baguette rang ihm ein leichtes Grinsen ab. In seinem Tagebuch bemerkte er, die Amerikaner würden wohl nicht einmal bei einer Marslandung vergessen, ans Essen zu denken. Ans Essen und daran, Fotos mit amerikanischer Flagge im Hintergrund zu schießen. Nachdem Walsh mit seinem Baguette fertig war, konnte man gar nichts mehr hören.

Sie blieben noch ein paar Minuten auf dem Grund liegen, beide ganz fasziniert von ihrer Leistung. Dann begann die Trieste mit dem Aufstieg. Um 16:56 tauchten sie wieder auf.

Piccard blieb nur ein Jahr lang ein Held. Vierzehn Monate später löste ihn Jurij Gagarin ab, die Menschheit hörte auf, sich für die Tiefe zu interessieren, und entflammte für die Höhe.

Die gewaltige Stille am Grund des Ozeans tauchte ein paar Jahre später in Piccards Träumen auf. Wieder sah er den Plattfisch, seine kleinen leuchtenden Augen und seine schwankende Schwanzflosse, und er musste sich abermals fragen, ob es Wirklichkeit oder eine Halluzination gewesen war, wieder hörte er nur noch die unendliche und alles überdeckende Stille, von der er sich damals gleichzeitig angezogen und abgestoßen gefühlt hatte und die ihn nun jede Nacht verschwitzt aus dem Schlaf erwachen ließ.

In seinen Notizen stand, die Stille am Grund des Ozeans sei womöglich ein Abbild der Unendlichkeit. Mitten durch diese Stille führe möglicherweise eine ganz dünne Linie in jenen Bereich, schrieb Piccard, an den er sich bisher als strenger Rationalist und Wissenschaftler geweigert hatte zu glauben. Zweifel plagten ihn. Er fing an, in die Kirche zu gehen.

Von der am Grund des Ozeans entdeckten Stille fühlte sich Vladimír magisch angezogen. Piccard war sein Held, seit er denken konnte. Er hat alle Zeitungsartikel über ihn ausgeschnitten und ihm einmal sogar einen Brief geschrieben, voller Bewunderung. Er hat nie eine Antwort bekommen.

Vladimír flößt die Möglichkeit, dass es eine vollkommene Stille gibt, Ruhe ein. Wenn das Leben wirklich aus dem Wasser entstanden ist, wurde es aus der Stille geboren. Aus jener Stille, aus der wir kommen, nach der wir suchen und in die wir zurückkehren werden.

ALLE MÄNNER DER WELT

Vanda macht es sich auf dem Sofa bequem und beobachtet die Neonröhre. Sie liebt es, wenn es losgeht. Zuerst zwickt es leicht in der Nase. Dann kribbelt es ein wenig, wenn das Zeug weiter in Vandas Hirn hineinkriecht. Sie binnen einer Sekunde mit nach oben nimmt. Bis unter die Decke, wo sie kleben bleibt. Vanda weiß, sie könnte die Decke entzweihauen, dann könnte sie wie eine Neonröhre in der Dunkelheit leuchten und immer höher und höher steigen. Alle hundert Meter würde sie ein Lied komponieren, jedes besser als das andere. Sie hängt in der Luft wie eine strahlende Rakete. Alles glänzt. Schönheit pur. Ohne Grenzen.

Jemand berührt sie am Oberschenkel. Harry. Auf einmal steht sie wieder auf der Erde. Da will sie doch nicht hin. Noch nicht. Aber er zieht sie herunter.

»Scher dich zum Teufel.«

»Vanda, du siehst super aus, Mann. Das wollte ich dir nur sagen.«

»Verpiss dich!«

»Okay, okay, die Prinzessin hatte 'nen schlechten Abgang.«

»Fuck off!«

»Sorry, Mann, tut mir leid …«

»Hört doch endlich auf, ihr beiden«, sagt Tony beschwichtigend.

Harry zieht sich zurück und Vanda beruhigt sich. Sie steigt wieder nach oben und strahlt. Als sie endlich irgendwo zwischen der Atmosphäre und der Stratosphäre einen festen Platz findet, blickt sie auf Tony herunter. Er lächelt sie an. Ein hübscher Junge. Blond. Für einen Bassgitarristen vielleicht etwas zu schüchtern. Seine kleine Freundin ist allerdings noch zurückhaltender. Wie war das: Sie sind zusammen, seit die beiden fünfzehn waren? Wie es sich wohl mit ihm anfühlen würde? Bumsen mit Carlos' Stoff klappt gut. Es reinigt das Hirn. Totaler Restart.

Tony. Vielleicht wäre es nicht verkehrt, mit jemandem zusammen zu sein, der ähnlich drauf ist. Wie dieser Straßenbahner. Ein Mann, der das Leben gelassen nimmt und seine Unruhe nur im Bett auslebt. Sie bekommt Lust auf Sex. Jetzt sofort. Sich einen Mann zu schnappen und zu sagen, besorg's mir. Sie wirft Tony noch einen Blick zu. Dann sieht sie Harry an. Denkt wieder an Petr. Sie schließt kurz die Augen und stellt sich vor, wie sie mit allen Typen der Welt gleichzeitig schläft, sie stellt sich vor, von ihnen geküsst, an der Brust gestreichelt, geleckt zu werden. Sie fühlt sie in sich. Alle auf einmal. Sie fühlt, wie nass sie ist.

Dann aber macht sie die Augen auf und greift nach ihrer Tasche mit den neuen Klamotten.

In ein paar Minuten geht's los. Höchste Zeit sich umzuziehen. Aber davor würde sie sich noch draußen am Eingang eine Fluppe gönnen und nachsehen, ob vielleicht Mama gekommen ist.

Draußen vor dem Restaurant zieht Hana ihr Handy heraus. Eine Nachricht von Wayne. Er habe Angst um sie, würde sie gerne sprechen. So was hat er ihr noch nie geschrieben. Sie löscht die Nachricht. Findet endlich die, die sie haben wollte. Liest sie noch einmal: See you somehow, somewhere. Thomas, *la petite mort.*

Sie wählt seine Nummer. Am anderen Ende klingelt es lange.

»Hallo?«

»Hi, ich bin's …«, sagt sie auf Deutsch.

»Wer ist da?«

»Hana …«

Er sei gerade in Barcelona. Ja, dieselbe Langeweile, dieselben Gesichter und dieselben leeren Phrasen wie in Lissabon. Ja, gestern sei es nett gewesen. Sogar richtig nett. Vielleicht sehen sie sich wieder mal, irgendwo. Das wäre schön. Ja, auch ihr noch einen schönen Abend.

Eine leere Straßenbahn fährt vorbei. Sie biegt quietschend um die Ecke und nimmt Thomas mit. Hana weiß, dass es zu Ende ist. Obwohl sie sich fragt, wie etwas zu Ende gehen kann, das nicht einmal richtig angefangen hat, etwas, von dem womöglich nur sie kurz gedacht hat, dass da etwas sein könnte? Vorbei. Zu Ende. Und zwar definitiv. Aber auch die Beziehung mit Wayne ist vorbei, das weiß Hana genau. Sie wird allein leben. Ja. Irgendwie. Das wollte sie doch, oder? Sie weiß es nicht. Heute früh hat sie sich darauf gefreut. Klar will sie das. Im Moment macht sie der Gedanke aber etwas unsicher und traurig. Vielleicht liegt es daran, dass der Sommer zu Ende geht, denkt sie und geht zurück ins Restaurant.

»Ist was passiert?«

»Nein. Das ist es eben.«

Sie zahlen.

Und gehen zur Haltestelle.

In der Straßenbahn klingelt Hanas Handy. Wayne.

»Seit heute früh versuche ich dich zu erreichen.«

Seine Stimme klingt müde. Traurig. Auch ein wenig angetrunken. Ihre Stimme vermutlich auch.

»Mein Handy funktioniert nicht richtig, tut mir leid. Der Akku ...«

»Ich muss mit dir reden.«

»Ich mit dir auch.«

Er schweigt kurz. Dann erzählt er von Mike. Und von Clark und von seinem Gespräch mit Dave. Er sagt, dass er sie braucht. Wo sie gerade sei?

»Ich bin mit Milena unterwegs. Sie hat mich zu einem Konzert ins Akropolis überredet. Willst du come with us?«

»Yes.«

»Fine. Ich freu mich.«

»I love you.«

Sie antwortet nicht.

»Hoffentlich beschert ihr mir keine Frühgeburt«, sagt Milena.

VLADIMÍRS FRAU

Vladimír kauert im Wohnzimmer auf dem Fußboden. Ihm gegenüber sitzt seine Frau. Sie hat ihren braunen Pullover an. Die Wand, an der sie sich anlehnt, ist kalt. Wenn sie aufsteht, wird sie einen weiß verschmierten Rücken vom Wandputz haben. Vladimír wird dann die Farbe von ihrem Pullover abklopfen.

Sie sieht wunderschön aus. Und jung. Sie ist genauso wie damals, als sie sich kennengelernt haben. Als sie gemeinsam zu Konzerten und ins Theater gegangen sind, als sie geheiratet haben. Als ihre beiden Kinder zur Welt kamen. Vladimír hat immer schon gedacht, sie würde nie alt werden.

Sie sehen sich an und schweigen.

Vladimír blickt zurück auf sein Leben. Er ist auf der Letná aufgewachsen. Auf der Letná-Höhe, wo die Kommunisten dem Volk bei den Militärparaden zuwinkten, wo schon immer Fußball gespielt und viel Bier getrunken wurde, wo man ganz Prag unter sich liegen sah wie auf einem Präsentierteller. Als Kinder haben sie hier Drachen steigen lassen, auf dem Bolzplatz getobt, Fangen gespielt und die besten Hotdogs (die man damals noch Wurst im Kipferl nannte) von ganz Prag in sich hineingeschaufelt.

Auch heute noch geht Vladimír manchmal hin. Hotdogs isst er nicht mehr, aber er sitzt auf der Terrasse über der Moldau und sieht auf die wogende Stadt unter ihm, auf die glänzenden Dächer, die unter den Sonnenstrahlen erglühen, auf die Wolken am Horizont, die vom Westen in den Osten ziehen, auf die Autos, die in den Tunnel unter der Letná hindurch wie in einem Darmtrakt verschwinden, der sie unverdaut und leicht vergiftet ein paar Hundert Meter weiter auf der anderen Seite wieder ausspuckt. Er sieht auf die Schiffe herunter, die planlos über die schmale und seichte Moldau kreuzen.

Vladimír gefällt es dort. Er gehört dahin. Geboren wurde er in einen großen Lärm hinein. 1962. Genau an jenem Oktobertag, als auf der Letná zum ersten Mal versucht wurde, mit Dynamit das riesige Figurenensemble mit Stalin und der Arbeiterklasse in die Luft zu sprengen. Im Volksmund wurde das Werk Anstehen beim Fleischer genannt. Der steinerne Gigant widersetzte sich aber der Zerstörungswut. Man brauchte mehrere Tage und anderthalb Tonnen Plastiksprengstoff.

Vladimír hatte mehr Glück. Gleich beim ersten Versuch war er auf die Welt geschlüpft. Ohne Dynamit. Als die Geschichte in der Schule bekannt wurde, bescherte sie ihm auch gleich einen

Spitznamen: Dynamit. Obwohl er sich nie, nicht einmal in seinen Träumen stark gefühlt hatte, blieb der Name bis zum Abschluss des Konservatoriums an ihm hängen. Dynamit, der mit einem feinen Stäbchen in der Hand einer Triangel zarte Töne entlockte, Dynamit, der mit Verve hinter seinem Schlagzeug wie hinter einer dröhnenden Festung saß, Dynamit, der eine elegante feingliedrige Frau liebte, die wunderschön tanzen konnte.

Das alles ist längst vorbei. Nur noch seine Frau ist geblieben, sie sitzt ihm gegenüber, lehnt an der Wand und sieht ihn an.

»Ich bin so froh, dass du nicht gegangen bist«, sagt sie. »Ich bin froh, dass du auf mich gewartet hast. Dass wir wieder zusammen sind.«

Er will auch etwas sagen, aber er schafft es nicht. Sein Mund schluckt die halb ausgesprochenen Worte wieder herunter. Er verzieht seinen Mund. Bemüht sich um ein Lächeln.

»Dein Lächeln hab ich schon immer so schön gefunden«, sagt sie.

Auf einmal geht es doch. Vladimír überwindet die würgende Kraft, die seine Gedanken, Stimmbänder und Lippen an ihrer Bewegung hinderte, und Worte purzeln ohne Punkt und Komma aus seinem Mund heraus. Er erzählt von der Stadt. Vom Lärm. Von den brennenden Rändern Europas. Er berichtet seiner Frau von Menschen, die nichts von alledem hören wollen, weil sie nur noch für Lärm empfänglich sind. Er beschreibt die Maschine, mit der er den Lärm bekämpft, und die er selbst entwickelt hat. Er redet von den Kindern und von ihr, seiner Frau.

Die Worte sprudeln aus Vladimír heraus, als hätten sie tief in ihm Winterschlaf gehalten und müssten jetzt dringend an die frische Luft, er erzählt und erzählt und sieht dabei in ihre blauen Augen, beobachtet ihre fein geschwungenen Lippen und den Zopf, der ihr über die Schulter fällt. Er gebe alles auf der Welt, wenn sie zu ihm zurückkehrte.

»Ich brauche nicht zurückzukehren. Ich bin hier.«

Sie steht auf und löst ihre Haare. Sie zieht ihr Kleid aus, er sieht ihre Brüste, ihren Bauch, ihren Schoß. Er schließt die Augen. Sein Atem geht schnell. Er berührt sie. Sie ihn. Er ist erregt. Sie fließen ineinander.

Als er seine Augen wieder öffnet, ist sie fort.

Leere übermannt ihn. Er lässt sich in den Schlaf fallen.

DELAWARE, STAAT DELAWARE

Wayne fährt nach Žižkov. Mit der Straßenbahn. Das letzte Mal hat er etwa vor zwei oder drei Jahren in einer gesessen, er weiß es nicht mehr genau.

In Delaware, Staat Delaware, gibt es keine Straßenbahnen. Es hat dort auch nie welche gegeben. Die Stadt hat kaum mehr als fünfzehnhundert Einwohner, von denen Wayne bis heute fast jeden vom Sehen kennt.

Er sieht den breiten Fluss in die Bucht münden. Auf die Weltkarte wurde er vom Naturforscher John Franklin eingetragen. Franklin war der Meinung, dass er von hier aus die amerikanische Westküste oder zumindest den Norden erreichen könne, wo er dann schließlich erfroren ist. Wayne riecht den Duft der hunderttausend Pfirsichbäume, von dem im Frühling ganz Delaware durchtränkt ist und der für ein paar Wochen den Fischgestank überdeckt, der vom Hafen herangeweht kommt.

Läge die Stadt nicht am Ufer eines Kanals, der einen Fluss und zwei Meeresbuchten miteinander verbindet, gäbe es nicht eine kleine Festung hier, keine Fischerboote mit riesigen Mengen von Hering und Plattfisch im Netz, würden hier keine Pfirsiche gedeihen (die noch vor hundert Jahren per Schiff bis nach Manhattan geliefert wurden) – dann hätte nie jemand von Delaware gehört. Sofern überhaupt jemand außerhalb der Ostküste jemals von der Stadt gehört hat.

Die Einwohner sind trotzdem stolz auf ihre Heimat. Vielleicht hängt es damit zusammen, dass die Amerikaner stolz sind auf das, was sie besitzen, auf das, was sie geleistet und der Natur abgetrotzt haben. Im Gegensatz zu den Mitteleuropäern, denkt Wayne, vor allem zu den Tschechen, die eher stolz sind auf das, was sie alles verloren haben. Die Tschechen berichten mit viel größerer Lust von ihren Niederlagen als von ihren Siegen. Daher gehen sie alle so gerne in Museen und weiden sich an ihrer ruhmreichen Vergangenheit. Eine schwer zu ertragende Nostalgie herrscht in diesem Land, denkt Wayne weiter, Nostalgie mit einer Prise Gefühlsduselei und einer Menge sadomasochistischer Gelüste. Mit dieser Sehnsucht nach Vergangenheit zieht Mitteleuropa alle Romantiker der Welt an – auch Wayne fühlte sich anfangs durchaus davon angesprochen. Nostalgie, schön und betörend wie jeder Fluss der Erinnerung, ansonsten aber träge, steif und ohne Zukunft.

Wayne kann den Reiz nachvollziehen. Momentan steht er irgendwo dazwischen, zwischen Mitteleuropa und den Vereinigten Staaten, zwischen Prag und Delaware. Vielleicht war es Zeit zurückzugehen.

In seinen Ohren rauscht es immer noch. Sein Kopf dröhnt.

Er sieht aus dem Fenster.

Die Prager Straßenbahnen haben sich seit seiner Ankunft nicht verändert. Vergrößerte Abbildungen der Kinderautoscooter, in denen Mike und er einst Wettrennen veranstaltet haben. Herrlich geschwungene Plastiksitze, unter denen manchmal auch im Sommer geheizt wird. Jetzt schon glüht es unter seinen Oberschenkeln, dabei hat sich der Sommer noch nicht mal richtig verabschiedet.

Ein paar Meter vor ihm stehen zwei dunkelhäutige Burschen

mit schwarzer Brille und Baseballkappe. Sie halten sich an der Haltestange fest und reden auf eine junge Frau mit einem liederlichen Knieverband ein. Wayne versteht ihre Sprache nicht. Ungarisch vielleicht. Sicher irgendetwas aus dem Osten Europas. Vielleicht noch weiter weg.

Er wirft einen Blick auf sein Handy. Keine Nachrichten. Weder von zu Hause noch von der Kleinen. Abends wird er noch mal bei den Eltern anrufen. Oder morgen. Sie würden bestimmt anrufen, wenn sie etwas Neues wissen.

Die Straßenbahn schaukelt gemütlich von einer Seite auf die andere. Wayne sieht den angestrahlten Fernsehturm. In Prag gibt es an die tausend Türme und nur einer davon ist hässlich – dieser hier. Im Laufe der Jahre hat sich Wayne an vieles gewöhnt. Der Anblick von Männern mit Haarbüscheln in der Nase stört ihn nicht mehr und auch der fettige Schweinebraten macht ihm nichts aus, nicht einmal die Prager Taxifahrer, die womöglich sogar sich selbst übers Ohr hauen würden, wenn sie dadurch ihre Erträge steigern könnten, bringen ihn noch aus der Fassung. Wayne hat sich an die dreckigen Straßen, an die Hundescheiße auf dem Gehsteig und an die übertrieben stark geschminkten Frauen gewöhnt. Nur der Anblick des Fernsehturms von Žižkov ist ihm immer noch fremd.

Der Beinstumpf eines riesigen Tiers, eines Tiers, das in grauer Vorzeit auf Prag getreten ist, dort stehen blieb, einer infektiösen Krankheit erlag und aus seinen offenen Wunden kleine schwarze Babys gestreut hat. Ein Beinstumpf im Scheinwerferlicht, wie in Disneyland. Man kann ihm in Prag nirgendwo entkommen.

Gut, dass es die Kleine gibt.

Sie sind sich bei einem Konzert im Roxy begegnet. Welche Band an dem Abend gespielt hat, das weiß Hana nicht mehr. Die meiste Zeit haben sie an der Bar gestanden und gequatscht.

Sie kann nicht sagen, dass er ihr nicht gefallen hat. Aber dass er ihr besonders gut gefallen hätte – so war es auch nicht. Sie mochte sein Czenglisch. Seine Suche nach sich selbst. Und seinen Hintern, der ihr auffiel, als er auf die Toilette ging. Ein knackiger Männerhintern. Den sie immer noch mag.

Als Hana Wayne kennengelernt hat, dachte sie, er wäre ein Mann für eine Nacht. Oder für ein verlängertes Wochenende. Sie hätte sich nicht vorstellen können, mit ihm drei Monate zusammenzubleiben, ein halbes oder womöglich ein ganzes Jahr, sie hätte nicht gedacht, dass sie sich mal während eines längeren Europa-Flugs mit dem Gedanken beschäftigen würde, Wayne zu heiraten und mit ihm Kinder zu kriegen, dass sie die ganze Flugzeit vergnügt den Gedanken hin und her wenden und überlegen würde, ob sie zwei oder drei Kinder haben sollten, um die Idee dann doch in den Wolken unter sich zu begraben. Sie hat nie daran gedacht, gemeinsam mit Wayne zu altern.

Wie konnte es bloß passieren, dass sie zusammengeblieben sind? Vielleicht ist sie wie Milena, vielleicht hat auch sie keine Lust, immer wieder neue Leute kennenzulernen und damit Zeit zu vergeuden.

Wayne hat sie damals auf einen Schnaps eingeladen, sie wollte aber Weißwein haben. Von dem sie dann eine ganze Flasche getrunken hat. Er war gerade dabei, zusammen mit einem Freund eine Anwaltskanzlei zu gründen, und war sich unsicher, ob die Idee gut war. Er wusste gar nicht, was er wirklich machen wollte. Vielleicht fand sie damals genau das sympathisch. Denn das kannte sie von sich selbst auch.

Anders als sein Anwaltskollege wollte er gut Tschechisch sprechen. Er fragte, ob Hana seine Lehrerin sein möchte.

»Why nicht?«, sagte sie. Er lachte und stieß mit ihr auf die erste Stunde an. Die fand noch in derselben Nacht in seiner Wohnung statt. Sie haben die ganze Zeit englisch-tschechisch gesprochen. Am nächsten Morgen hat er sie in ein kleines Café auf der anderen Straßenseite zum Frühstück eingeladen. Dort setzten sie das Sprachspiel fort.

Warum not.

Warum yes.

Heute denkt Hana, sie hat sich von ihm breitreden lassen.

Maybe ein wenig.

Maybe ziemlich.

Früher hat sie es toll gefunden, mitten im Satz ins Englische umzuschalten. Volleyball mit Wörtern zu spielen. Aufschlag. Den Ball der Sprache übers Netz zu befördern. Zu schmettern. Und heute? Wenn sie das bloß wüsste ...

Lehrerin. Sie wollte tatsächlich mal Lehrerin werden, irgendwann in der siebten oder achten Klasse. Sie konnte sich nur nicht entscheiden, welches Fach sie unterrichten wollte: Geschichte, Tschechisch oder vielleicht Deutsch? Als sie gesehen hat, wie ihre Deutschlehrerin am Ende des Schuljahrs zusammengeklappt ist, hat sie von der Idee Abstand genommen. Danach hat sie nie wieder über ihre berufliche Zukunft nachgedacht. Stattdessen hat sie viel gelesen und gejoggt, allerdings ließ sie den Leistungssport sein, sie lief nur zu ihrem Vergnügen, es machte ihr Spaß, zwei- bis dreimal die Woche durch die Wälder und Berge hinter der Stadt zu joggen, um Endorphine auszuschütten, wie sie es nannte. Kulturwissenschaften hat sie nur deswegen studiert, weil sie sich weder für Kunstgeschichte noch für Geschichte gut genug fühlte, auch Philosophie oder ein reines Sprachenstudium fand sie zu anspruchsvoll – und hier gab es von jedem dieser

Fächer nur ein bisschen. Auf eine bequeme Art setzte das Studium der Kulturwissenschaften das Gymnasium fort, es verlängerte Hanas Spaziergang durch die Allee der Unentschlossenheit, die sie von ihrer Gebirgsstadt in das 165 Kilometer entfernte Prag geführt hatte.

Bevor sie anfing zu studieren, war sie nur dreimal in Prag gewesen. Drei Tagesausflüge. Einmal während der Grundschule, einmal mit ihrer Gymnasialklasse kurz vor dem Abi und irgendwann dazwischen mit ihren Eltern. Die sich die ganze Hinfahrt stritten. Die Rückfahrt über auch. Hana sah die ganze Zeit aus dem Fenster, beobachtete, wie Regentropfen die Autoscheiben herunterkullerten, und fragte sich, warum sie allein auf dem Rücksitz saß und keine Geschwister hatte und wohl auch nie welche haben würde. Mehr hat sie von dem Familienausflug in die Hauptstadt nicht behalten.

Gleich bei der zweiten Vorlesung in Kunstgeschichte hat sie sich verliebt. Er dozierte über die Kultur des antiken Griechenlands, der Inhalt seiner Worte interessierte Hana allerdings nicht, er faszinierte sie als Mann. Zwei Monate später schliefen sie schon miteinander. Es folgte ein halbes Jahr voller geheimer Verabredungen. In seinem Büro an der Uni. In der großen leeren Wohnung eines seiner Freunde, in der es nur eine Couch, eine kleine Musikanlage und eine trockene Palme in einem riesigen Blumentopf gab. Und im Studentenwohnheim, wenn Milena übers Wochenende nach Hause fuhr.

Er war sechzehn Jahre älter, hatte eine Frau, ein kleines Kind und eine Altbauwohnung im Stadtzentrum. Und Hana noch dazu. Er versprach, sich von seiner Frau zu trennen, für Hana und ihn eine gemeinsame Wohnung zu mieten. Ein kleines Apartment. Ruhig, irgendwo am Stadtrand, in einem Plattenbau.

Er ging mit ihr ins Theater, in Ausstellungen, in Konzerte. Das gefiel ihr, am meisten mochte sie es aber, einfach mit ihm allein zu sein und gemeinsame Zukunftspläne zu schmieden. Sie liebte es, im Restaurant seine Hand zu halten, ihn unter dem Tisch mit dem Fuß im Schritt zu reizen, sich von ihm auf die gleiche Weise erregen zu lassen – ohne dabei mit dem Reden aufzuhören. Sie war glücklich und sah keinen Grund, warum sie seine Hand loslassen sollte, sie wollte ihn für immer und ewig behalten.

Zuerst nannte sie ihn Herr Doktor Groß. Später Herr Groß. Und zum Schluss war er Der Große. Der Name hing nicht etwa mit seinem Penis zusammen, wie Milena vermutete. Obwohl sie auch ihn liebte, er war ja der erste, den sie je in den Mund genommen hat. Der Große war einfach groß. Er überragte alles. Er war größer als alle Männer, mit denen sie bisher zusammen gewesen war, er war größer als alle, die sie kannte. Er überragte ihr ganzes bisheriges Leben.

Er imponierte ihr. Sie wollte ihn. Und als er eines Tages sagte, dass er doch nicht die Scheidung einreichen würde, konnte sie ihn nicht gehen lassen. Sie hatte das Gefühl, er sei genau der Mann, mit dem sie ihr ganzes Leben verbringen möchte, er sei der Richtige für sie. Sie heulte Rotz und Wasser. Hörte auf zu essen.

Milena wusste das. Sie wusste aber nicht, dass Hana ihm in Caféhäusern auflauerte, in denen sie früher zusammen gesessen hatten, dass sie ihn beschattete und es nicht ertragen konnte, ihn auf der Straße mit seiner Frau oder einer Studentin zu sehen, dass sie sich für nicht ausreichend schön und sexy hielt und sich dafür bestrafte, indem sie immer weniger aß, dass sie ganze Nächte wach lag, sich in der Dusche mit dem Schlauch auf den Hintern schlug und heulte, bis sie kraftlos auf dem Fliesenfußboden zusammenbrach, dass sie sich in die Handgelenke schnitt und zusah, wie ihr Blut ins Waschbecken tröpfelte, dass sie ihm und seiner Frau anonyme Drohbriefe schrieb… Bis sie eines

Tages anfing, ihn zu hassen und darüber nachzudenken, wie sie ihn und dann sich selbst töten könnte. Zunächst dachte sie darüber in ihren Träumen nach, später auch gleich nach dem Aufwachen.

Die Rettung fand sich auf dem Schwarzen Brett an der Uni: eine Ausschreibung für einen Stipendienaufenthalt in Genf. Bereits drei Monate später saß sie im Nachtbus und winkte Milena zum Abschied zu.

Mit drei anderen Studentinnen teilte sie sich eine Dreizimmerwohnung im Viertel Plainpalais. Die Fenster gingen auf einen Platz hinaus, auf dem es jeden Sonntag einen Flohmarkt gab und wo sich Hana der Reihe nach ihre gesamte Einrichtung besorgte. Zum Kaffeetrinken ging sie in die Ferblanterie, in der das ganze Jahr über die Schaufenster mit leuchtendem Weihnachtsschmuck dekoriert waren, und für Konzert bevorzugte sie die l'Usine, wo man zwischen den Songs die Rhône rauschend der See entströmen hörte. Ausstellungen gab es im Artemis, wo jeden Abend Punker direkt im Hof Bier brauten.

Hana hörte Vorlesungen in Politologie und Philosophie. Sie fand eine Schwarzarbeit, schmierte belegte Baguettes und stank nach allen Käsesorten der Schweiz. Sie unternahm ausgedehnte Wanderungen am See entlang, zählte die verschneiten Alpengipfel in der Ferne und suchte nach der Stelle, an der ein geistig verwirrter Anarchist die Kaiserin Sissi mit einer Nagelfeile tötete, als sie auf einem Dampfer Tee trinken wollte.

Sie bemühte sich, Kontakte zu knüpfen, aber sie begegnete nur sich selbst und ihrer Einsamkeit, sie wollte jemanden aufreißen, aber alle machten einen großen Bogen um sie, als strahle sie etwas Krankes, Dunkles und noch nicht Abgeschlossenes aus ...

Eine gewisse Veränderung stellte sich allerdings ziemlich bald ein. Es war nicht mehr sie, die in ihren Träumen den Großen beschattete, sondern der Große verfolgte sie. Immer wieder versuchte er, Hana umzubringen. Mit einer Nagelfeile, einem Messer, einmal sogar mit Gas. Wiederholt flehte sie ihn auf Knien an, er möge sie töten – er konnte es aber nicht über sich bringen. Jedes Mal löste er sich nach ein paar Sekunden wieder auf und Hana wachte schweißgebadet und gelähmt vor Angst auf. Sie fing an zu schwimmen und Sport zu treiben.

Als sie sechs Monate später nach Prag zurückkehrte, arbeitete der Große immer noch an der Fakultät. Einmal liefen sie sich zufällig über den Weg. Er lächelte sie nett an und lud sie zum Abendessen ein. Hana sagte zu, aber in dem Restaurant auf der Prager Kleinseite mit Blick auf die Moldau tauchte sie dann doch nicht auf. Stattdessen betrank sie sich mit Milena. Am nächsten Morgen entdeckte sie auf dem Schwarzen Brett eine Ausschreibung für ein Stipendium in Deutschland.

Sie fuhr nach Berlin. Die Uni lag am anderen Ende der Stadt, sie fuhr mit dem Fahrrad hin und es ging ihr gut. Vielleicht lag es an den unendlich langen Straßen, in denen sie ewig in die Pedale treten musste, vielleicht auch an dem Wind, der hier von der Nordsee kommt und die Stadt frisch und beweglich macht und dafür sorgt, dass es dort auch im heißesten Sommer nie richtig drückend wird.

In Berlin gab es auch ein paar Bettgeschichten. Mit einem jungen Mann, der vor der Mensa alte Bücher verkaufte und von dem sie sich die deutsche Ausgabe von *Die unerträgliche Leichtigkeit des Seins* kaufte, um das berühmteste tschechische Buch endlich gelesen zu haben. Mit einem Typen, der im linken Auge einen Tick und quer über dem Bauch eine riesige Narbe hatte, beides stammte von einem Motorradunfall, sie las ihm vor dem Einschlafen *Die Unerträglichkeit* vor. Und schließlich mit einem, der noch nie mit jemandem geschlafen hatte, er war vier Jahre jünger als Hana und wollte nach dem Orgasmus nicht glauben, dass das alles gewesen sein sollte. In seinem Bett hat sie aus Versehen *Die Unerträglichkeit* liegen lassen, und das war gut so. Aber wenn sie es sich mal vor dem Einschlafen machte, dachte sie dabei an ihn.

Der Große hörte allmählich auf, sie in ihren Träumen zu verfolgen. Und als sie wieder in Prag auftauchte, war er nicht mehr da. Er war für immer und ewig weg. Er war einem Arbeitsangebot in Hamburg gefolgt und hatte die Familie wie eine Jause eingepackt.

Endlich hatte Hana Ruhe.

Als sie Wayne kennenlernte, war der Große komplett vergessen. Damals schlief sie mit drei Typen gleichzeitig und wollte mit keinem von ihnen zusammen sein. Sie nahm an, mit Wayne würde es genauso sein. Aber dann verliebte sie sich doch in ihn, obwohl sie nie das Gefühl loswerden konnte, immer noch auf etwas Besonderes zu warten. Auf etwas Endgültiges, auf die große Liebe.

Wenn Wayne sie über ihre Vergangenheit ausfragte, wich sie aus. Die Narben an ihrem Handgelenk erklärte sie mit einer Glastür, durch die sie als Schülerin geflogen sei. Wenn er über die Zukunft etwas wissen wollte, hüllte sie sich in Schweigen. Er wollte Pläne schmieden, sie nicht.

Noch an dem Tag, als sie die Wohnung auf der Letná bezogen haben, hielt sie ihre Beziehung zu Wayne für eine Art angenehmen Zeitvertreib. Damals haben sie eine große Party gegeben und sind gegen Morgen, Arm in Arm, zwischen leeren Flaschen und Müll auf dem Fußboden gelandet. Erst in dem Moment hatte Hana begriffen, dass sich etwas verändert hatte. Dass etwas in die Brüche gegangen war.

Sie dachte, dass sie und der Große endlich miteinander abgeschlossen hätten, aber gestern Abend meldete er sich zurück. Gestern in Lissabon. Vielleicht war Thomas' schwarze eckige Brille schuld, vielleicht die Art, wie er seine Zigarette hielt und die Asche abklopfte, vielleicht war es einfach nur der Bewegungsdrang, den er in Hana entfachte.

Es war Thomas, durch den der Große wieder auf der Bild-
fläche auftauchte. Es war Thomas, der die Gestalt des Großen angenommen hatte, um sie endgültig zu erlösen. Es war Thomas,
durch den sie sich endlich vom Großen distanzieren und frei
machen konnte.

Thomas. Nicht Wayne.

MUSIK DER STILLE

Vladimír liebt Musik. Ein Leben ohne Musik kann er sich nicht
vorstellen. Als Fünfjähriger hat er mit Flöte angefangen. Später
kam Klavier dazu. Gitarre. Geige. Klarinette. Und eine Menge
anderer Instrumente.

Er hat die städtische Musikschule besucht, bald aber den Un-
terricht geschwänzt, er hasste das ewige Hoch- und Runter-
spielen langweiliger Etüden, das allmähliche Wegradieren des
Talents durch Menschen ohne Talent, die es gerade noch zum
Musiklehrer gebracht hatten.

Vladimír liebte Musik. Auf dem Konservatorium ließ er sich
vom Schlagzeug verzaubern und auch in der Philharmonie
wurde er als Percussionist engagiert. Er fand es toll, zum vol-
len Klang des Orchesters beizutragen, die Lücken in den Kom-
positionen zu füllen, zu spielen und nicht zu spielen, die Musik
durch Details zu bereichern, sich in langen Pausen in Schweigen
zu hüllen und dann wieder in das Stück zurückzukehren und
ihm weitere kleine Details beizufügen, durch welche die großen
Dimensionen überhaupt erst entstehen können.

Seine ersten Percussions fand er im Wochenendhaus seiner
Eltern in einem ehemals sudetendeutschen Dorf, in einer alten
Werkstatt, die von den Deutschen zurückgelassen werden musste.
Riesige Blechstücke, Eisenklumpen, Hämmer, Metallstangen,

Drähte und unterschiedlich große Spulen lagen dort herum. Er schleppte alles in den Garten und behängte damit die Bäume. Die sommerliche Sonne schien darauf, die Blechplatten glänzten und schaukelten sanft im Wind, und wenn Vladimír sie sanft mit dem Hammer berührte, gaben sie wunderschöne Klänge von sich. Den ganzen Vormittag verbrachte er mit ihnen.

Sein Vater wollte es verbieten, aber die Mutter ergriff Vladimírs Partei. Und so durfte er noch am nächsten und übernächsten Tag in der prallen Sonne stehen und mit den glänzenden Metallplatten musizieren, während die Nachbarn sich am Zaun die Hälse verrenkten.

Jahre später, wenn er im schwarzen Anzug auf dem Podium stand und sich vor spanischem, französischem oder deutschem Publikum verneigte, fielen ihm manchmal diese Sommertage wieder ein. Bei den Konzerten stand er immer ganz hinten, meistens hielt er die Paarbecken, manchmal auch die Triangel in der Hand. Es störte ihn nicht, dass er nicht in vorderster Reihe stand. Er wusste, welche wichtige Rolle seine Percussions für den Gesamtklang des Orchesters spielten.

Leider ließ seine Begeisterung für Stücke mit Blech bald stark nach.

Er fühlte sich vom Lärm gestört. Versuchte später Rock, Jazz und die Avantgarde zu meiden. Aber die Blechplatten und Eisenstücke, die im Garten von den Bäumen hingen, tauchen trotzdem immer wieder in seiner Erinnerung auf, Blechplatten, die von Birn-, Kirsch- und Apfelbäumen herunterhängen, die Bäume inzwischen längst gefällt und zu Brennholz zersägt.

Das Schlagzeug hat ihn an eine andere Musik herangeführt, an die höchste und vornehmste Musik, die es gibt, an die am wenigsten auffällige und aggressive Musik. An die Musik der Stille.

Noch vor wenigen Augenblicken war seine Frau hier im Raum. Jetzt ist sie nicht mehr da. Vladimír weiß, dass er mit ihr gesprochen hat. Er weiß, dass sie miteinander Liebe gemacht haben. Und er weiß, dass sie fortgegangen ist. Er weiß bloß nicht, wohin.

Er ist allein.

Immer noch sitzt er in seinem Zimmer auf dem Fußboden, den Kopf gegen die Wand gelehnt. Die Wand in seinem Nacken fühlt sich kalt an. Er starrt auf die gegenüberliegende Mauer, an manchen Stellen fällt der Putz von ihr ab, das ist ihm bisher nicht aufgefallen. Zuerst bröckelt eine Schicht, dann die nächste, bis nur noch das nackte Mauerwerk dasteht. Der leise Uranfang aller Dinge. Ähnlich dem Herausschälen einzelner Instrumente aus einer fertigen Komposition, zunächst nimmt man die Stimmen weg, dann die Streicher, die Bläser und zum Schluss das Schlagzeug. Bis nur noch der ursprüngliche Gedanke übrig geblieben ist, die erste umwerfende Idee, die nichts weiter ist als eine Stille, die sich nach Erfüllung sehnt.

Das Fenster steht immer noch offen. Eine kühle Brise weht in das Zimmer, die Vorbotin des kommenden Herbstes. Vladimír hat schon immer die Zeit der Umbrüche geliebt, die Zeit, wenn das Alte zu Ende geht und das Neue noch nicht recht angefangen hat. Aber auch dann schwebt die Vergangenheit wie ein unsichtbares Zittern in der Luft, wie ein Echo hallt sie aus dem Wald der Erinnerungen zurück.

Vladimír sieht auf den Boden. Die Fugen zwischen den einzelnen Dielenbrettern werden immer größer. Vielleicht ist es das, was zum Schluss übrig bleibt. Vielleicht sieht das Leben am Ende genau so aus – abgetreten und voller Fugen, die nicht mehr zu schließen sind. Er steht auf und schließt das Fenster, dann geht er zu seiner Maschine und stellt sie ab. Er will nicht mehr kämpfen.

Von Martin kommt eine SMS, dass er zu Hause bleiben muss. Wegen der Familie. Seine Frau mag nicht, dass er sich ständig irgendwo herumtreibt, sie hat keine Lust, immer nur auf ihn zu warten, mit einer Rotznase auf dem Arm. Egon meldet, dass er später kommt. Wie immer. Petr fällt kein einziger Abend ein, an dem Egon pünktlich gekommen wäre.

Er wird auf ihn in der Kneipe warten, die zum Club Akropolis gehört. Das Warten wird er sich mit einem sauer eingelegten Hermelín-Käse versüßen. Und einem Bier. Er wird am Tisch sitzen, rauchen und die Serviererin in ihrem engen schwarzen Rock beobachten, unter dem sich der Slip abzeichnet.

Aus der Küche wird der schwere Gestank der Fritteuse hereinwabern, der typische Geruch-Soundtrack in fast jeder tschechischen Kneipe dieser Preisklasse. Einmal hat Petr hier nach Mitternacht die Köchin abgeschleppt. Sie hieß Slavka, kam aus Slowenien und liebte die Gruppe *Laibach* und alles Deutsche. Er hat sie lange nicht mehr gesehen, sie ist bestimmt irgendwo in Deutschland untergetaucht. Von ihr geblieben ist nur der Geruch nach Frittieröl, der sich in ihrem Haar, ihren Brüsten und ihrem Schoß festgebissen hatte. Es war nicht gerade romantisch, aber Petr fand es sehr reizvoll.

»Was hältst du von den Weibern da drüben, Mann?«, Egon taucht überraschend auf.

Er setzt sich, krault Malmö unter der Schnauze, und scannt dabei mit den Augen die zwei Frauen am Nebentisch. Beide um die zwanzig herum. Irgendwo zwischen erster Liebe und dem ersten richtigen Rammler.

»Super.«

»Mein Reden.«

Egon lächelt die beiden an. Nett. So wie nur er das kann.

»Und selbst?«

»Alles perfekt.«

»Immer noch mit der Architekturstudentin zusammen?«

»Eher umgekehrt: sie immer noch mit mir. Sie ist schon toll, aber hat zu kurze Beine. Und einen zu großen Hintern.«

»Das heißt?«

»Ich kann nicht lange zusammenbleiben mit einer Frau mit kurzen Beinen und großem Hintern.«

»Du hast X-Beine, Egon.«

»Ein kleiner technischer Fehler. Du hast wiederum O-Beine. Wo ist das Problem?«

»Keine Ahnung.«

»Für Frauen spielen Beine keine Rolle. Sie achten höchstens auf deinen Hintern. Du brauchst nur witzig und aufmerksam zu sein.«

»Das bist du ja.«

»Jahrelange Übung.«

»Ich verstehe trotzdem nicht, warum du auf solche Frauen abfährst.«

»Mann, soll ich mich etwa vor allen Anwesenden dafür entschuldigen, dass mir große Blondinen mit kleinem Hintern am besten gefallen?«

»Und mit Plastikbrüsten.«

»Plastiktitten sind nicht schlecht. Aber vor allem die Beine. Lange Beine. Die machen mich richtig an. Ich weiß, es klingt oberflächlich, aber ich stehe dazu. Du kennst mich ja…«

»Mit einer Plastiktittenfrau kannst du nicht viel reden.«

»Dafür gibt's andere Frauen. Du musst unterscheiden können. Ein Mann ist nicht zum Reden da.«

»Doch, die wollen das. Die wollen reden. Träumen.«

»Was bist du für ein Romantiker. Träume sind die Hölle. Natürlich will auch 'ne Blondine träumen. Manchmal komme ich mir wie eine Jukebox für Geschichten vor. Ich bin doch nicht hier, um sie mit Erzählungen zu versorgen und ihre Probleme zu lösen, um mich um sie zu kümmern, so wie du das machst. Ich habe nicht vor, für ihre Freizeit zu sorgen und dafür, dass sie sich nicht langweilen. Wir sind doch dafür da, um …«

»Um …?«

»Um Freude zu schenken.«

»Im Bett.«

»Dummkopf. Du denkst zu viel nach. Es gibt eine Menge Frauen, die einfach nur genießen wollen. Die sich nicht binden, sondern sich gehen lassen wollen. Und die sollst du bumsen, wenn sie das wollen.«

»Das mache ich schon, möchte dann aber am liebsten für immer bei ihnen bleiben.«

»Das ist nett von dir, aber es reicht, wenn man nur kurz bleibt. Nach einer bestimmten Zeit ist ein Upgrade fällig. Computer schafft man sich heutzutage auch nur für zwei Jahre an.«

»Nicht gerade lange.«

Egon bestellt ein neues Bier.

»Von wegen nicht lange! Das Glück währt manchmal auch nur einen Augenblick. Deswegen sind die Frauen ständig unzufrieden und ständig auf der Suche nach einem Neuen. Schon wieder 'ne Unglückliche aufgerissen?«

»Sieht so aus.«

»Glaubst du das oder weißt du das?«

»Ich glaube, ich weiß das.«

»Und sie will mit dir reden?«

»Ja.«

»Und du mit ihr?«

»Ja.«

»Na, da sitzt du schon wieder ganz tief in der Scheiße …«

»Gar nicht wahr.«

»Habt ihr schon gebumst?«

»Ja.«

»Hoffentlich macht sie dich nicht wieder unglücklich, so wie all die anderen vor ihr.«

Es ist kurz vor halb acht. Petr winkt die Bedienung heran.

»Wollen wir?«

»Ich trinke vielleicht noch eins.«

Egon zieht die Augenbrauen zusammen und die Frauen am Nebentisch grinsen ihn an.

»Die sind bestimmt unten ganz glatt rasiert. Das turnt mich richtig an.« Egon holt tief Luft und fährt fort: »Ist dir aufgefallen, dass Frauen beim Rasieren bestimmten Alterstendenzen folgen? Die über fünfunddreißig rasieren sich kaum, da ist manchmal alles Urwald, alles total unübersichtlich. Die unter fünfunddreißig rasieren wiederum viel, die lassen höchstens einen Strich gelten, ein Dreieck oder sonst was Geometrisches. Am besten sind aber die komplett Rasierten, die sind echt richtig benutzerfreundlich, falls du verstehst, was ich meine.«

»Ich glaub schon.«

»Behaarte Frauen sind wie ein normaler PC und die glatt rasierten gleichen einem Apple, verstehst du? User friendly. Apple geht es um die Logik der Sache, deswegen nimmt Mac überhand. Und die rasierten Frauen wissen das. Die schönsten Frauen sind wie glatte Äpfelchen. Behaarte Pfirsiche sind out.«

»Du hast echt ein Rad ab.«

»Ich bin ein Realist. Kein geiler Romantiker. Ich bin kein Weltenforscher wie Emil Holub, der sich durch einen üppigen Regenwald zu den Quellen des Amazonas durchschlägt.«

»Holub ist in Afrika gewesen.«

»Ist doch wurscht… Ich bleibe noch kurz hier. Die haben doch 'ne Vorband.«

»Na eben. Die Vorband ist gut… Eine benutzerfreundliche Apple-Sängerin. Ein echtes Paradiesäpfelchen.«

»Woher weißt du das?«

»Weiß ich einfach.«

»Du lernst schnell, Doktor Holub.«

Petr lächelt. »Malmö, lass uns gehen.«

»Malmö ist sowieso die Schönste. Die lässt keinen an sich ran.«

»Ich lasse sie dir hier, wenn du magst. Ihr könnt euch austauschen.«

»Die würde sich in mich verknallen, ich kenn das.«

Petr zahlt. Er versucht, den Blick der Serviererin aufzufangen, ihr in die Augen zu sehen, aber sie ignoriert ihn. Als er sich in der Tür umdreht, sieht er Egon am Nebentisch Platz nehmen. Er wird ihnen tolle Geschichten erzählen, die Petr alle schon mehrmals gehört hat. Zum Schluss nimmt er eine von ihnen mit. Wie so ziemlich jedes Mal.

SUPERMAN, SPIDERMAN, LOSERMAN

In seinen Ohren rauscht es immer noch. Immer mehr.

Er steht an der Bar. Bestellt einen Espresso und einen Schnaps. Dann noch einen. Die goldfarbene Flüssigkeit benetzt die Wände des kleinen Glases, für einen kurzen Moment erkennt Wayne auf der Oberfläche sein eigenes Gesicht. Von Clark hat er neulich Biowhisky geschenkt bekommen. Der Kater danach fühlte sich leider nicht Bio an.

Von irgendwoher schwappt der Geruch von überhitztem Öl zu ihm herüber. Eine Sekunde lang hat er Angst, dass er wie im KFC wieder ohnmächtig wird. Er wird nie wieder Pommes bestellen. Wer weiß, was da alles reingemahlen wird. Als er den dritten Schnaps herunterstürzt, flitzt ein großer weißer Hund an ihm vorbei. Er sieht auf sein Handy. Eine neue Nachricht. Sein Kontostand. Er löscht die SMS.

Er geht hinaus auf die Straße und sieht sich um. Die Kleine muss bald kommen. Dann ruft er noch einmal zu Hause an. Zu Hause in Delaware.

Sein Vater nimmt ab. Von Mike nichts Neues, aber genau das beruhigt Vater. Und er erzählt Wayne etwas über einen Tornado, den er gerade im Fernsehen gesehen hat. Wayne sagt, er würde im nächsten Monat vielleicht für ein paar Tage vorbeikommen. Vater ist überrascht. Er fragt, ob alles in Ordnung sei.

Wayne antwortet nicht.

Wayne. Wie er diesen Namen hasst. Seine ganze Schulzeit sehnte er sich nach einem Spitznamen. Da sich keiner einen ausgedacht hat, versuchte er es selber. Er hätte viel lieber Superman, Spiderman oder sogar Loserman geheißen, bloß nicht Wayne. Aber keiner von den Namen bürgerte sich ein. Nicht einmal die Kleine hat sich was für ihn ausgedacht. Eine Zeitlang dachte er, sie könnte ihn *der Große* nennen, aber er fand es peinlich, sie darum zu bitten – genauso wie er es peinlich gefunden hätte, ihr zu erzählen, dass er nicht an sie denken kann, wenn er sich einen runterholt, weil er sie zu doll liebt. Oder weil es ihn nicht anmacht.

An Mike war der Hollywoodstar-Kelch vorbeigegangen. Bei seiner Geburt waren solche Namen wohl bereits wieder aus der Mode. Dabei wollte ausgerechnet Mike ständig Cowboy spielen und Rodeostar in Texas werden. Er liebte Cowboyfilme mit John Wayne und die *Grünen Teufel* hat er mindestens fünfmal im Monat auf Video geguckt. Mike hatte Glück. Er wurde nach Mutters Bruder benannt, der mit zwanzig beim Surfen ertrunken war.

Waynes Vater sagt noch irgendetwas, aber Wayne hört nicht zu. Er sieht sich um. Er steht vor dem Akropolis in einer Gruppe von jungen Frauen. Er entdeckt Hana und Milena. Seinem Vater erzählt er, er müsse in eine Dienstbesprechung, und macht das Handy aus.

»Hi, Kleine.«

Sie umarmen sich. Küssen sich. Er streichelt ihre Wange. Sie seine aber nicht. Vielleicht ist sie müde.

»I love you«, flüstert er ihr ins Ohr.

Milena sieht verlegen aus. Als spüre sie, dass es Wayne heute ziemlich schlecht geht, dass er etwas neben der Spur ist. Sie reichen sich die Hand und küssen sich auf die Wange.

»Nice to see you.«

Wayne nimmt Hanas Hand. Er sieht ihr in die Augen. Will ihr von seinem Bruder erzählen. Dass er ihn im Fernsehen gesehen hat. Davon, was ihm heute auf der Arbeit zugestoßen ist. Er will ihr auch sagen, dass er nach Hause fahren möchte. Mit ihr zusammen. Es würde ihr dort bestimmt gefallen. Er will sagen, dass er weiß, wie wenig Zeit sie in den letzten Wochen füreinander hatten, aber dass er das ändern wird. Er möchte mehr mit ihr zusammen sein. Möchte sie heiraten. In seinem Kopf rauscht es. Er hat Angst, dass es nie mehr aufhören wird.

Aber er sieht sie nur an und sagt kein Wort. Er hatte gehofft, sie würde ihn streicheln, wie sonst in ähnlichen Situationen.

»Wir sehen uns unten«, Hana lächelt kaum merklich und verschwindet mit Milena in der Tür des Akropolis-Clubs.

DIE HÜNDIN

Was soll das heißen: Ich darf sie nicht mitnehmen?«

»Es geht einfach nicht.«

»Ich hab ein Ticket.«

»Auch wenn du zwei hättest. Hunde dürfen hier nicht rein.«

»Die hat schon mehr Bands gesehen als du, Mensch.«

»Auch wenn sie Jimmy Hendrix gesehen hätte.«

»Früher ging das doch…«

»Ne neue Anordnung.«

»Sie hat noch nie jemanden gebissen ...«

»Es geht einfach nicht. Verschwinde.«

Der Security-Mann mit Glatze und Tätowierung wendet sich dem nächsten Besucher zu, reißt Karten ab, drückt Stempel auf die Handgelenke. In seinen Ohrläppchen prangen so riesige Löcher, dass man eine Erdöl-Pipeline reinstecken könnte.

Petr dreht sich um, er will nach Hause gehen. Er sieht Vanda die Treppe hinaufkommen. Malmö knurrt leicht.

»Hi.«

Sie küssen sich auf die Wange.

»Schön, dass ihr gekommen seid. Warte ...«

Vanda sieht sich um, als würde sie jemanden suchen, läuft schnell nach draußen und dann wieder zurück.

»Hat jemand nach mir gesucht? Eine Frau?«, fragt sie den kahl rasierten Tattoomann und checkt mit den Augen die Gästeliste.

»Nee.«

Sie stellt sich zu Petr.

»Irgendwelche Probleme?«

»Ein weißes knurrendes Problem«, Petr zieht an der Hundeleine.

»Aha.«

Vanda nimmt die Leine in die Hand.

»Der Hund darf hier nicht rein. Sorry.«

»Hör zu, ich spiel hier heute Abend, und hab keine Lust mit dir zu diskutieren. Das Tier bleibt Backstage. Außerdem ist es kein Hund. Sondern eine Hündin. Meine Hündin. Verstanden?«

Vanda hält ihm den Backstagepass vor die Nase, den sie um den Hals trägt, und läuft mit Malmö die Treppe herunter.

Der Tattoomann steht mit offenem Mund da. Petr geht an ihm vorbei und denkt, wie gut sich Malmö und Vanda zusammen machen. Weil sie beide knurren und Zähne zeigen können. Und mit stolz erhobenem Haupt durch die Welt marschieren.

Vanda öffnet die Tür zur Umkleide und Malmö rennt hinein.

»Wessen Hund ist das?«, fragt Harry.

»Meiner.«

»Ich hab 'ne Hundeallergie.«

»Du hast aber auch gegen alles 'ne Allergie«, sagt Tony.

»Asthma. Ich habe Asthma. Weißt du, was Asthma ist?«

»Du hast doch kein Asthma.«

»Aber ich werde es eines Tages bekommen. Das weiß ich von meiner Mutter. Wenn heute bei mir was schiefläuft, dann ist der Hund schuld.«

»Wenn du heute Mist baust, dann bist vor allem du schuld«, Vanda knurrt ihn an.

»Vanda, Schatz… bitte…«

»Malmö bleibt hier. Wir gehen jetzt sowieso gleich auf die Bühne.«

Vanda zieht sich um. Die Tätowierung auf ihrem Arm leuchtet. Es juckt zwar immer noch, aber das hört bestimmt beim ersten Song auf. Sie hatte gehofft, dass einer der Jungs sagt, wie gut sie aussieht, aber die Deppen hören nicht auf, sich über Hunde und Allergien zu streiten.

Sie mustert sich im Spiegel, der auf der Seite mit Aufklebern aller möglichen Bands zugekleistert ist. Sie hat ein schwarzes Top mit einer rosa Katze an. Glänzende schwarze Hose. Und schwarze Converse mit goldenen Rauten, die wie Sterne strahlen. Das andere Spiegelbild vom heutigen Tag fällt ihr ein, das vom Schaufenster des Klamottenladens. Vanda in tausend Stücke zersplittert. Das Gefühl von heute Morgen ist vorbei. Sie sieht gut aus. Sie ist stark. Sie schafft alles. Auch ohne weitere Lieferungen von Carlos. Und ohne Harry und seinen Schwanz. Sie braucht keinen anderen Menschen.

Sie setzt sich auf die Couch. Klemmt das Stimmgerät an der Gitarre fest und spielt die Akkorde durch.

Tony checkt die Uhr in seinem Handy und sagt: »Na dann.«

»Ich geh als Letzte«, sagt Vanda.

»Nein, ich«, sagt Harry.

»Ich gehe als Letzte«, entscheidet Vanda.

Sie bleiben unter einer kleinen Treppe stehen und warten auf das Lichtzeichen. Die Treppe führt auf ein großes schwarzes Podium. Neben ihnen rauschen Lautsprecher mit leuchtend roten Dioden. Mikros. Die Leute im Saal schwatzen. Vanda ist ganz ruhig.

Sie haben sich vorhin alle drei in die Arme geschlossen. Harry hat Vanda ins Ohr geflüstert: »Ich liebe dich.«

Vielleicht hätte sie es ihm auch sagen sollen. Ihm verzeihen, diesem Sack, seine nackten Arschbacken vergessen und seinen Schwanz, der in der blöden Kuh im grünen Kleid steckte. Sie kann es aber nicht. Vielleicht später. Oder auch nie.

»Also, bau keinen Mist, Mann, ja?«

Sie treten ins Scheinwerferlicht. Wie die Stars. Fast. Harry stolpert über ein Kabel. Vanda lacht darüber. Sie kommt als Letzte. Ein paar Leute klatschen. Sie sieht nur die ersten Reihen. Das Licht brennt ihr in den Augen. Sie versucht, ihre Freunde vor dem Podium auszumachen. Sie hofft, dass sie alle ganz nah an der Bühne stehen, so nah wie möglich, damit auch sie so nah wie möglich bei ihnen sein kann. Sie sieht aber nur Carlos. Er lacht und seine schwarzen Zähne glänzen.

Sie stellt sich ans Mikro. Es ist ziemlich hoch. Egal, sie pfeift darauf. Stellt sich auf die Zehenspitzen. Reckt sich, so weit sie kann. Sie will spielen. Sie will schreien. Die Stille aufschlitzen.

»Wir sind Kill the Barbie ...«, ruft sie.

Auf einmal spürt er es. Es weckt ihn auf. Leichte Vibrationen, die die Wand hochkriechen. Und dann hört er es schon. Gitarre, Bass, Schlagzeug, Gesang.

Unten im Haus befindet sich ein Musikclub. Der nächtliche Lärm wurde sonst von Vladimírs Gerät abgefangen, aber nun ist es ausgeschaltet. Und unten fängt ein Konzert an.

Als seine Frau im Sterben lag, hat er sich häufig bei den Club-besitzern über den Lärm beschwert. Hat immer wieder die Polizei angerufen. Beschwerdebriefe geschrieben. Ließ in der Wohnung die Lautstärke messen. Die Dezibelwerte verstießen nicht gegen die Norm, hieß es, aber er glaubte den Beamten nicht. Sie waren ohnehin nur zweimal vorbeigekommen, das dritte Mal haben sie ihm Ohrstöpsel und Schlafmittel empfohlen.

Er hört den Lärm aus dem Club ein Stockwerk nach dem anderen hinaufschleichen.

Er wollte ruhig bleiben, er wollte kapitulieren und aufgeben, aber auf einmal macht ihn der Gedanke an Resignation wütend. Er lässt sich nicht in die Ecke drängen. Er wird es allen zeigen. Er kann es noch.

Lärm mit Gegenlärm zu bekämpfen ist nur die halbe Lösung. Eine Ersatzlösung. Denn es löst das Hauptproblem nicht. Vladimír wird bewusst, dass seine Überlegungen stimmten. Er will seine Frau zurückbekommen. Er weiß, dass sie nur dann zurückkommt, wenn er nicht aufhört zu kämpfen, wenn er nicht aufgibt. Er muss in den Kampf ziehen. Sich darauf einlassen. Ihretwegen. Aber auch seinetwegen.

Auf einmal fühlt er sich unglaublich stark. Er weiß, was er zu tun hat. Er öffnet seinen Werkzeugkasten und holt einen Schraubenzieher heraus. Einen Hammer. Eine Rohrzange. Die er unter seinem Mantel versteckt.

Er öffnet die Wohnungstür. Im Treppenhaus hört man den Lärm noch mehr. Er folgt ihm. Er wird ihn aus der Welt schaffen. Ein für alle Mal. Eine Treppenstufe nach der anderen. Er geht hinunter. Denkt an seine Frau. Sie ist bestimmt froh, dass er nicht aufgegeben hat, dass er sich nicht umgebracht hat. Er denkt an seine Frau, mit der er zusammen sein will. Für immer.

VEREINBARTES ZEICHEN

Petr steckt sich eine Zigarette an. Grüßt ein paar Bekannte. Eine aus seiner alten Klasse. Dana. Oder hieß sie Jana? Er hat das Gefühl, mal mit ihr rumgeknutscht zu haben. Ja, natürlich, bei der Abifeier.

Er lehnt sich gegen die Absperrung beim Mischpult. Der Tontechniker mit riesigen Kopfhörern fährt die Hebel hoch und runter. Auf dem Podium blinkt eine Taschenlampe. Ein Zeichen.

Als Erster kommt der Bassgitarrist. Dann der Schlagzeuger, der über ein Kabel stolpert. Zum Schluss Vanda. Sie hat eine eng anliegende glänzende Hose an. Auf dem hohen Podium sieht sie sehr klein aus. Und einsam.

»Wir sind Kill the Barbie...«

Der Name kommt ihm auf einmal ganz toll vor. Voll punkig. Genauso wie ihre Tätowierung. Er würde das nicht schaffen, für den Rest seines Lebens eins zu werden mit einer Aufschrift, einem Markenzeichen oder einem Bild. Das muss er Vanda unbedingt nach dem Konzert sagen. Er hat ihr überhaupt viel zu erzählen.

Petr wirft den leeren Bierbecher auf den Boden. Er steckt sich eine neue Zigarette an und schlängelt sich langsam nach vorne.

Die Band fängt gerade an. Eine klein gewachsene Sängerin mit einer riesigen Gitarre, die sich auf die Zehenspitzen stellen muss, um ans Mikro heranzukommen. Und zwei Jungs. Alle drei kommen ihm lächerlich vor. Seine studentische Band muss aber ähnlich chaotisch gewesen sein, denkt Wayne.

Er kommt näher. Ganz nach vorne. Er spürt, dass er betrunken ist. In seinen Ohren saust es unerträglich. Vielleicht hätte er die Kleine nach einer Tablette fragen sollen. Aber sie ist ihm irgendwie verloren gegangen. Oder ist er ihr verloren gegangen?

Er drängelt sich durch die Menge direkt vors Podium, rempelt Leute an. Er entschuldigt sich, aber keiner will ihn wahrnehmen. Wayne hat das Gefühl zu schweben, als würden ihn die umherstehenden Menschen nach vorne schieben, als wären sie Meereswellen, die mit einem verlorenen kleinen Boot spielten. Die Band legt los. Die Gitarre schneidet Wayne scharf in die Ohren, ein schriller Akkord nach dem anderen bohrt sich in seinen schmerzenden Kopf. Die Sängerin ist aber nicht schlecht. Sie gefällt ihm. Was für einen Slip sie wohl anhat? Oder trägt sie keinen? Wie treibt sie es am liebsten? Ob sie einen festen Freund hat?

Er beobachtet die dünne Sängerin mit der Tätowierung auf dem Oberarm, die in einer engen schwarzen Hose steckt. In seinen Ohren dröhnt es nicht mehr. Es pfeift. Wayne will das Pfeifen vertreiben. Er fängt an zu tanzen. Herumzuhüpfen. Mit den Armen zu fuchteln. Stößt aus Versehen gegen seinen Nachbarn. Der Typ schlägt zurück. Einen Moment später prügeln sie sich schon.

Hana und Milena steuern die Toilette an. Woran es bloß liegen mag, dass die tschechischen Frauen grundsätzlich zu zweit aufs Klo gehen? Haben sie Angst, alleine zu gehen? Oder ist die Toilette der einzige Ort, wo Frauen unter sich bleiben, von keinem angestarrt werden und laut über Männer reden können?

Kann gut sein.

Auf jeden Fall hat Hana nie Männer gemeinsam auf die Toilette gehen sehen. Frauen in Berlin, Paris oder Lissabon auch nicht. Was aber auch daran liegen könnte, dass Hana dort meist alleine unterwegs ist.

Aus dem Saal schwappt ihnen eine stickige Hitze entgegen. Sie bleiben direkt an der Tür stehen.

Hana kann Wayne nirgendwo entdecken. Das ist nicht weiter schlimm, denkt sie. Sie hätte ohnehin nicht gewusst, wie sie es ihm sagen soll. Sie will sich trennen, das steht fest. Und wenn sie es heute nicht schafft, dann macht sie es nie. Vielleicht ist er noch an der Bar. Sie ist froh, nicht neben ihm stehen zu müssen. Nicht seine Hand halten zu müssen. Es ist vorbei.

»Wir sind Kill the Barbie ...«

Einen blöderen Namen hat sie lange nicht gehört. Aber die Musik klingt gar nicht übel. Die Gitarre ist zwar ziemlich übersteuert, aber Hana ist ja inzwischen auch ein paar Jahre älter geworden. Früher, als Milena und sie häufiger hier zugegen waren, klang die Gitarre bestimmt genauso laut.

Hana geht nach vorne. Winkt vom Mischpult Milena zu. Dann aus der Mitte des Saals. Danach kann sie Milena nicht mehr sehen.

Die kleine Punkerin mit dem tätowierten Bandnamen auf dem Oberarm schließt die Augen, klammert sich an ihre Gitarre und singt auf Zehenspitzen:

I feel like, I feel like
A little black cat
I feel like, I feel like
I'm lost in no-man's-land

Auf einmal fühlt Hana, wie sie mit dem Text verschwimmt, als würden sich die Worte und sie überlappen. Das ist genau ihr Lebensgefühl. Verloren inmitten der Menge. Verloren in Prag. Im Leben. In ihrer Beziehung mit Wayne. In sich selbst.

Lost in the silence
Found in the noise
I see the darkness
I don't have a choice

Die Band spielt den Schlussakkord. In die entstandene Stille schreit der Schlagzeuger: »Fuck off Bush! Fuck off USA! Kill the Barbie!« Er schickt seinen Worten eine Trommelsalve hinterher. Ein paar Leute schreien vor Begeisterung. Die Band bereitet sich auf den nächsten Song vor.

Dann passiert es. Hana hört Wayne. Und sieht ihn.

»Fucking cocksucker!«

DAS LETZTE KONZERT

Das Hereinkommen ist kein Problem. Den Trick hat er mal in einem Film gesehen. Es geht einfach. Vladimír sagt nur: »Jahn Vladimír.« Der Kahlkopf nickt und sucht in der Gästeliste. Bevor er sich wieder umgedreht hat, ist Vladimír schon in der Menge untergetaucht.

Aus der offenen Tür hört er die Band. Er lugt in den Saal hinein. Der Raum ist noch nicht voll, er riecht Zigarettenrauch, Schweiß und Bier. Eine laute, leere und vor allem falsche Musik weht ihn vom Podium an. Den Schlagzeuger würde er sofort nach Hause schicken, der spielt total gegen den Rhythmus. Auch den Bassgitarristen würde er rausschmeißen, den kriegt man auch kaum mit. Nur die Stimme der kleinen Sängerin ist interessant, wenn auch nicht geschult. Allerdings sollte sie jemand anderem die Gitarre überlassen. Vladimír streichelt die Rohrzange unter seinem Mantel. Bald wird er sein eigenes Konzert geben.

Er geht weiter. Im Foyer hängen Fotos an den Wänden. Kaputte Städte. Soldaten. Kinder ohne Arme. Bilder vom Ausflug an einen der brennenden Ränder der Welt. Ein Betrunkener mit offenem Hosenstall liegt in der Ecke in einer Bierlache. Sein Kumpel versucht ihn aufzurichten. Keine Chance. Er kann sich selbst kaum auf den Beinen halten. Das Dröhnen aus dem Saal nimmt kein Ende. Es ist überall. Nicht zu ertragen. Es muss ein Ende haben. Jetzt. Um jeden Preis.

Vladimír sucht nach dem Stromverteiler. Nicht mit den Augen, sondern mit dem Gehör. Er sucht das lautlose Rauschen der Elektronen, deren Strömungen er auch noch in Flutwellen von Lärm spürt.

Gefunden. Ein junges Paar steht davor. Sie liegen sich in den Armen. Flüstern sich ins Ohr, sie tätschelt seinen Hintern. Sie trägt hohe Lederstiefel und zerrissene Netzstrümpfe, hat schwarz lackierte Fingernägel und um ihren Hals prangt ein Band mit Dornen. Auch er hat lackierte Fingernägel. Lila.

Vladimír hört ihre sonderbare Liebe, als er näher kommt. Er wartet, bis das Paar einen Schritt zur Seite tritt.

Bald ist sein Weg frei. Er versucht, das Schränkchen aufzumachen. Es ist abgeschlossen. Er holt den Schraubenzieher aus der Tasche. Hebelt mit ihm die Tür aus. Aus dem grünen Blech wächst ein Wald von Sicherungsschaltern. Der Stromzähler dreht sich wie wild. Weiße Sicherungsbäuche starren ihn an. Von einer dicken Staubschicht bedeckt. Vladimír wischt sie ab.

Die Musik schreit immer noch. Überall. Um ihn herum. In ihm drin.

Er stellt sich breitbeinig auf und versetzt dem Kasten den ersten Hieb mit der Rohrzange.

Dann den zweiten.

Und den dritten.

»Sonst alles klar?«, sagt der junge Mann mit den lila Fingernägeln.

Vladimír nimmt ihn nicht wahr. Niemanden. Nichts. Am allerwenigsten sich selbst. Es gibt nur noch die Rohrzange in seiner Hand. Als wäre sie ein Körperteil von ihm, sein verlängertes Ich. Er drischt auf den Sicherungskasten ein und denkt an seine Frau, mit der er wieder zusammenkommen will. Für die er das tut. Das Schicksal der anderen ist ihm mittlerweile egal. Vladimír schlägt sich seinen Weg frei, hinter die Blechplatte mit den Sicherungen bis zu den Kabeln, die in den Innereien des Hauses verschwinden. Er drischt auf die Kabel ein. Mit voller Kraft. Er will noch weiter. Am liebsten würde er die Kabel aus dem Körper des Hauses herausziehen. Aus dem Körper der Stadt entfernen. Er will Stille. Eine endgültige, dauerhafte Stille.

Und dann passiert es.

Zuerst geht das Licht aus.

In der nächsten Sekunde verstummt die Musik.

Auch jene Musik, die in seinem Herzen spielte. Vladimír fällt auf den Boden. Krümmt sich zusammen. Seine Arme werden vom Krampf geschüttelt. Vladimír windet sich in Krämpfen. Alles um ihn herum brennt.

LICHTBLITZ

Wayne will aufs Podium hinauf, aber jemand zieht ihn herunter. Sie raufen sich. Der Typ haut ihm eine rein. Wayne schlägt zurück.

Die Band setzt zum neuen Lied an, Schlagzeug und Bassgitarre legen los. Die Gitarre schließt sich ihnen an. Die Sängerin stellt sich ans Mikro und will anfangen zu singen. Vermutlich bemerkt ihn keiner. Den kleinen Lichtblitz. Der die Lippen der Sängerin und das Mikro miteinander verbindet. Als knipste man mit dem Feuerzeug und die Flamme käme nicht. Das ist alles.

Die Frau wankt, sieht ganz starr aus. In dem Moment fällt im Saal der Strom aus. Ein paar Sekunden später springt schon die Notbeleuchtung an. Gelbes Dämmerlicht. Ein oder zwei Sekunden ist es vollkommen still. Dann fangen die Leute an zu schreien. Sie leuchten mit ihren Handys. Hana holt ihres auch hervor. Sie wendet sich zum Ausgang. Drängelt nach draußen.

Sie hat Angst. Sie denkt an Milena.

INEINANDER VERKEILT

Fuck off Bush!
  Fuck off USA!
  Kill the Barbie!
  Fucking cocksucker!
Er hätte ihn nicht anrempeln sollen. Sich nicht aufs Podium stürzen dürfen. Vanda anschreien. Dann hätte Petr ihn nicht runterziehen und ihm gleich eine pfeffern müssen. Aber was soll's. Er hat es gemacht. Mit der Faust aufs Kinn. Wegen Vanda. Und er hat getroffen. Jetzt kämpfen sie miteinander.

Petr hört einen Knall, oder bildet er sich den nur ein? Das

Licht im Saal geht aus und die Leute werden plötzlich nervös. Fühlen sich verloren. Die schwache Notbeleuchtung springt an.

Petr ringt mit dem massigen Ami. Er riecht sein Parfüm. Den Schweiß darunter. Er spürt seine Muskeln. Sie halten sich in der Zange, rempeln Menschen an und bewegen sich in einem merkwürdigen Tanz auf den Ausgang zu. Fegen die Absperrung am Mischpult weg. Stolpern auf der Treppe. Dann stehen sie auf der Straße. Petrs Arm fühlt sich taub an, sein Hemd ist zerrissen, in seinem Mund schmeckt er Blut. Die Leute weichen ihnen aus.

Sie sehen sich an.

»Fucking cocksucker! Du hast keine Ahnung vom Krieg!«

»Du Idiot!«

»Fuck you! Fuck you! Fuck you!«

»Na, dann komm, hol es dir, du Arschloch!«

Draußen herrscht absolute Ruhe. Die Dunkelheit wirkt durch das Leuchten der Sterne noch schwärzer. Ein Gewitter muss alle Transformatoren zerschlagen haben. Petr prügelt sich weiter. Er kommt sich vor wie in einem Computerspiel. Es macht ihm sogar Spaß, Schläge zu verteilen und auch einzustecken. Die Leute drum herum finden es offensichtlich auch spaßig. Keiner greift ein. Alle glotzen nur.

Dann bemerkt er Vanda.

Sie liegt auf dem Gehsteig. Petr rennt zu ihr. Sie rührt sich nicht. Ihre Augen stehen weit offen. Sie sieht in den Himmel, der ihr auf einmal ungewöhnlich hell vorkommt. Wie angestrahlt. Und unglaublich tief. Petr will ihr helfen, aber der Ami reißt ihn zu Boden. Petr fließt Blut aus der Nase. Sein Kopf dröhnt. Alles tut ihm weh. Der Ami hat anscheinend immer noch nicht genug.

Er sieht Egon, der sich durch die Menge zu ihm kämpft. Die beiden Tussen im Schlepptau.

Petr lächelt ihn an und erntet einen neuen Schlag. Egon springt dazwischen und wirft den Ami zu Boden.

NACH HAUSE

Draußen sind alle Lichter aus. Nur die Sterne am Himmel leuchten.

»Du hast keine Ahnung vom Krieg!«

Wayne verteilt Schläge. Und steckt auch welche ein.

»Fuck you! Fuck you! Fuck you!«

Hana weiß, dass er seit langem trainiert, aber sie hat ihn sich nie schlagen sehen. Bis heute hätte sie sich das nicht einmal vorstellen können. Sie findet es widerlich und gleichzeitig geilt es sie auf. Sie schämt sich für ihn, dabei sollte sie ihm helfen. Ihm zeigen, dass sie in der Nähe ist. Sie weiß, dass sie das hätte machen sollen.

Sie kann sich nicht rühren. Sieht in den Himmel. Milchstraße. Großer Wagen. Kleiner Wagen. Eine Erinnerung schießt ihr durch den Kopf, die Erinnerung an die Sommernächte, als sie als junges Mädchen in den Ferien mit ihren Freundinnen auf der nächtlichen Wiese lag, die Augen in den Sternenhimmel versunken. Sie redeten über Jungs und keine wollte nach Hause gehen. Damals war sie glücklich. Ihre Eltern lebten noch zusammen. Und die Jungs in ihrer Fantasie waren nichts als zärtlich. Alles schien endlos zu sein.

Hana wünscht sich diese Zeit zurück. Wenigstens für einen Moment. Die Vorstellung beruhigt sie. Sie will die nächtliche Wiese hören, nicht Wayne, der schreit. Für ein paar Sekunden spürt sie den kühlen Morgentau auf den Armen.

Das haut sie fast um.

Jemand fasst sie an der Schulter.

Milena.

»Mach doch was ... Was sollen wir tun?«

»Keine Ahnung.«

»Du musst was tun.«

»Ich kann nicht. Ich weiß nicht was.«

»Wieso?«

»Ich kann einfach nicht.«

»Er gehört immer noch zu dir.«

»Ich weiß ... Ich weiß nicht.«

»Dann muss ich was tun.«

Milena bewegt sich auf Wayne zu.

Hana greift nach ihrem Arm. Ihr ist zum Heulen zumute.

»Geh bitte nach Hause.«

Sie sehen sich an. Dann fassen sie sich an der Hand und marschieren los. An der Ecke vor dem Restaurant bleiben sie stehen.

»Ich gehe zurück.«

»Ich komme mit.«

»Nein. Bitte.«

»Bist du sicher?«

»Ja.«

Sie umarmen sich. Milena streichelt ihr über die Haare.

Hana geht zurück zum Eingang des Clubs. Wayne kämpft immer noch. Und schimpft. Wie in einem Traum, in dem man die Wirklichkeit berührt und diese sich unter den Fingern auflöst.

Sirenen. Vor dem Akropolis halten zwei Krankenwagen. Die Rettungsmannschaften laufen mit Tragen und Ärztekoffern hinein. Gleich danach kommt die Polizei. Das Blaulicht leckt über die Gesichter der Menschen. Die Häusermauern, die ganze Straße.

Hana bemerkt die Sängerin in dem schwarzen Top. In Wahrheit ist sie viel kleiner, als sie auf dem Podium wirkte. Sie liegt auf dem Boden. Mit weit aufgerissenen Augen sieht sie nach oben, in den Himmel. Um sie herum eine Menschentraube, alle beugen sich über sie, aber keiner traut sich, sie anzufassen. Jemand ruft nach einem Arzt. Eine junge Ärztin taucht auf.

Wayne ringt nach Luft und hält den Typen am Hals. Der schreit: »Vanda! Vanda! Man muss ihr helfen, verdammt!« und versucht, sich von Wayne loszureißen. Ein anderer Typ springt zwischen sie. Reißt sie auseinander. Und schlägt Wayne zu Boden.

Hana kommt wieder zu sich.

Sie muss doch etwas tun. Spätestens jetzt. Wayne liegt mit Handschellen auf dem Boden. Er hat nur noch einen Schuh an. Sein Hemd ist zerfetzt. Er blickt in Hanas Richtung, aber er sieht sie nicht. Er sieht durch sie hindurch. Er ist ganz außer sich.

Die Bullen sammeln ihn auf und laden ihn ins Auto.

KIESELSTEINE

Stille. Vanda hört nichts und niemanden, geschweige denn sich selbst. Auf ihren Lippen klebt etwas Süßliches. Sie hat keine Ahnung, wo sie ist. Sie spürt nichts, am wenigsten ihren eigenen Körper. Sie sieht nur die Sterne am Himmel. Sie sehen vollkommen aus, klar und wunderschön. Für einen Moment denkt sie, sie liege zu Hause im Bett unter dem phosphoreszierenden Tapetenhimmel.

Sie beobachtet die Sterne und es kommt ihr vor, als würden sie näher kommen. Oder auf sie zufliegen. Auf einmal huscht ein Fisch mit einem langen Schleier an ihr vorbei. Nestor. Das war bestimmt Nestor. Er schwimmt durch den Himmel. Mit seinem Schleier wischt er die Sterne sauber und poliert sie auf Hochglanz.

Vanda spürt den salzigen Duft von Meereswellen und einen

sanften Wind. Die Stille hört plötzlich auf. Sie hört das Meer rauschen. Die Strömung. Das Meer nimmt sie mit. Das Meer. Der Himmel strahlt noch mehr. In Vandas Augen stehen Tränen.

Sie liegt auf dem Rücken und lässt die Sterne auf sich herunterrieseln. Engel beugen sich über sie. Sie kommen aus einer großen Entfernung und schenken ihr das Hören wieder.

»Vanda ... Vanda! Alles wird gut, alles ...«

Der Straßenbahner.

Jemand hält ihren Kopf:

»Wo tut es dir weh? Kopf? Bauch? Dein Mund?«

Vanda antwortet nicht. Es geht nicht. Sie liegt auf dem Gehsteig. Die Pflastersteine in ihrem Rücken fühlen sich kühl an. Vielleicht ist es kein Straßenpflaster, sondern sind es Kieselsteine am Strand. Sie spürt das Meer. Sie sieht die Sterne. Und sie fühlt sich wunderbar.

DIE SCHWEDIN

Sie steht unter Schock. Ihre Lippen sind versengt. Die Augen weit offen. Sie muss wahnsinnige Schmerzen haben. Petr fasst nach ihrer Hand. Eisig kalt. Sie kommt zu sich.

»Was ist mit Harry?«, flüstert sie.

»Mit wem?«

»Mit dem Schlagzeuger.«

»Keine Ahnung ...«

»Und die Mädels?«

»Welche Mädels?«

»Freundinnen von mir. Ich weiß gar nicht, ob sie gekommen sind.«

»Vanda, alles wird gut.«

»War meine Mama da?«

»Weiß ich doch nicht.«

»Wer kann es denn wissen?«

»Sie war da ... Ja, sie war ganz bestimmt da ...«

Die Ärztin wickelt Vanda in eine Decke.

»Sind Sie ihr Freund?«

»Nein. Ja. Nein ... Ein Freund.«

Die Sanitäter legen Vanda auf die Trage.

Petr steht am Krankenwagen. Fasst nach ihrer Hand. Sie fühlt sich immer noch eisig an.

»Alles wird gut, Vanda. Hab keine Angst.«

»Hast du 'ne Fluppe?«

»Vielleicht solltest du jetzt nicht rauchen.«

»Für später ...«

Petr holt die zerknitterte Schachtel mit den restlichen Zigaretten hervor und schiebt sie Vanda unter ihr schwarzes Top.

Der Krankenwagen fährt ab.

»Ne hübsche Puppe. Das wird wieder gut, Mann.«

Egon legt ihm einen Arm um die Schulter.

»Ich wollte ihr nur helfen.«

»Die werden ihr schon helfen ... Und jetzt kümmere ich mich um dich.«

Seinen Arm immer noch um Petrs Schulter gelegt, nickt er zu den beiden jungen Frauen: »Das ist Sylva. Sie fängt gerade ihr Jurastudium an. Spricht perfekt Französisch. Weiß sogar, was *la petite mort* bedeutet, nicht? Die kleine Meerjungfrau und der Orgasmus. Herrlich ... Ein guter Slogan. Und hier haben wir Stephanie. Sie geht auf die Kunsthochschule, kann wunderbar zeichnen und fotografieren. Echtes Talent. Meine Damen, das ist Petr. Der letzte Romantiker von Prag.«

»Was heißt das?«, fragt Sylva.

»Was ganz Besonderes. Die Romantiker gehören zu einer aussterbenden Gattung«, fährt Egon fort.

»Ich habe schon lange keine solche Rauferei mehr gesehen. War das wegen einer Frau?«, fragt Stephanie. Sie ist groß, blond und schlank.

»Er rauft sich immer nur wegen Frauen.«

»Irre. Solltest du mal juristischen Beistand brauchen, übernehme ich deine Verteidigung«, sagt Sylva.

»Ich geb dir dann seine Nummer. Wie sieht's aus, Petr, ziehst du mit uns weiter? Hier läuft nichts mehr.«

»Ich glaub nicht... Mir tut der Kopf ganz schön weh. Und ich muss nach Malmö suchen.«

»Eine Schwedin?«, fragt Stephanie.

»Ja. Das einzige weibliche Wesen, das es mit Petr aushält.«

»Ist sie hübsch?«

»Vor allem irre treu«, Egon lacht.

»Leck dich...«

Petr dreht sich um und geht zurück ins Gebäude.

Im verdunkelten Backstage findet er sie endlich. Auf der Couch dort hocken zwei Typen und starren abwesend vor sich hin. Es ist ganz still. Malmö liegt in der Ecke, mit dem Kopf auf den Pfoten.

DER LETZTE SONG

Man bringt sie auf einer Trage weg. Sie spürt ihre Beine nicht. Auch ihren Kopf und ihren Herzschlag nicht. Unter dem T-Shirt hat sie eine Schachtel Zigaretten. Vanda verschlingt mit den Augen die Sterne am Himmel. Als hinter ihr die Tür zugeht, bemerkt sie die goldenen Rauten auf ihren schwarzen Converse-Schuhen, die ebenfalls wie kleine Sterne aussehen. New line by Converse. Ein Stück vom Himmel nimmt sie also mit.

Der Krankenwagen fährt los. Der Fahrer schaltet die Sirene

an. Um Vanda herum stehen Geräte, mit deren Hilfe in Telenovelas zersprungene Herzen wieder in Bewegung gesetzt werden. Auf den Regalen prangen orangefarbene Boxen mit Verbandszeug. Spritzen.

Ihr Mund brennt und ihr Kopf tut weh.

»Was ist passiert?«

»In ein paar Tagen bist du wieder auf den Beinen.«

Auf einmal kommt die Erinnerung zurück. Vanda sieht eine kleine Flamme über ihren Mund fahren. Als hätte sie eine unsichtbare Ohrfeige bekommen. Sie fühlt, wie sie das Bewusstsein verliert. Bleibt eine Weile stehen. Dann geht das Licht aus. Vanda stolpert vom Podium herunter. Sie hört nichts. Es ist dunkel. Sie findet den Backstage-Bereich, dort sitzen Harry und Tony. Sie leuchten mit ihren Handys und schweigen. Vanda beugt sich über Malmö und streichelt sie. Sie kann immer noch nichts hören. Harry hat Angst. Er sieht blass aus. Verschwitzt. Ringt nach Atem und lässt sich auf die Couch fallen. Vanda versucht zu sagen, dass sie Hilfe holt. Sie weiß nicht, ob sie sie verstanden haben. Sie taucht wieder in die Dunkelheit ein. Die Stille wirkt fast betörend. Raus aus dem Saal. Sie sieht Menschen um einen gekrümmten Körper herum stehen. Riecht etwas Verbranntes. Sie muss würgen, geht aber weiter. Nach oben. Nach draußen.

Sie fühlt sich zum zweiten Mal an diesem Tag klein und ganz allein, diese Einsamkeit ist aber anders als die vom Vormittag vor dem Schaufenster. Diese ist echt. Und grenzenlos.

Vanda irrt zwischen den Menschen umher und sucht nach Hilfe für Harry. Ein paar Schritte von ihr entfernt prügeln sich zwei Männer. Einer davon ist der Straßenbahner. Dann lässt sie sich auf den Gehsteig fallen. Man ruft ihr etwas zu. Die Worte dringen nur ganz langsam zu ihr durch. Als wären es Schiffe, die eine riesige Entfernung überwinden müssen. Wie Fische, die ihr aus der Tiefe des Ozeans Luftblasen zuwerfen.

Auf einmal sieht sie das beleuchtete Aquarium mit Nestor und dem Bathyscaphe. Sie sieht die Wohnung von Petr. Sie sieht sich dort nackt herumspazieren. Ein Buch in die Hand nehmen, aus dem Geld herausrieselt. Sie sieht sich ihre Telefonnummer an die Wand des Aquariums schreiben.

Sie sollte Petr das Geld zurückgeben. Sie sollte ihren Vater anrufen und sich entschuldigen, dass sie ihn angelogen hat. Sie sollte sich bei Lucie entschuldigen. Sie sollte sich um ihre Mutter kümmern, die keinen anderen Menschen außer ihr hat. Sie sollte Harry verzeihen. Die Frau im grünen Kleid vergessen. Sich wieder in ihn verlieben. Oder ihn ziehen lassen und sich mit Petr zusammentun. Sich von ihm Löcher in den Bauch reden lassen, sie hat sich noch nie so lange mit einem Menschen unterhalten wie gestern Nacht mit ihm. Sie sollte aufhören mit den Drogen. Wieder in die Schule gehen.

»Es brennt. Ganz furchtbar.«

»Das geht bald vorbei«, sagt die Ärztin.

»Ich habe schreckliche Angst.«

»Brauchst du nicht. Hör auf zu reden und konzentriere dich auf deinen Atem!«

»Ich sterbe.«

»Daran stirbt man nicht… Mach die Augen zu. Ich geb dir was zur Beruhigung.«

»Koks?«

Vanda versucht zu lächeln, aber die verbrannten Lippen tun weh.

»Etwas Ähnliches.«

Der Krankenwagen ruckelt. Kopfsteinpflaster. Oder Straßenbahnschienen. Oder die Dächer, falls der Weg in den Himmel fortgesetzt wird. Der Schmerz hört auf. Sie muss später unbedingt herauskriegen, was für ein Mittel man ihr gegeben hat. Der Krankenwagen fährt ganz schnell, Vanda hört aber nur Stille. Das findet sie beruhigend. Zum ersten Mal in ihrem Leben. Genau das würde sie bei ihrer Beerdigung spielen lassen. Stille.

SPRINGSTEEN

In seinen Ohren dröhnt es. Ganz furchtbar. Er bräuchte Tabletten. Oder was zum Trinken. Falls er sich nicht gleich die Birne wegpusten sollte.

Die Bullen haben ihm alles abgenommen. Seine Geldbörse. Schlüssel. Handy.

Er sitzt hinter dem Gitter, das den Rücksitz vom Rest des Wagens trennt. Sein Hemd ist zerfetzt und er spürt, wie Blut sein Gesicht hinunterläuft. Die Handschellen sind kalt. Das Auto fährt durch eine dunkle Straße. Ohne Sirene.

»Ich will meinen Anwalt sprechen.«

»Du bekommst einen Kaffee und eine Decke. Du schläfst heute bei uns, junger Mann«, sagt der ältere Bulle.

»So was hat's nicht mal im Krieg gegeben. Auch nicht, als die Russen einmarschiert sind. Die ganze Stadt ohne Strom«, sagt der Jüngere.

Wayne schließt die Augen und versucht, an nichts zu denken. Könnte er bloß einschlafen und irgendwo anders aufwachen. Irgendwo in der Stille mit der Kleinen an seiner Seite. Ohne dieses Rauschen in den Ohren, das an allem Schuld hat.

Vorne im Wagen hört man Bruce Springsteen spielen. Sein Handy.

»Ich muss ran.«

»Musst du nicht.«

»Was für 'ne Nummer ist das?«

»Ich hab schon gesagt, geht nicht.«

»Please. Bitte. Es ist total wichtig.«

Die Bullen tauschen Blicke.

»Ho – me«, buchstabiert der Jüngere vom Display.

»Ich muss da ran! Please ...«

Der Bulle wirft das Handy ins Handschuhfach. Bald hört es auf zu klingeln.

»Springsteen. Unter den Kommunisten war das Lied verboten«, sagt der Ältere.

»Ganz schön heftig, so 'ne Dunkelheit. Und die Stille. Ich krieg Gänsehaut davon, echt«, fügt der Jüngere hinzu.

ZURÜCK ZUM ANFANG

Die Stille. In der er sich selbst hören kann. Die Stadt. Das Land. Den Planeten. Das ganze Universum besteht aus Stille. Vladimír hört, wie er selbst zur Stille wird.

Sie nimmt seine Hand und zieht ihn sanft hoch. Er steht auf. Sie führt ihn nach oben, zu sich. Sie duftet nach Rosen und Salz. Er hört das Meer kommen.

Sie stehen auf der Straße. Auf einer leeren Straße. Einer Straße ohne Menschen, ohne Autos, ohne Bäume, es gibt keine Verkehrszeichen, keine Werbung, keine Telefonzellen, keine Container oder Geschäfte. Nichts als leere schwarze Häuser. Weder Tag noch Nacht, weder kalt noch warm, Windstille. Der Himmel ist golden und Tropfen von Stille fallen von ihm ab.

Sie gehen die lange Straße hinauf. Das Wasser reicht ihnen bis zu den Knöcheln, aber Vladimír weiß, dass dieser Regen nie aufhören wird. Er wäscht alles rein und spült es weg. Ins Meer. In die Stille, in der das aufhört, was in ihr seinen Anfang hatte.

Wasser fließt durch die Straße. Es ist nicht dunkelbraun, sondern gelb. Bald wird es oben mit dem Himmel verschmelzen. Immer mehr Salzwasser. Die Stadt sinkt auf den Meeresgrund, die Straßen verschwinden unter der Oberfläche. Keiner wird sie finden. Keiner wird nach ihnen suchen.

Sie gehen Hand in Hand. Sie redet auf ihn ein. Er hört alles und er hört nichts. Durch die Stille redet sie unhörbar auf ihn ein.

HOCH ÜBER PRAG

Sie gehen Seite an Seite. Die Straßen ertrinken in Dunkelheit. Ganz Prag ist dunkel. Aus seiner Nase tropft Blut. Sie reicht ihm ein Papiertaschentuch nach dem anderen. Sie gehen zum Fluss hinunter, dann über die Brücke. Langsam steigen sie auf die Letná-Höhe hinauf.

Malmö läuft vor ihnen.

»Wie heißt du?«

»Und du?«

»Ich hab zuerst gefragt.«

»Petr.«

»Hana.«

»Was machst du sonst so, wenn du dich nicht prügelst?«

»Ich hab mich nicht geprügelt. Er war auf 'ne Schlägerei aus. Im Moment mache ich nichts, weil ich nichts machen will. Und was machst du, wenn du nicht gerade vermöbelte Typen aufliest?«

»Auch nichts. Bin grad auf der Suche.«

»Wonach?«

»Nach was anderem.«

Sie denkt an Wayne. Es ist vorbei. Sie hat ihn von den Bullen mitnehmen lassen. Ohne was dagegen zu unternehmen. Vielleicht hat sie die Entscheidung anderen überlassen wollen. Also haben die Bullen für sie entschieden. Jetzt ist sie mit diesem da hier. Vielleicht hat der ihr mehr leidgetan. Keine Ahnung.

Sie sitzen auf der Letná auf einer Parkbank. Sie reicht ihm ein neues Taschentuch. Sie sehen auf die Stadt herunter.

Morgen ruft sie vielleicht bei der Polizei an und fragt, wo Wayne gelandet ist und ob sie was für ihn tun kann. Es ist frisch hier draußen, sie fröstelt ein wenig.

Sie schmiegt sich an Petr.

»Tagsüber hört man die Stadt nicht. Der einzige Moment, in dem man die Stadt mitkriegt, kommt erst gegen Morgen. So leise wie gerade jetzt ist die Stadt aber nie.«

Die Stadt ist unglaublich still. Man hört nur den Wind, der von der Nordsee den Herbst heranweht.

»Was hast du gemacht, bevor du dich auf die Suche nach was Neuem aufgemacht hast?«

»Bin viel herumgereist. Und du?«

»Ich auch. Vor allem durch Prag. Mit der Straßenbahn und so.«

»Ich bin müde. Möchte schlafen …«

»Dann schlaf mal.«

»Gute Nacht.«

Sie schließt die Augen. Er zieht sie an sich. Sie riecht gut. Er hört, wie sie atmet. Er sieht auf die schlafende Stadt herunter und stellt sich vor, wie es wäre, morgens im Bett neben dieser Frau aufzuwachen.

Vanda fällt ihm ein. Gleich morgen früh kriegt er heraus, in welches Krankenhaus man sie gebracht hat. Dann besucht er sie.

Auf einmal gehen die Straßenlichter wieder an.

Eines nach dem anderen. Ganz langsam.

Auch die Alarmanlagen in den Geschäften schalten sich wieder ein.

Die Sterne über Prag sind verschwunden.

Der Sommer ist vorbei.

Die zitierten Songtexte stammen von Joy Division, Madredeus, New Order, Placebo, Tocotronic, Bruce Springsteen.

Der Roman ist entstanden zwischen März und September 2007 in Prag, Nymburk, Mirošovice, Lomnice nad Popelkou und Benátky nad Jizerou.